我遇见了所有的不平凡，
却没有遇见平凡的你

熊显华／著

哈尔滨出版社
HARBIN PUBLISHING HOUSE

仿佛没有前行，只是在凝视中让身影越来越模糊，

直到再也没有能力去为谁分担忧愁，

直到在无法阻挡的岁月里死去。

我才仔细地发现这是一双很大的手，

有别于奶奶那双粗糙的手，它细腻、柔软。

在这双手里，我有了不曾有过的平静。

就像没有人会去惊动它的情感深处,
虽已天涯,心却停留在此处,
安静的是我曾经对你的感觉。

有些莫名的情感会纠缠我们一生,望着她,不觉心潮起伏,却没有任何言语。

我的生命里永远回响着他敲响晨钟、敲响暮钟的灵音，直到我们都老去，直到我们都不在人世。

这是一个美丽的存在，
美得让我觉得分别没有伤感，
没有痛苦。

院里阳光略斜,洒在植物花开上,形成既有阴影也有明亮的光景。一切抗拒的、烦躁的、不安宁的、嗔怒的、罪业的……都会在这里变得温顺下去。

作为有情抑或无情的众生，总有一种东西让你纠结万分；作为局外人，总有一种东西让你莫名泪流。

——题记

目 录

不经寺里的千山雪 / 1

长乐寺里的冷居士 / 22

生死禅 / 48

红尘相忘 / 64

出家的人 / 87

世间男子多许仙 / 102

在青石街遇见桑吉 / 111

挑山少年萨尔比 / 148

凡人情缘 / *179*

师姐没有走 / *208*

没有消息的侯鸟 / *223*

林雪的人生 / *241*

不要离开我 / *253*

我的姐姐 / *267*

后　记 / *280*

不经寺里的千山雪

佛说，大悲无泪，大悟无言，大笑无声。

1

千山雪不是雪，千山雪是一个人的名字，他的身份是小和尚。

我总觉得小和尚是不会长大的，长大后就是老和尚了，直到我再也听不到不经寺的钟声响起。

有生之年，我定要认认真真地看看这个静谧执着，或许又是易碎的世界。佛说，大悲无泪，大悟无言，大笑无声。我想，不经寺里发生的一切正是应了这话。当然，它可能也是我虚妄了的表达。

不管怎样，我和不经寺曾有一段不解之缘。

不经寺的香火不旺盛，不是因为这里的供奉不灵，也不是因为这里的和尚不通惠达。不经寺的和尚很奇怪，只有三人，一老两少，一个师父，两个徒弟。师父法号密空，两个徒弟，其一明净，其二千山雪。

这当中不解的问题来了，千山雪没有法号。听密空师父说是修行不够，留待观察，再赐予法号。

不经寺的香火不旺，听山下的人说这三个和尚面色不好，脸上永远挂着淡青色。由于上山供奉、烧香的人太少，不经寺的生存就成了问题。于是，师徒三人就在寺后的山坡上开辟出一块菜园子，里面种了许多蔬菜、瓜果。显然，这不能确保一年四季都温饱。不过，他们一点都不着急，该念经则念经，该晒太阳则晒太阳……乐此不疲。

我从小跟着奶奶生活，奶奶是一个虔诚的佛教徒。

奶奶对佛的虔诚已经达到很高的程度。我们这个家本不富裕，没有多余的口粮，但奶奶还是坚持从不多的口粮里拿出一部分，隔三岔五地送上山去。

以前，我是不想上山的，觉得不经寺一点都不好玩。直到有一天，奶奶更老了，上山很费劲了，我也就上了不经寺。

记得那一天阳光很好，鸟儿也叫得欢畅。奶奶说："天色这么好，去不经寺上上香吧！"奶奶这是话里有话，那一年我已经十二岁了，成绩一点儿都不好，还因调皮把腿给弄伤了，很长时间才好。

奶奶觉得这一定是我之前不愿意去不经寺才造成的，现在，必须去求求菩萨，听听密空师父的真言，开化开化。

我心疼奶奶上了年纪，所以，一大早就搀扶着奶奶走上去往不经寺的路。

路上，我问奶奶："不经寺的和尚都长什么模样啊？是不是就跟小人书上画的一样？"

奶奶摸着我的头说："一样……一样，比书上还真。"

我心里泛起一点涟漪了，又似懂非懂地充满了向往。

大约一个时辰的样子，我们到了不经寺。

抬头望去，"不经寺"三个苍劲有力的大字嵌在一块大匾上。寺门的前面有十来级石梯，两旁的树木高高矮矮、稀疏有致地矗立在那里，微风吹来，一些树叶落下，为这寺院平添了几分禅意。

这是不经寺给我的初步印象。

我当时在想，这么好的地方香客怎么寥寥无几呢？正想着，不经寺的住持密空师父出来了，他的身后还跟着年纪与我不相上下的小和尚。

我看着他们向我轻盈地走来，也看见密空师父身披袈裟，那袈裟上有几个破洞。

我当时又在想，看来不经寺的确很穷啊！而密空师父身后的小和尚竟然没有光头，也让我心生诧异：不是光头，戒疤……戒疤呢？没有剃度，他不算和尚啊！

在我还没有来得及做出惊讶状时，密空师父定睛看了我一眼，沉声说道："这位小施主，你心中有不小疑惑啊！"

我心中一惊，他怎么知道我心有疑惑呢？

这时，一旁的奶奶赶紧向密空师父双手合十，虔诚地说道："密空法师，这是我的孙儿，名唤智贤，调皮捣蛋，学习成绩总上不去，还望您多指点迷津。"

奶奶的话一说完，没等密空师父开口，我就先开问了："师父，您为什么不换一件好的袈裟呢？您看您身上这件袈裟都破了……"

密空师父呵呵一笑："换与不换本无区别，好袈裟、破袈裟就是一皮囊，不必在意。"

我听后忍不住"嘎嘎"笑了："师父，师父，您的意思我明白，人穿的衣服就是一皮囊，穿不穿都无所谓。"

奶奶一听，急了，扬手欲打我，被密空师父制止了。

奶奶赶紧双手合十向密空师父解释："罪过，罪过，这孩子不懂事，满嘴胡言乱语，您千万别介意，千万别介意，罪过，罪过……"

密空师父身旁的小和尚眨巴眼看着我，正偷偷笑呢。

我朝他做了一个鬼脸。

密空师父示意我走到他身边，我走了过去，他摸了摸我的头，脸上露出慈祥的笑，抬头对奶奶说道："老人家，您这智贤孙儿啊，有慧根，有慧根……"

我一脸蒙状。

密空师父让我们进禅院就座。

我扭头看着身后的景象，不经寺的前面是连绵起伏的青黛色群山，有朝阳从那边倾洒过来，将整个不经寺，还有我们，映衬得清亮、灿烂，美不胜收。

进了禅院，院子里摆放了一些盆栽的青松，它们被修剪得错落有致，简约可观。这时，密空师父将我的手放在他的手里，我才发现，这是一双很大的手，有别于奶奶那双粗糙的手，它细腻、柔软。在这双手里，我有了不曾有过的平静。

我有些羡慕小和尚了。也许他的世界一直都是平静的呢。但我又有点替他不值，我学习成绩不好，但身边有很多伙伴啊！他呢？他平静的日子，该如何度过？一天，一年，十年……

奶奶和密空师父面对面坐着，我和小和尚并排坐着。

奶奶和密空师父交谈着，内容大都关于家境，还有她孙儿的。

我和小和尚也不打坐，双手托着下巴，静静地听着他们的谈话。

这时，密空师父停止了和奶奶的交谈，转向我们，又摸了摸我们的头说:"老人家,我看他们两个也很有缘分呢。"

奶奶笑了笑,恭敬地双手合十。我和小和尚都听不懂,但我们心里都非常高兴,小和尚开心得眉毛一上一下地律动着。

我和小和尚的友谊就从这里开始了。

也许,这就是密空师父所说的缘分吧,就像他和奶奶一样。

2

小和尚就是千山雪了。

他是一个孤儿。

有一次,密空师父下山时,在半道听见有婴儿的哭声,循声而去,只见道旁的草丛中有一棉布里裹着的婴儿。他弯下身,抱起了他,婴儿一下子就不哭了。

密空师父大喜,觉得这婴儿与他有缘。那年月,生活艰难,常有人家因家境贫困,或把孩子送人,或丢弃荒野,任其自生自灭。但,将婴儿丢放在寺庙途中的,应该是第一例。这么多年来,密空师父就捡到这一个孩子。

"你为什么叫千山雪呢?感觉就像一个女孩子的名字。"我问。

"听师父说过一回,他年轻的时候有个女儿就叫千山雪,后来因病死了。后面的事情师父就只字不提了。"

那时,千山雪会念一些经文了,我觉得挺好奇,就让他念给我听。他张口就来。

我说:"这么难念的经文,你是怎么做到熟练的?我天天背书都背不下来。"

千山雪随口说："很简单啊！用心去领会就能背了。"

我摇头，表示听不懂："我也用心背过，可还是失败了。"

"那就是你还不够用心。"

我没有话说了。反正，他的言语对我来说就像听不懂老师上课在讲什么一样。不过，我好玩的个性正一点点地影响着他。

在不经寺的东南边有一条河流，千山雪经不住我的唆使，第一次偷偷下山了。

那一天，我们在河里嬉戏玩耍。打水仗，捉小鱼，逗蚂蚁……我们做了很多小孩子童年该干的事，好不悠哉！千山雪笑起来特别可爱，俩小酒窝，还有那会律动的眉毛，我至今还能清晰地记得。

有一次，我想了新的玩耍花样。我带着千山雪去了一个竹林，用砍刀砍下一根约大人手臂粗的竹子。接着，取了中间两节，又用烧红的铁条将它打通。

我拉着千山雪去了一片庄稼地，那里长满了豌豆，远远望去绿油油的一片。

这会正是午后，几乎没有人。不过，为了安全，我让千山雪放哨，自己去偷摘豌豆。他紧张得不行，催促我快点，我一脸不在乎地说道："没事，放心吧，如果被发现了，我们撒腿就跑，他们跑不过我们的。"

不久，千山雪也不放哨了，加入偷摘的行列。我们将偷摘的豌豆用衣服包好，跑到一个小山坳下剥了。

"接下来我们干吗？"千山雪摸着脑袋，一脸不明地问我。

我一边将豌豆装进竹筒里，一边得意地说道："你就瞧好吧，我做竹筒豌豆给你吃，可好吃了，清清的竹子香味慢慢地浸入一颗颗嫩嫩的豌豆里，那滋味……"说着说着，我就止不住流口水了。

千山雪应该是第一次知道豌豆原来还可以这么去做着吃,他的兴致瞬间被我勾得高昂起来,一只手不停地摸着光滑滑的圆脑袋,那模样就像好多年没有听到新鲜事了一般。

我将准备好的盐和从邻居张大婶家偷来的猪油混合在一起,灌进了竹筒,再扯来一把青草塞紧竹筒口。在架好简易的灶台后,将竹筒横放在上面。

在跳跃的火苗中,我们听到"滋滋""啪啪"的声响,火光将我们的脸庞映照得红亮,那光景下,我哼着愉快的歌,千山雪则念起了我听不懂的经文。

小山坳里声音悠远,青烟袅袅,在少有人的乡村午后形成一道别样的风景。

大约过了二十分钟,我装作很专业的样子察看被烧煳了的竹子,又将手叉在腰间,略弯下身子说道:"豌豆熟啦,我们可以吃了。"

在竹筒口的青草被我取出来的那一刻,浸满竹香的美味像笋子开放似的冒了出来。

"好香啊!一定很好吃!"千山雪吞着口水,赞叹道。

"那是肯定的,只有我才能做出这人间美味!"我满脸得意,眼放异彩。

接下来,就是一阵狼吞虎咽,我们吃得满嘴是油。

这时,千山雪突然害怕地说道:"糟了,糟了……我是不是犯戒了?师父说过……"

我不在乎地说道:"怕什么,我不说,你不说,你师父怎么会知道?"

他怔怔地看了我一会儿,才说道:"好像是呢。"

后来，我们更大胆，偷村里的鸡烤着吃，刚开始千山雪感到很后怕，后来胆子大了，寺庙里吃得太清淡，肚子里没油水的滋味太难受，就主动来找我寻肉吃。

那时，他常对我说一句话："不经寺里的生活太清苦，肚子老在造反，智贤，我们去捕鱼、捉鸟来吃吧。"

我绝对全力支持他。

他偷偷下山的次数越来越多，直到有一天被密空师父察觉了。

那天，千山雪再次下山，密空师父将他带了回去。

我很着急地看着他和密空师父离去，却无计可施。奶奶一再告诫我要对密空师父尊重，不可胡言、不可妄语、不可……

我一个人呆坐在草地上，担心千山雪会受到什么样的惩罚。我听奶奶说过，如果和尚吃肉极有可能会被逐出山门的。那一天，我心神不宁，奶奶看出来了，就安慰我说："孙儿，你不用太担心，密空师父对千山雪就像奶奶对你一样，不管做了什么事都不会不要你的……"

奶奶的话还没有说完，我就忍不住哭了："奶奶，对不起，我错了……"

千山雪终究没能再下山来，我不再出去玩耍，就在家待着，有时也看看课本。不经寺的山门是远望不到的，只有在傍晚和破晓时才会有钟声响起。听着那悠远的钟声，那个夏天我竟然数清了钟声响起的次数。当然，这也代表了我想千山雪的次数，他已经成为我最好的朋友了。

暑假快要结束前的一天，我终于有机会上不经寺了。

我高兴坏了，盼望着能快一点天亮，这样就可以见到千山雪了。

哼着《快乐谣》，我和奶奶一起向不经寺出发了。

密空师父照例在山门前迎接，这一天是不经寺对外烧香祈福的日子。我看到千山雪也在师父身旁，师徒二人肃穆地站在那里，从远处望去，在佛光晨影中，如同两尊一高一矮的佛像。

这时，身后也陆续有一些人前来，但依旧不多。我按照奶奶的样子施礼，然后进了山门去烧香，去拜佛，然后再到密空师父的禅房说话。

在密空师父的禅房，我不时地去看千山雪，他不说一句话，一本正经地盘坐在那里，也不看我。我也过去坐下。时间一久我坐不住了，歪来歪去的。他依旧不理我，我觉得无聊至极。这时候，密空师父和奶奶进来了。

他们谈了十来分钟，密空师父看了看我，又看看千山雪，就说："你带智贤小施主到外面去玩吧！"

我顿时像被注射了好几升鸡血似的，兴致一下子提升，而千山雪也是很高兴的样子。我们就手拉着手蹦跳着出了禅房。到了外面，感觉心情更加豁然开朗，我们向山门外面跑去。

"密空师父打你了吗，上回我们一起偷吃肉的事？"我一边跑着，一边说道。

他摇摇头，说道："没有打，师父只是让我每天念十遍经文。"

"那还好，我都担心死你了，害怕师父打你。"我满满释怀地说道，"那……现在你还念吗？"

"嗯，念，一直都在念。师父说了，经念得多了心就明了，不再犯罪业了（指身、口、意三业所造之罪）。"

"那你还是不要再吃肉了，你是和尚，吃肉不好。"

千山雪听了，不说话了，眼神中流露出我看不懂的色彩。

我又说："你师哥呢？怎么一直见不到他？不经寺里就你和密空师父两人，你师哥如果一直不回来，你就是唯一的衣钵传人。"

"师哥多半不回来了,走的时候很决绝。"他说道,"我其实挺想念师哥的。"

"那你害怕吗?有没有想过还俗下山也不回来了?"我开始为千山雪的未来担心起来。

"我不知道。"他轻摇着脑袋,"我在俗世,没有家。"

于是,我们都沉默了,突然觉得眼前的景色黯淡了下来。最后,我们坐在后山的石梯上一言不发。过了一会儿,他一脸忧心地对我说:"师父把我当成他的亲生儿子,我要是走了,他会伤心的。"

我顿时说不出话来,第一次感觉到有一种说不出的难受在心里作梗。

我和奶奶离开时,奶奶、密空师父脸上都挂着笑容。

那是一种怎样的淡然啊!若干年后,我回想起当时的场景:那时家境的贫寒,奶奶从来没有抱怨过,她用她坚实的双手将我拉扯大,想起这些,我忍不住要哭。

我记得当时是这样问奶奶的:我和千山雪什么时候才能像你们那样啊?

奶奶摸着我的头慈祥地说:"等你们长大了,心里有了一些东西,没了一些东西的时候就可以了。"

"那我要快快长大,千山雪也是。"我轻快地说道。

密空师父笑笑地看着我们,挥手告别。

3

关于千山雪的师哥明净,他有太多的故事,而关于他的故事,我从密空师父和千山雪那里获知一些。

时间需要倒流，流到好几年前。

那时候的不经寺香火很旺，那时候的不经寺里的和尚不但比现在多，还不够"用"。香火旺的时候，他们根本忙不过来。烧香者下山的时候寺院里香灰、纸钱……四下散落。

明净就是在这个时候来到不经寺的。

未来之前当然不可能明净，来了之后，几经世事就明净了。

明净原名承志，他在小镇的工地上做工时腿受伤了。医治好了，却留下后遗症，做不了重体力活。一家人的生活变得拮据起来，小舅子就在不经寺给他找了个打扫庭院的事做，报酬虽不高，但够给他读高中的女儿交学费，也够他和媳妇的生活。

承志很满意。

承志对寺院的一坡一地、一花一木都充满了敬意，总是把它们打扫得干干净净的。

寺里的和尚都很满意。

没事的时候，承志就坐在旁边听和尚们念经。不经寺里念经念得最好的和尚有两个：一个是密空师父，另一个是了情和尚。密空师父念的经清晰敞亮，了情和尚念的经悠远意长。相比之下，香客们更喜欢了情和尚念的经，听了心里特别舒服，就像欣赏曼妙的音乐一样。很多来寺里的香客都希望听到了情和尚给自己念经。

了情和尚个头不高，身形偏瘦，他为人随和，容易接近。

承志经常问他这样那样的问题，他从来不恼，总是耐心解释、开导。

承志很喜欢和了情和尚在一起，他们的关系也越来越好。

一天，了情和尚病了，吃了几天草药不见好转，只好去山下医院就医,好多天没回来。于是,承志在不经寺里的人生转折就此开始,也应了"万事皆有缘"这句话。

不经寺里突然少了了情和尚,自是忙乱。香客多,要求念经,应付不过来。密空师父一把年纪了,嗓子都快冒烟了,一时也找不到会念经的和尚。正苦恼时,一和尚说:"密空师父,那个扫庭院的承志经常和了情在一起,何不问他会不会念经?"

密空师父一拍脑瓜,说:"有理!有理!"

在庭院的一个角落里,密空师父找到承志,直言要请他念经一事。承志有些惶恐地说:"密空师父,我会念,但念得不太好,这恐怕不行。"

密空师父说:"不妨,你且念一段我听听。"

承志就赶鸭子上架般地念了了情和尚最喜欢的那一段:无无明,亦无无明尽,乃至无老死,亦无老死尽……

密空师父听后喜出望外:"真是太好了,从明天开始,你就代替了情给香客念经。"

"不……不不,我又不是和尚,我不念!我不念!这让我媳妇知道了,可不笑话死我。"承志一个劲儿地推辞。

密空师父捋着胡须说:"我没让你当和尚,你也不用剃头,也不用穿僧袍,只是在我们忙不过来时帮着念一会儿就行了。"

承志还是推辞,说:"这也不好,我做不了。"

密空师父想了一会儿,说:"你看这样行不?不让你白念,念一天给你四十块钱。"

承志听到这话,有点心动了。他想,这念经的收入可比扫院子多得多了,还是划得来的,只是……

密空师父见他还在犹豫，又说："不用顾虑太多，也不是让你一直念，等了情的病好了，你就不用念了。"

承志见密空师父把话说到这份上了，也就不好再推辞了。

承志不负密空师父所望，他学着了情和尚念经的样子，有板有眼，香客竟然很喜欢他念的经。渐渐地，来找他念经的人越来越多，如果寺院里的人不说，香客们根本不知道承志就是一尘世俗人。

密空师父犯难的事情就这么圆满地解决了，不经寺又恢复了从前的样子。

有一天黄昏，不经寺里难得有清闲，密空师父就跟承志随口说："我看你的确与佛有缘，要不，你把头发剃了吧？"

承志瞪了密空师父一眼，没有说话。

密空师父接着又说："我一个月给你两千……"

承志听了，立刻翻脸："密空师父，我尘世难了，绝不可能出家做和尚的！"说完，不等对方再说什么，当即就下了山。

密空师父可能是真的惜才，望着承志下山远去的身影，轻叹了一声。

回到家里的承志一肚子气，饭也不吃。媳妇弄清楚丈夫为什么生气后，乐呵呵地笑了好一阵子："我说老承，你根本犯不着为这事生闷气，那密空师父让你剃头当和尚，你就真的是和尚啦？只要你心里不认，不就行了吗？再说，你看隔壁村的那个小武，他都光头十来年了，他是和尚吗？还不是照样喝酒、吃肉的。"

承志看了媳妇一眼："你说得好像有点道理。可我心坎里难过去啊！"

这时，媳妇凑过身去："你看啊，老承，咱家闺女快要上大学了，我正愁没处张罗学费呢，要不……"

　　承志无奈地叹了口气，第二天就回到寺院把头发剃了，成了假和尚。也不知道为什么，这承志仿佛就是与佛有缘，剃了头的他名气越来越大，大到就如得道的真和尚一样。

　　了情和尚得的是不治之症，生命的日子剩下倒数。这天，承志下山去看他，由于出门匆忙，就忘了脱去僧袍。当他出现在了情和尚的病床前时，了情着实地愣了一下，说："你……怎么皈依佛门了？"

　　承志摸着自己的光头，说："没有，我是假和尚，我老婆孩子都指靠我呢，怎么可能出家？"

　　了情和尚轻轻地笑了一笑，没再说什么。

　　承志或许没有看出了情和尚的笑意味着什么，他转而问对方："有一件事我一直想问你的，当初为什么出家啊？你有老婆和孩子吗？"他曾听不经寺的一些和尚说过，了情在出家前是有老婆孩子的，至于为什么上了不经寺做和尚，他只字不提。

　　了情面无表情地摇摇头，什么也没说。承志想，肯定是发生了什么让他伤心的事，要不然，好好的谁会出家呢？

　　了情和尚更加消瘦，已经不能进食了，只能靠鼻饲。他也知道自己时日不多了，执意不再住院，想回到山上了却此生。

　　承志十分疑惑，生命都已经到这节骨眼上了，为什么就不肯说出家人在何方，也好见上最后一面啊？他凝视着了情和尚，心里很不好受，一种莫名的悲痛袭上心来，想不到人的生命竟以这样孤独的方式终结。他悄悄抹去眼泪，每天照顾了情和尚的饮食起居。

　　这一天，暮色降临。了情和尚对承志颤巍巍地说："我柜子里有一件最好的袈裟，还有几本经书，就送给你了。这一辈子，我都孤苦，取名了情,就想了断情缘,心无挂碍,心无挂碍啊!唉——"说完,他又把那串挂了半辈子的佛珠取了下来,放在承志手上。

了情和尚的离去让承志流了很多眼泪。他觉得这世上恐怕没有比了情更伤心的人了。打坐的时候,他一不留神就进入了一个场景,他发现最后只剩自己孤独一人,任凭怎么呼喊也没有用。

从场景里出来,承志害怕得冷汗直流,他可不想落得像了情和尚那样的结局,到最后连个送终的人都没有。于是,他做了一个决定:等女儿毕业、工作落实后,就离开不经寺。

现在想来,当时了情和尚不语应该是意味着什么。或许他已经看穿,但不能明说的心理阻碍了他;或许他真的觉得承志与佛有缘,就像密空师父认为的那样。

女儿终于大学毕业、参加工作了,承志高兴不已。他正盘算着回家享受的日子,连行李都收拾稳妥了。这一天,媳妇来找他,说女儿得体体面面地出嫁,不能让婆家小看娘家,咱老两口帮着筹点钱。

承志一听,立刻就犯愁了,说:"你让我上哪儿筹这三万去?"

媳妇想了一下,说:"要不,你向寺里借,他们那么多香火钱,不差这一点儿。"

承志也想了一下,最后决定去试试。于是,他就去问密空师父,说能不能借点钱给他应应急。

密空师父的回答很简单,就说:"少部分可以,多了恐怕不行,不经寺里也需要开支。再说,这是公共的钱财,挪用多了,他们有意见。"

承志说:"我知道,我这不是有急用吗?那……能不能给我涨点工资呢?"

密空师父说:"可以涨,你擅长念经文,不过……"

"不过什么?"见有希望,承志赶紧追问。

"你得做真和尚。"密空师父沉默了半晌,才说道。

承志用眼盯着密空师父,说:"我现在和真和尚有什么区别?"说完,他指着自己的上上下下。

密空师父说:"当然有,做真和尚就要守清规戒律,并且……不能有老婆。你现在有老婆,尘缘不算了结,你不是真和尚。"

"那……做真和尚,一个月能给多少?"

"你想要多少?"

承志想了一下,伸出五个手指——五千。

密空师父同意了。其实,他同意也有不得已的苦衷,不经寺想要传承下去,需要对佛有悟性的人,他纵观寺内上下,找不出几个人。

承志心情复杂地下了山,回到家里把这事跟媳妇说了。媳妇听后,沉默许久。

"你要是没意见,我就去当真和尚了。"

媳妇听了,泣不成声。

承志叹了一口气,说:"事情也没有到不可挽回的地步,你别哭,我还能还俗的。我打算做三年,就下山。"

"我等你,我等你……我一定等你。"媳妇抱着承志边哭,边说道。

就这样,承志和媳妇去离了婚。

不经寺里,密空师父在承志头顶烧了戒疤,成了真和尚。

那天,他第一次穿上了情和尚送给他的那件袈裟,戴上了情和尚送给他的那串佛珠。承志心里五味杂陈,没有想到了情和尚给他的东西全都派上用场了。和尚们都说承志这身形和气度俨然就是了情和尚啊!

此后,承志每天念经诵佛,但他心里仍想着老婆和女儿。

有一天,承志隐隐听说他老婆在和另一个村的木匠来往。在那个年代,木匠还是很吃香的,每个月工钱有不少。承志不相信自己的媳妇是那样的女人,他悄悄下山回家,正好撞见自己媳妇和那个木匠在床上滚得火热。

那一刻,承志心痛不已,万念俱灰,任凭媳妇如何抽打自己、哭喊,都没换来他的一次回头。他觉得自己付出那么多,得到的却是无情的背叛。

承志回到不经寺,从此再无挂念。半年后,有两个女人来找他。

禅房里,承志面对他昔日挚爱的妻女就像陌生人似的,凝视很久后,只说了一句话:贫僧法号明净,两位施主请回吧!

再后来,已经是一年后的事了,承志突然失踪。有人说他去了天涯海角,也有人说他和媳妇远走他乡躲了起来……

总之,众说纷纭。

这事给不经寺带来了极为不利的影响,香火由此衰落。和尚们走的走,还俗的还俗,只剩下密空师父和千山雪在寺里苦苦坚守。

我曾问密空师父,面对不经寺今天的境况,你恨过明净吗?

他不语,但我从他脸上的皱纹里仿佛知道了答案。

4

我和千山雪的见面时间更少了。因为他的功课多了,我的功课也多了。最重要的是,我变得听话多了。

虽然很少见面，但我和他还是很好的朋友。

有时，他会跟着密空师父下山来看我和奶奶，我也会跟着奶奶上山去看他们。

时间就这么一天天过去了，直到我考上师范大学，几经世事变化，回到镇上教书。千山雪也长大了，从少年到青年。

回到家的第二天，我去了不经寺。上山的路没有多大变化，路两旁青草依依，那石阶在风雨的吹打下略略显得有些残破了。到了山门，我轻步而行，这里的环境我熟悉，这里发生过的事我仍然熟悉，它们都在我的生命里留下印记，兜兜转转的人生，小小的世界能容下我们岁月的沧桑。

奶奶已过世，密空师父呢？我的好朋友千山雪呢？

"你还好吗？"我轻语。

……

继续前行数十步，看到了密空师父，他吃力地、慢腾腾地在庭院里走着，我叫一声"密空师父"，他没有听见。我走上前去，他看见了，我说："密空师父，您还认得我吗？"

他颤巍巍地看着我，牙齿几近落光的他好半天才说出几个字："认得，认得……"

我点点头，又问："千山雪呢？他还在寺里吗？"

正说着，千山雪出来了。他穿着僧衣，就站在我面前，我很伤感，我们都长大了，他们都老了。我抱住他，纵然心里有千言万语，却说不出一个字来。

好半天，我们才分开。

我和千山雪在禅房里坐着。他说他不再叫千山雪了，现在有了法号，名叫成空，是师父想了好几天才定下的。我听后，有些怅然，成空，难道这一辈子就要成空吗？

我看着千山雪，不，成空和尚，忽然觉得他特别像佛。

"也许他就是佛。"我心里想道。

在不经寺，我和成空和尚谈了许久，大多都是儿时的回忆，一直不敢触碰那敏感的话题。譬如，他会在不经寺做一辈子和尚吗？

离开的时候，他在山门前送我。挥别时，他忽然说了一句话："我师父快不行了，估计就这几天的事了。"他说得云淡风轻，没有痛苦。

我驻足一会，点头，默然。

生与死，或许和尚们早已看淡、看透。

我呢？我不知道，我只知道如果让我出家做和尚，我做不到。

没过几天，密空师父圆寂了。

密空师父圆寂的那晚，我和女友一起上了不经寺。

那天，天色暗淡，星光稀落。我和女友手牵着手上了山，在半路的时候，听到了不经寺的钟声，它一声一响，清脆又绵长。寂静的夜晚里，除了虫鸣的声音，就是那钟声在回荡着。

到了不经寺，我们看到了成空和尚，他仿佛知道我们要来，一身僧衣，面无痛色。

"师父就在殿里，你们去看看他吧！"

我们一起跪在密空师父前面，他在那里静静地躺着，没有一丝痛苦与不舍。我想，在他圆寂前，师徒二人一定交谈了什么，但这又是一个秘密，除非成空和尚愿意说出来。

我们跪在蒲团上，檀香迷绕，烛火照亮了我们。成空和尚念着经文，淡然、悠远。我和女友默默的，一言不发。

第二天,成空和尚把密空师父火化了。在"噼啪"声响中,尘归尘,土归土,生与死就这么一遭,一切都结束了。

在山门口,我对成空和尚说:"保重!"

他双手合十,也道一声:"保重!"

5

不经寺里就只剩下成空和尚了,而不经寺也越来越衰落。这样的境况过了一两年依然没有任何好转,而成空和尚的袈裟已经开始破烂。

这是光阴的摧残,我们都知道人亦老。

我曾经对成空和尚说:"我几年后会有孩子,你却没有,你会后悔出家当和尚吗?"

他笑了笑,没有作答。

女友对我说:"这成空和尚为什么这么执念啊?密空师父已离世多年,他就算离开不经寺,师父也不会怪他的。"

我说:"是人都有执念,就像我执念于你,红尘中有你做伴也是快哉!"

女友听后,一脸娇美。

6

成空和尚从此不下山了,与不经寺为伴,诵经念佛,断却世间俗事。

我到底该叫他"千山雪"还是成空和尚,已不重要,重要的是我的生命里永远回响着他敲响晨钟、敲响暮钟的灵音，直到我们都老去，直到我们都不在人世。

有时我在想，人生的执念各有抉择，在我们离世前会后悔吗？

谁人知道……

长乐寺里的冷居士

长乐寺里只有冷居士,云天阁里只留"戒空"。

1

长乐寺并不长乐。

冷居士也并不冷,前天下山买药的时候,半道上碰到一个女人,两人擦肩而过,没有佛说的多少次回眸……

那个女人边走边四处张望,像是有什么心事似的。

冷居士本来打算对她说点什么的,他看她有些无神地往山上走,而山上根本就没有什么可看的风景,辛苦上去,只作白行。冷居士当时又想,我与她素昧平生,如何开口劝说?

所以,冷居士什么都没有说,任由那个女人上了山。

一个是下山,一个是上山。

长乐寺里,估计不会长乐了。

按理说，冷居士和长乐寺扯不上关系，他是散游的行者。有一天冷居士觉得自己漂泊累了，正好途经长乐寺，索性就进了山门。

他善于说一些有哲理的话语，长乐寺的住持觉得他是有缘之人，又想到自己年事已高，不日便登西方极乐世界，就把他留在了寺里。

冷居士就此成了和尚。

我是在他成为和尚的第三年遇见他的。那时，他已经是住持了。他给自己取了一个法号——戒空，意为看破，四大皆空。

自从住持圆寂，长乐寺的香火在戒空和尚的努力下比以前稍好。人们上长乐寺或烧香，或诉苦……这样的日子，无风无浪，直到那个女人上了寺。

……

戒空和尚继续往山下走，到达镇上的长街，他买了几盒感冒药、几贴虎骨膏，还有一些新米、盐醋、元书纸……

山上清苦，特别在茹素（**吃素，不沾荤腥**）之后，肚子饿得很快。虽然上山的访客中偶尔有一些人会带来茶叶、糕点之类的，但还是不大够的。戒空和尚打算这次下山后就不再下山了，欲在寺院的后山开垦荒地，种植蔬菜、水果。

上长乐寺的访客大都带着烦恼、痛苦，他们坐在蒲团上一个劲儿地掏出心中痛苦，怨怼中淌出无助的眼泪；动情中，有的还放声大哭。

我那时心中有未明，譬如心中有明月，却未得折桂枝，就如白居易在《晚桃花》一诗里的心境。

我也想倾诉，但戒空和尚阻止了我。他对我说："你就是能自明的人，无须倾诉，自可愈。"

我表示不解，但看他不语，就住了嘴。

那些访客——除了我——在恣情表达后变得安静起来。这也是戒空和尚耐心聆听、极少询问或劝解的缘故。

我想,到这样的境界后他们是不需要了,讲完了,情绪自然就好了不少。然后,戒空和尚就带着他们在寺内寺外慢走一番,他们的心情更加明朗。

我问他:"这些年,一直是这样吗?有没有想过改变些什么?"

他平静地说:"世间烦恼苦痛犹如花开花落,无须去做任何改变。"

我虽听不懂,那些访客也听不懂,但,随着这一遭走,他们的情绪已经稳定了,流过的泪水被风吹干,又再显出一些愉悦、惭愧……之后带着一身轻松下了山。

一些访客在转身之际对戒空和尚说:"大师,还是你好啊,能长年在寺里,我们上不了山,唉!红尘俗世难断哪!"

望着下山的访客,戒空和尚会说:"这一上一下,不知带来多少新的痛苦,也不知带走多少旧的痛苦,流俗的众人哪,真是万般的苦!"

我望着他,心潮起伏,却没有了任何言语。

在山门前,我一转身,抬头望见那被风霜腐蚀过的牌匾,上书"长乐寺"三字。我轻吸一口气,在点点落叶飞舞中跟随戒空和尚进了山门。

2

如果这个世界允许我重走一遭,我会不会再走一遭长乐寺?

我不甚明了。

但我相信，戒空和尚应该不会。

那时候，我若也在，应该叫他冷居士还是戒空和尚？

这是一个难题。

我了解到长乐寺的一些隐秘，关于它的，还有住在里面的人。

戒空和尚说他到长乐寺的第二年，无意中发现寺院后山有一天然山洞，距离寺院并不遥远，若攀爬得快，大约十五分钟就可以到达，沿途有稀疏的灌木，三三两两的野果树穿插其中。那山洞的面积不大，却够两三个人轻松居住。当时，戒空和尚一阵惊喜，就将山洞改成宜居，取名"云天阁"。

如果站在云天阁的旁侧向山下望，你会发现它和长乐寺浑然天成，犹如前世所生，给人十分的亲切感。

早些时间，少有人知道云天阁的存在。后来，有些爱探究的香客发现了，他们就盯着"云天阁"三个字细看，问了很多奇怪的问题。譬如，为什么不配上一副对联，这样才好？又譬如，何不索性出家做和尚？

当时的他只是冷居士，还不是戒空和尚。

前一个问题，他的回答是随性，有好的对子就贴上去。

后一个问题，他略有所思，回答说，自己还不够格。

问者于是很懂地点头：那你就是云天阁的居士了，这样也好的。仿佛这样的回答是替他解答了心中疑惑，同时又有了几分莫名的同情。

他笑笑地回应，又说："其实，我就是居家之士罢了，或许有一天会遁入空门。"

问者听后，不再言语。

3

还是叫冷居士为戒空和尚吧！毕竟，我见到他的时候，他就是了。

戒空和尚回到云天阁已近黄昏。他因偶感风寒，咳嗽得厉害，再加之早些年摔伤过，腰部会因天气变化犯痛。他打算洗过热水澡后，再用药。

一盏茶的工夫，水准备得差不多了，忽听到有脚步声，而后是拍门声。

"居士！居士！"是女声。

这时间还有人来？虽有疑惑，也只好重整衣衫，开了门。

女人直通通地走了进来，丝毫没有生疏、违和感。"你就是那位居士吗？穿的就是普通人家的衣服嘛，我还以为……"她说话的语气粗鲁，甚至还有点揶揄。

戒空和尚直愣愣地望着她："你是……你是……你就是……"他认出来了，她就是前天下山途中与自己擦肩而过的那个女人。

他点点头，说："我就是你说的居士。"然后，他示意她坐下，自己则去倒茶水，并供上半根线香。

不知道为什么，戒空和尚在云天阁住了几个月后，有了一些访客莫名前来，若是到了长乐寺的旺季，访客就更多。起初，他很不适应，这完全不是他的设想。后来，他也想通了，并慢慢地形成一种待客之道：淡淡的，没有杂念，也是真心地给人施与。他觉得，如果在云天阁能让他们在下山后有一种全新的生活，也是一种功德。

女人兴许是走了许多路，显得口渴，一连喝了两盏茶，不时地四处打量，无须这里的主人许可就起身走走，像是客人住店要经过一番仔细打探。

戒空和尚保持闲淡、从容的姿态，一边回答着她无关痛痒的问题，一边用自然的视觉来判断这位访客。

她一头略卷、到肩的头发，在咫尺间就像寒冬后盛开的一丛黛色鲜花，给人一种唯美的感觉；眉宇间很空，没有常见的忧郁之色；一袭青衫在身——这样的装扮与她的急性子判若两人。她总是不等回答就紧跟着问下一句。更让人诧异的是，她会无故地发出笑声，却显有凶色。当然，这也可能与她右上面颊的那道细疤相关。她安静时细疤就被头发遮掩，仰头一笑时，就现出来，凶了。

抛开她的急性子，抛开她的那道细疤，她就是绝色美女。

"我要住在这里，我也要像你那样，看破红尘，无虑无忧。"她认真地盯着戒空和尚看，决绝地说道。

戒空和尚没有表现出吃惊的模样，因为这些年见多了。他见过的访客中，有因受了情伤，要出家的；有心烦意乱，要断却人伦关系的；有恨欲到顶，要自杀、堕胎的；有视钱财如无物，要捐出所有的；有抱着刚出生不久的孩子，要他取名的；有风尘仆仆上山，请他下山劝慰某人的……总之，各色各样、林林总总的都见识过了。

很多访客都认为戒空和尚无所不能，但他自己却不这么认为。其实，对于自己是"能"还是"不能"，戒空和尚也说不清楚。有些时候，一些难解的问题在他这里竟然奇迹般地解决了。他想，这里面或多或少有歪打正着的存在呢。

只是，这一次呢？他也不知道自己是"能"还是"不能"。因此，他保持沉默。他需要再观察观察。

那女的很专注，确切地说，是执着。她毫不生疏地把这里当作她的家了。她轻轻地拍了拍手："东西都带上山了，就搁在外面。你不吱声，就是同意了哈！"说完，她旋地一转身，停留了两三秒的时间，又说，"对了，东西有点多，我一个人拿不完，我们两个人下去，就不用跑两趟了。"

戒空和尚这才意识到问题的严重性，同时，他也想到洗澡水一定都凉了，对了，还有……还有感冒药也没有吃呢。可是，为什么要想到这些呢？它们与眼前这个女人有什么关系吗？不……不，没有什么关系，只是心……有了从未有过的慌乱……

他面露难色，站在那里一动也不动。

"怎么了，是怕我吗？"她咯咯地笑了起来，歪着头，用眼睛斜望着他，"怕我是女的吗？还是怕我会……吃了你？！"后面三个字语气有点重，说完，她又花枝乱颤地笑了笑。

戒空和尚低沉地说了声"阿弥陀佛"，他不是有男女分别心，而是不想与别人共处。这事本自清明，只怕眼前的这个女人日后乱说，毁了长乐寺的清誉。

"女施主！"他再次用低沉的声音说道，"这恐怕有所不便……你还是另选它处吧！"

她没有显露出不高兴的神情，用同样低沉的声音说道："阿弥陀佛。"这句话她也能念，她也能做到佛说的"阿弥陀佛"，所以，她说了这一句后就仰起头笑了起来，那道细细的伤疤露了出来，"反正，我是断了俗世，不想再见到人了。"

"我和你也一样呀！"戒空和尚看着她，尽量压制因内心极其不愿意而导致的神情。

"哦，这就是说我的到来妨碍到了你？"她听出来戒空和尚的心意了，"可……可我还觉得你也妨碍了我呢。佛说'与人方便，就是与己方便'，这样，我们先一起去拿东西，耽搁不了你太多时间的。"她一边说，一边往门外走，"我跟你说啊，我可是讲道理的人呢。"

戒空和尚望了望盛洗澡水的木桶，迟疑了一下，还是跟着她走了出去。

"我不是要你主动让出云天阁，我们不妨来看看谁更需要它。我这样说，讲理吧！"她在前面走着，自顾自地说，"我跟你讲我的事，绝对是佛听了都要大发慈悲，你的事讲不讲都可以，随你所想。你听完了再想想，是我该走，还是你让出，好吧？"

这样的话听起来也不是没有道理，戒空和尚没有反驳。他觉得自己今朝是遇上难解的访客了。为了长乐寺的大慈悲，他断了许多念想。

其实，他不是没有想过哪一天就有什么力量迫使他从云天阁搬走，譬如自然灾害，一场暴雨将云天阁毁灭；譬如旅游开发公司，他们看上了这一方寸之地……他想着自己老了，再也不用下山买东西了，再也没有能力去为谁分担忧愁，在无法阻挡的岁月的侵蚀下死去，而云天阁也一起灰飞烟灭，就像是从来没有存在过。

他想了好多，就是没有想到某一天会有一个右上面颊有一道细细疤痕的女人出现在云天阁，以她自圆其说的理由"强行霸占"了云天阁。

若是从佛理上来说，这一定是有缘的！是前世的因，还是今世的果？

戒空和尚被这"因果说"定了神。毕竟，因果论所向披靡，一切抗拒的、烦躁的、不安宁的、嗔怒的、罪业的……都会在它的指引下变得温顺下去。

于是，他深舒了一口气。戒空和尚在他的"不自在"里找到了安宁的理由。

果然是断绝俗世！那一大堆东西就搁在那里，在柔和的日光下显得安安静静，等待着主人将它们带到云天阁。

此情此景，很容易让人想到"夕阳西下，断肠人在天涯"后的皈依感。几只还没有归巢的鸟儿在枝头叫着，声音婉转、流离。

再往山上走，那条路依旧在，她的话依然多，只因拿了东西显得有些沉重，说话短促。戒空和尚拎着一些东西，没有言语。他可能从未想过有一天，像他"得道"的人会对访客没有了回应的语言。是自己退化了，还是……

总之，戒空和尚觉得暂时保持更多的沉默为好。

走到半路的时候，戒空和尚突然想到两个问题——

一、眼前这女人为什么来到长乐寺，而不是闲云寺——它就在长乐寺的东南面，距离十多公里？

二、为什么住持圆寂前她不来，圆寂后不久，她就来了？

如果将这两个问题合二为一，就是一个问题：她到底要干吗？

快到云天阁的时候，她停下了脚步，问："我是古南镇人氏，你呢？"

戒空和尚想了一会儿，说："我在临县。"

"哦，那你是云游到这里的？"

"嗯，也算是吧，有缘就到这里了。"

"我没有读过多少书，初中未读完就辍学了，你多大了？有四十了吗？"

"不止了。"或许是修行的缘故，戒空和尚已四十八，看起来却像四十岁的人。

"那比我大了不少。对了，你叫什么呢？"

"姓冷。"戒空和尚只说了姓氏。

"那我该如何称呼你呢？"

"就叫我戒空吧！"

"好啊！我姓陈，你就叫我陈丽吧！"说完，她笑了笑，在有点昏暗的光线下骤然响起的笑声，打破了云天阁以往的沉寂。

或许，云天阁，不，应该是戒空和尚的命运从此将发生改变。

而我，对戒空和尚的讲述显得更加有兴致了。

4

两人进了云天阁，一阵忙碌后，一切安排妥当。

戒空和尚走出云天阁的那一刻，心情有些不平静，他回头望了一眼那个女人，哦，现在应该叫陈丽了，他看见她躺在床上很快就睡着了。"她可能是太累了，需要休息。"戒空和尚心里想道，又轻轻地摇了摇头，说了一声"阿弥陀佛"就小步下山了，到长乐寺的一间禅房就寝。

戒空和尚有早起的习惯。他会由长乐寺往云天阁跑上一遭，在云天阁前迎着朝阳的方向慢慢吐纳呼吸。之后，休息片刻，再就地做一百个俯卧撑、高抬腿、足下蹬。他一直想弄两个石墩，用以举鼎，因未想好石墩的大小、重量，就不了了之了，他想着只要心静，肌肉这一块的锻炼过得去就行了。

感染风寒后的身体还未痊愈，虽吃了药，体力却不比平常，戒空和尚练了一半就感到体力不支，浑身冒汗，衣衫都快湿透了。

他正想脱掉衣衫的时候，兀地想起这里有外人，冷不丁地打了个战。随后，他停在云天阁门前，放慢了动作，扭头看了看房门，里面的女人没有任何动静。

"看来，陈丽女士是真的累了，未能早醒。"他正要吁口气，一道人影却猛地推门出来。

"戒空师父早啊！"她改口了，"哈哈，我都看了你半天了，这房门不严实，好些缝儿。"

"早！"戒空和尚略显尴尬，幸好自己没有脱掉衣衫，否则……他没敢往下想。

"这里蚊子有点多，但我没有打死它们，出家的人不能杀生，这个我懂的，嘻嘻……"她说着这话，有点得意。

"也怪我，有蚊香的，忘记跟你说了，回头我给你去拿。"刚说完，戒空和尚就觉得自己讲得不对，听上去是同意她长期住下去了？

"我做了早餐——我其实起得很早的，我们一起吃早餐吧！"说着，她就小跑回了屋，到了里屋她又回头喊道，"戒空师父，进来啊！一起吃，我做的早餐很美味的。"

戒空和尚怔怔地立在那里，没有挪动脚步。里面的陈女士（他决定就这么叫她了）没有管他了，而是忙活着摆上饭菜。

几分钟后，桌上就摆好了早餐：一盘胡萝卜咸菜，一碟豆腐乳，两碗稀饭。

还是进去坐在了桌前，戒空和尚的脸上有几分勉强，他努力不让勉强过于明显，筷子举起一半，悬在空中，停留片刻后，端着碗出去了，他一筷子菜都没有夹。他坐在云天阁外面的石块上，齿舌搅动，吃不出味道来。他甚至还有一种无色的感觉：云天阁是属于他的，怎么自己就在一夜之间成为客人了呢？是自己心无明，还是心不净？

他将嘴里的粥慢慢地咽下去，到胃里的那一刻有一种久违的温暖。

记不清这样的温暖什么时候有过，也许是小的时候吧。恍惚中，感受到那时妈妈喂粥的温暖……呵！这得快一个世纪了啊！如果不是闹饥荒，他怎么会成为居士，流浪天涯？如果不是那个老乞丐说自己与"道法"有缘，说不定……

戒空和尚的这顿早餐吃得有些不平静，比他平静的是云天阁里的陈丽女士，她喝粥的声音，还有"叽叽"嚼菜的声音从里面传出来，与这风轻云淡的早晨一起形成了一种无法形容的曼妙。戒空和尚仰头将剩下的粥喝光了，心里涌起一些惭愧，自己算哪门子出家人，竟然思绪如此复杂？

为了平复心里的不安宁，戒空和尚整个上午都在云天阁抄经，陈丽则收拾完餐具后打算睡一觉，昨晚被蚊子骚扰，现在比较困乏。她拿了蚊香，点燃，放在床下，安稳地睡了，中午也没起来。

戒空和尚认真地抄着《心经》。到了中午，他没有叫醒她，跟平时一样，下山到长乐寺煮了一碗青菜面，吃了。

午后的阳光比上午灿烂了许多，照在云天阁上显出别致的美。陈丽醒了，肚子很饿，就从包里翻出一些零食吃了起来。

戒空和尚站在云天阁外，清风吹拂着他的脸庞，此刻更显俊朗，他掐指一算，到长乐寺已经有些年头了，如果时间倒流，自己还会不会到长乐寺？如果时间向前，自己会不会离开长乐寺？

不！不会离开的……绝不会！住持在圆寂前跟他说过，长乐寺是自己一生的心血，长乐寺与他有缘，长乐寺就是要让世人长乐……

戒空和尚心中不免有些忧伤，这些年，他也想过亲人，为了缓解忧伤，他才取了"云天阁"这个名字，他觉得云与天浑然一体，不会分离。可他怎么就没想过，风一吹，云就散了……

陈丽从云天阁走出来，轻轻地、轻轻地来到他的身旁，没有声息。

她开口说了话:"戒空师父,既然来了,为什么不进去?"

他转身望了望"云天阁"三个字,又将目光移向旁边的藤椅,那是靠在云天阁左边的一张用藤条编制而成的躺椅,上面有几片发黄的落叶,微风吹过,落叶飞到地上,几个打滚后,安静地躺在那里。

"还是不进了,我在藤椅上躺一下,默念一遍《心经》。"说完,他不理她,舒缓地躺在藤椅上,嘴唇翕动,《般若心经》已在心里次第展开——

……行深般若波罗蜜多时,照见五蕴皆空,度一切苦厄……受想行识,亦复如是。……无无明,亦无无明尽,乃至无老死,亦无老死尽……

她不知道戒空和尚念的到底是什么,就算她知道,又怎么能知晓五蕴、无明?她不过是红尘过客,心累了,又找不到方向,听得长乐寺里的戒空和尚明净了得,她本不想那么无赖地住进云天阁,可……天下之大,竟没有她的容身之处!

这些话,她现在还不能对戒空师父讲。日光中,她微闭双眼,一瞬间,有了恍若隔世的感觉,右手手指轻轻地划过右上面颊的那道细疤……

5

陈女士右上面颊的那道细疤是在五年前留下的。

她说自己曾经疯狂爱上一个男人,为了这个男人她和家里闹翻了。

戒空和尚盯着她的细疤看了看，没有说话。

"你就不问我这疤痕是怎么来的吗？"她若无其事地说道，"其实，我可以去医院把它弄掉的，但我放弃了，我想留着它，好记得那个男人。我当时正在给深圳的客户打电话，他就拿起刀，刀柄对着他自己，就那么一瞬间的事儿，他砍了过来，我本能地往后仰了一下，刀背还是砍到了我。他也砍了自己，我记得他流了很多的血。"说完，她依旧若无其事地眨了一下眼睛。

戒空和尚悄悄地吸了一口气，他本来是正面向她的，现在，他将身子侧向了一边，不知怎的，他不敢再去看那道细疤。这些年来，他在长乐寺也听了许多的故事，那些访客总是反复地停留在故事里，为那里面的伤、恨、怨……所缠。他们在叙述自己的故事的时候，表情丰富，犹如天生的、最出色的演员在"表演"。其实，这世上谁没有受过伤痛，谁没有被"罪业"所缠绕，这俗世里的肉身早就"千疮百孔"了。

可是，眼前的陈女士对自己过往的伤痛表现得如此淡然，像一缕风似的。她向戒空和尚靠近了一些，两人的距离更近了。

"原来，你倾听的方式是这样的。怎么样？我的故事没有吓到你吧？这事已经过去很长时间了，我现在只是把它讲了出来，在这之前，我没有讲给任何人听，包括我自己，你是第一个听过这故事的人。我在未上山之前，就听很多人谈起过你，他们说你好厉害的，所以我就上山了。我以为你像他们说的那样，现在看来，也很普通嘛，我住进云天阁了，我也是修行人了。以后，你要是忙不过来，我也可以接待他们，我一定行的。"

戒空和尚侧过身来，问她："他为什么要用刀砍你呢？"

她笑了笑，不做正面回答："我是那种不怕疼的人，我当时多机灵啊，往后一躲。但后来我又想，他应该把我砍死才对，这样我就不会再有牵挂。我那时很生气，就把肚子里的胎儿打掉了。后来，他就消失了。我找过他，找了几天，忽然觉得不值得，就再也没有找他了。我觉得，他应该是回老家去了。"

说到这里，她停顿了几秒，用手撩了一下头发："其实，我是孤儿院长大的孩子，那时候也调皮，院长都管不了我。十五岁那年，我离开孤儿院，独自一人在社会上闯荡。有一天，我认识了一个比我大十三岁的男人，那会儿，我忽然有了一种从未有过的安全感。我很爱他，他也很爱我，可为什么他就用刀砍了我呢？戒空师父，你能告诉我为什么吗？"

戒空和尚没有开口，只是静静地注视着她。

她又笑了笑，这次笑得有些凄凉："如果我说男人都是很自私的，你会同意吗？"

戒空和尚依旧没有开口，他的嘴唇却轻微地翕动了一下。

"我也知道自己的这个观点多么地错误，这世上好男人还是挺多的，你是好男人吗？"她说到这里，停了下来，仿佛是要等他说出点什么，前两次的问，他一句话也没有说。

我曾问过戒空和尚，当时的他是什么心境。他说，感觉心被什么东西扎了一下，忽然觉得自己留在长乐寺是天底下最正确的事。望着戒空和尚彻底了断情缘的表情，我仿佛明白了他与世隔绝的心境，我也不再言语了。

陈女士隔了片刻，突然嘻嘻地笑了起来："我觉得你就是好男人。"说完，她盯着他看，眼睛都不眨一下。

戒空和尚没有躲避，脑子里在想着一些问题：这个女人或许有太多的故事，也的确受过很痛的伤，可她为什么对痛苦如此麻木？或者说，几乎就看不出她有多么地痛苦。自己是很想说些什么，又关切些什么的，可心里更多的是一片迷茫——要知道，换作其他女客，早就哭得稀里哗啦、一塌糊涂了……

陈女士将目光移开，然后走进云天阁，以这里女主人的姿态说着："戒空师父，我觉得这里面的布局应该重新改一下。比如，在屋子的东角，可以放一些高矮不一的花瓶，里面插一些花花草草之类的，一定很好看。你发现没有，你原先的插花缺少品位。还有……这里，我打算挂上一幅山水画，那里……摆一些……"她自顾自地说着。

戒空和尚心里明白，陈女士根本就不适合在这里，她心里的顾盼太多。

6

几天后的夜里，戒空和尚做了一个梦。

他已经很久没有做梦了，他一向睡得很安稳。哪怕是访客对他倾诉了世间诸多的烦恼、痛苦……他也一样睡得安稳。

可这天晚上，他做梦了，梦见自己在一个岛上孤独地生活着，一开始，四周都没有人。他感到万分恐惧，拼命呼喊、挣扎都没有用，恐惧越来越强烈。他快要窒息了，这时，一道光门出现，他看到一个身影向他走来。"哦，是母亲吗？"他觉得那身影好像母亲，他再次喊道，"母亲！母亲！"身影更近了，可他看不清她的脸，他喘着气，急促，缓慢，再缓慢……最后安宁了。

其实，戒空和尚也是孤儿，他没有见过自己的母亲，不知道她是什么模样。年少的他去过很多地方，苦日子尝过，好日子也尝过，如果要有一个比较，苦日子居多。三十岁那年，他效仿古人，给自己取名冷居士。这些年来，访客来了很多，从来没有一个人能让他感到熟悉。

我问过戒空和尚："你是彻底绝望了吗？"他"阿弥陀佛"一声，说这正是他来到长乐寺的原因，求索数年，孤独里得到至乐（**语出《庄子》**）。这样的孤独或许已经不再是孤独，他原想着这样到老，了却残生，却没想到陈女士的到来让这波澜不惊的生活激起了涟漪。

陈女士已经在云天阁居住有一周的时间了。

表面上看，没有发生什么事，就跟第一天差不多。戒空和尚独自一人在长乐寺内院的一个石凳上吃着饭，陈女士在云天阁吃完饭就去睡，到下午四点左右出来活动，有时就在云天阁外面，有时下山到长乐寺。

他们没有过多的言语。如果有，也是陈女士说个不停。戒空和尚自她上山以来就没有下过山。

这日，早上的时候，他算了算口粮，差不多还能维持半个月。他想着没有口粮的那天，这云天阁里就只有他一个人。

陈女士的想法跟他差不多，她也想着这云天阁里就她一个人。为此，她开始为自己列出购物清单。那清单上的字一笔一画，写得工整、耐看。她是用了心的，就像戒空和尚默念《心经》和抄写《心经》一样。

戒空和尚有些心生嗔念了，他很想以这样的方式告诉她，云天阁根本就不适合她，或者她根本就不适合云天阁。像她这样六根未净，还不如到山下的旅馆居住，镇上物品丰富，购买方便，想要听经法了，可以和那些访客一起上山来，过后就离开，谁也不再牵挂谁。

"我真的这样去想过。"戒空和尚对我说，"但我也这样问过自己：陈女士若这样问我，不也可以吗？我的意思是说，非得执着于云天阁，我才可以至乐吗？如果是这样，说明自己还不够真诚，还不够的，还不够的……"

他闭上眼睛,他愿意再做一次那样的梦,呼喊着"母亲,母亲",安慰他不平静的心。

……

黄昏时分,夕阳照在长乐寺的山门上,一些访客上山来了。他们进了山门,来到戒空和尚的禅房——人少的时候就在禅房,人多的时候就在大殿堂里。

他们坐在草垫上,听着戒空和尚讲法。不知道什么时候,陈女士也在禅房的窗外,她轻手轻脚,素衣打扮。戒空和尚像没有看见她似的,专注讲法。

她也进了禅房,在最后一排静静地坐下。

她面带微笑,因那道细疤的存在显得难看。

她坐在那里,眼睛眨都不眨地望着戒空和尚。

两个人就像是隔世的存在,又像是仅在咫尺的无言。窗外有蝉鸣,不会打破这样的局面,整个禅房充满了禅意。

两个时辰的光阴就这么过去了,访客陆陆续续走出禅门,他们轻言轻语,有说有笑。陈女士也在其中,她轻撩头发,夕阳洒在她的脸上,那道细疤更光亮了。她没有往日的多语,她在他们之间,既不突兀,也不违和,都是俗世人。

到底会有什么不一样呢?陈女士,余晖中,一转身就像时光中的旧身影,如果她曾经打动过戒空和尚,那也是佛境里的善悯。

"我不能和她多说话。"戒空和尚这样说道,"我只希望她早点离去。"

几个访客提了些糕点,戒空和尚连忙道谢,他们直摆手:"我们三个一年前来过的呀!"他仔细看了看,记起来了,确实来过,只是现在比以前清瘦了些。

心静则人瘦，还是有些道理的。之后，他们互相攀谈起来，戒空和尚感觉自己有些饿了，陈女士仿佛懂他似的，就去洗水果去了。那三个访客对戒空和尚说，长乐寺已经存在许多年了，有些地方已被风雨侵蚀，我们想捐献一些钱财用于修葺。

戒空和尚双手合十，表示感谢。

这时，陈女士已经将水果洗净，她打了招呼，然后一行人在长乐寺的东院坐了下来。傍晚的长乐寺，风景最美。

戒空和尚忽然觉得陈女士在寺里也没有什么特别的不妥。院里阳光略斜，打在木板上，洒在植物花开上，形成既有阴影也有明亮的光景。

这一切，似乎从来都是这样，只是平时没有怎么注意罢了，哪怕是一个人，哪怕是两个人，哪怕是就那么一会儿的光景，已经是人间最美了。

戒空和尚是最安稳的了，他们几个人也安稳。

陈女士也安稳吗？戒空和尚不是很确定，他看见她只顾着吃水果，那道细疤在嘴唇的上下翕动中显得更加突兀。约莫半个时辰，那三个人决定离开，临行前又再次主动提到捐款修葺长乐寺的事。

其他访客也陆陆续续离开了长乐寺。陈女士吃着水果，说她怀孩子时特别喜欢吃水果。

戒空和尚有些吃惊，就问她："你有过孩子？那……孩子呢？"

"流产了。"她轻描淡写地回应道。

戒空和尚听了，摇摇头，遽然一转身走向禅房。

他要抄《心经》，一笔一画地抄着。他不要听到这骨肉分离的俗事，他害怕自己由此产生映照和折射，那忽明忽暗的隐痛在慈悲的世界里心跳加速。

真的要感谢抄经，一笔一画，一字又一字，它们组成一句句有佛性的语言，直抵人心，让人安稳、祥和……

他抄得很慢，仿佛要镂金刻银，仿佛要忘掉自己的存在。

天色暗了下来，随后又刮起了风，再一会儿就下起了雨。这样的场景好奇异，奇异中有一种淡淡的美，奇异中有一些莫名的伤，说不出的那种。

"下雨了，云天阁会很潮湿吗？"陈女士问道。

"会有一点，不强烈，我不在乎的，可以睡得安稳。"戒空和尚抄完了《心经》中的最后一个字，搁下笔说道。

"我不喜欢下雨，一下雨我就会想起他，我们是在一个雨天里相识的。那时我饥肠辘辘，又身无分文。但我一点都不担心，我知道我会遇到很多人，然后在他们当中找一个可以依靠的人。他们说我是一个很随便的女人，可我觉得我不是，他们不知道一个女人在无助中对爱的渴望。"她说着，撩了撩头发，又抹把脸，仿佛有泪水淌过脸庞似的，几秒后，她又说，"你觉得我是一个坏女人吗？"

戒空和尚凝视着她，没有作答，闭上眼，一声"阿弥陀佛"，略绵长。

天空中的雨在风的作用下肆虐地洒向人间，长乐寺笼罩在雨中，那滴答的雨声在夜幕中作响。我们的心情会是怎样的哟！她说了好多话，一步一步地走着，她要上云天阁，她不听他的劝说，等雨停了再走。

他看见雨水中她那身影越走越远，他没有前行，只是在凝视中让那身影越来越模糊。

夜里雨停了，时不时地吹来一阵风。院子里的木门发出"吱呀"的声响，本来想去关上的，戒空和尚又觉得不必了，一个人躺在禅房的木床上，听着夜里的这声响，它疏紧有致，如同问答对话，关照心灵，听着听着就入迷了。

他有自知的，自己虽是居士，虽是入了空门，却在某些时候也免不了俗。他仰躺着，双手抱在胸前，在"吱呀"声中不免想起她说过的话。

这个女人让他心里犯过怵，也心生过怜悯，甚至还有其他……

陈女士一以贯之的陈述里有自求的苦厄，也有对痛楚的麻木，但她又不是完全无药可救的那种。如果拿自己和她相比，在投身饲虎（佛中经典故事，语出多部佛之典籍）中所产生的种种情愫将何处安放啊？

想到这里，戒空和尚倏地起身，环顾窗外一番，心里浮起一阵沉痛感。

7

早醒了，戒空和尚在院落里晨练一番后，不自觉地上了云天阁。

陈女士起得比往常早了许多，她为自己找了许多的活，既像是在打发无聊的时光，又像是为自己残缺的心灵寻找一个出口。

她在云天阁的周遭仔细地拔除她认为的杂草，再围上栅栏，如果这不是画地为牢，那一定是美化环境，但到底属于哪一样，只有她自己知道。

她将云天阁里的器皿擦得锃亮，仿佛要它们一尘不染。

她让云天阁的四壁有了古朴美的装饰，一改戒空和尚的纯天然。

花费这么多的心思改造云天阁，如果不是因为无聊，那就是要把这里当作她的家。戒空和尚看到眼前的这一切，内心浮出一丝不安。按照他的估计，在这几天，因长乐寺的口粮用尽，陈女士应该就会下山了。现在看来，对方丝毫没有此意。

他正想开口说些什么的时候，陈女士笑吟吟地说了一句："戒空师父，你对我的布置满意吗？"

戒空和尚没有说话，只是双手合十。

她又讲述自己的未来规划，甚至讲到了死，仿佛是大彻大悟了，又仿佛仍忘不了浮尘。

戒空和尚转身下了山，一路上，脚步略显沉重，回到禅房，他开始抄经，一遍又一遍地抄。他都想好了，从今天开始，有访客进长乐寺就送他们手抄的《心经》。也是从这一天开始，他对自己说，再也不上云天阁了，除非陈女士离开。

长乐寺里的口粮只够一天的用量了。戒空和尚在禅房里打坐，他微闭着双眼，他面对的是一扇窗户，从那扇窗户正好可以看到从云天阁下山必经的小路。

……

"陈女士下山了吗？"我迫切地问戒空和尚。其实，我更想知道这个故事的结局，陈女士最后怎样了。

"她……不见了！"戒空和尚轻叹一声，"确切地说，是不知去向。"

"那……她留下什么东西了吗？"我又问。

"有，一张字条和一张书写得工工整整的未来计划书。"

……

8

上午约十点的时候，长乐寺里来了一些访客，其中有人直接去了云天阁，剩下的就在长乐寺的院落里，当中一个还带来一大袋米。

看着这一大袋米，戒空和尚心里有些失落。其实，他不是无情之人，他一直谨遵佛之向善，他自己也是大善之人。他只是觉得云天阁里有女人存在，或者说云天阁被一个沾满尘事的女人弄得"面目全非"，实在是……

"还是把这袋米放在厨房的米缸里吧！"在扛米到厨房的途中，他想过将米藏起来，犹豫了那么一下，那莫名的想法很快就被摒弃了。

刚从厨房出来，走到院落里，上云天阁的那个访客气喘吁吁地下了山来了，大惊失色地对戒空和尚说道："云天阁里有女客，有女客……"

戒空和尚面不改色，双手合十，说一声"阿弥陀佛"，不做解释。那些访客有的大为绝望，有的促狭地会心一笑，有的摇着头，有的神情懊恼……

望着他们离开长乐寺的背影，戒空和尚知道：他们不会再上长乐寺了。

黄昏的时候，陈女士下山了。她应该是隐隐知道了上午发生的事情。她流露出可惜的神情，又说："为什么不告诉他们实情呢？我看哪，干脆你和我一起下山得了。"说完，她"咯咯"地笑了起来。

戒空和尚听而不闻，轻摇头，回到禅房继续抄《心经》。

他心里很清楚，长乐寺的访客一点儿都不会少，在接下来的时间里，特别是在周末，访客会增多，他们大多抱着好奇心而来，想要瞧个究竟……然后，他们在山下广为流传，甚至在热议中笑出声来，大抵会说："你看那长乐寺啊！有了六根不净的和尚，云天阁就这么毁了，长乐寺也毁了。"

陈女士站在院落里，忽然意识到自己给长乐寺带来的困扰，确切地说，是给戒空和尚带来的困扰。她开始检讨起来，说："这事都怪我，我这人看起来就是属于那种女人……对吧！我就是随便的女人，要不怎么三个孩子都流产了呢……"

她说着说着就流了泪，戒空和尚没有言语，他刚抄完两页，搁下笔，抬头望了她一眼，她的头发扎了上去，那道细疤一览无余，微风过处，一阵残香，阳光照耀处，细疤格外刺眼。他依旧没有言语，低头继续抄经。

等他抬头的时候，陈女士已不在院落了。他想，应该是上云天阁了。

隔了几日，戒空和尚决定上云天阁，他还是忍不住担心，担心她会出什么事。

戒空和尚快步行走，比往常更快地到了云天阁。此时傍晚，云天阁就像名胜古迹般地存在。

他看到房门微闭，里面没有声响。也许她在休息吧！他在门前驻足了片刻，然后抬起手，敲了几下，没有回应。他又喊了几声，仍旧没有回应。

"阿弥陀佛"一声后，他推开了房门，里面空无一人。

……

9

在长凳桌前放着一张字条，旁边是写得满满几页的纸。

在那张字条上有几行清秀的字。戒空和尚拿在手中，他看到了上面的内容：

一切都应该随风而逝，包括前世，包括今生，包括我这不干净的肉身。谢谢戒空师父的大慈大悲，能容忍我在这清净之地住上一些时日，在这些日子里，我感到从未有过的快乐，还有安宁。您从未究问我为什么要来到长乐寺，为什么要住进云天阁，您也不向那些访客解释为什么云天阁里有我这样的女人。

佛说，大悟无言，我不能说得太多了。对未来的计划写得满满的，我只是写写，写写而已，最后我一样都不会去实现的。云天阁不是我的，它属于你，也属于长乐寺。好了，一切都应该随风而逝，勿念，我本天涯！

陈丽

戒空和尚看完，久久地立在那里，没有言语。好长时间，他才走出云天阁，一声"阿弥陀佛"有了从未有过的绵长。

从此，他为云天阁上了一把铜锁，钥匙则被他扔到了山崖下面。

从此，长乐寺里只有冷居士，云天阁里只留"戒空"。

10

我走到云天阁的门前注视着云天阁，还有那已经锈迹斑斑的铜锁。

如果不是我进入长乐寺，如果不是戒空和尚愿意向我这样的写作者讲述这里发生的故事，我想世人很难知道有些故事是不能听的。

可我听了，听得入迷，听得有些伤感。

佛说，人生如处荆棘丛中，心不动，则身不动，不动则不伤；如心动，则人妄动，则伤其身痛其骨。我想，这句话作为行文结束再合适不过了。那些随风而逝的东西被我"无情"地记下了,只愿世间美好,斯人快乐。

长乐寺!

长乐寺!

云天阁!

云天阁!

生死禅

生死禅，生死禅……没有生死的明悟，哪来的禅？

1

我怎么也不会想到，我在二十几岁的时候会在一座小岛上度过数月。当然，这也可能是一种梦境，以至于十几年后提笔写下这段经历，犹觉恍若隔世。

那时正值秋季，从远处眺望过去，满山的桦树、枫树的叶子已经变黄。早晨的时候，若不赖床就能看见那些棕红色的树叶因沾了晨露而显得格外鲜艳。

我喜欢画画，要将那红彤彤的太阳映照下的海面描绘下来，然后挂在我居住的小岛上的房间里。

我觉得整个小岛是充满活力的，哪怕是深秋。我喜欢这里的宁静，喜欢这里的空寂法师，还有一尘小和尚。我可能是这座小岛上少有的访客,也可能是众多为俗世烦扰而难以自拔的忧虑症患者之一。

总之,我看不透生死,我需要禅。

我对这座小岛充满了向往,去追寻那里即将给我的答案——

一天怎么度过,一月怎么度过,一年怎么度过……

这太有意思了。

早上,沐浴着晨光,我什么也不做,推开窗看着大海,静静地发着呆,或者坐在窗台前读着唐诗宋词。中午的时候,我就吃些简单的东西,然后慢慢地出行,步行到法明寺,这段时光充满了我说不出来的异样感觉,会一直持续到黄昏。

我走到法明寺,一步步上抬脚步,那石梯不算太长,但我总觉得已经走了一世。

午后太阳灿烂刺眼,照在法明寺的青石碑坊前,我从高高的弧形门洞里穿过,那身影被拉得好长,再走过小桥,就穿行到安静的、蜿蜒的小径上。

继续前行,眼前就会出现低矮的白墙以及一扇被风雨侵蚀日久的木门。门是半掩的,我迈过青石的门槛,仿佛踏过了千年的风霜。

我神情有些恍惚,一种类似梦境的感觉攫住了我。

我总觉得这地方似曾相识——

那是我出生的地方吗?这是"生"禅?

那是我有一天归宿的地方吗?这是"死"禅?

真是太奇异了!

在这恍惚的梦境里,四周是静悄悄的,且空无一人,只有我一个人在张望。然而,这并不恐怖,就像一幅谜一样的画,如意大利画家基里科的风格。

我立在那里有片刻，然后，将双手插进衣袋里。

我慢慢走进庭院。

此刻，呈现在我眼前的是供了佛像的一排殿宇，左右是高低参差的、朴素的游廊殿堂，里面也供有佛像，剩下的就是接待访客的客堂、和尚们打坐念经的禅房，在右边的角落是他们吃饭的斋堂。

我很虔诚，一一躬身行礼。

我比以往安静了许多，信步走在寺院后方的一个幽深的庭院里。这是另一番景象里的世界，里面的菩提树深深地吸引了我的目光。

我曾沉迷在都市的繁华里难以自拔，很少接触这些自然、古朴的景致。我被眼前的那种历经岁月洗涤的美所打动。菩提树虬根盘错，它沉默、有力，将生命深深地扎进土壤里，最后蓬勃出巨大的树冠，挺立于天空。

我开始不自觉地抬头仰望，想到人之生命的短暂，这难道就是万物尽虚幻的哀伤吗？

我不懂！

那会，我的确不懂！

我深深地吸了一口气，走到一老一小两个和尚面前。他们在下棋，棋盘很大，棋子却很小。我不懂下棋，但看这一老一小全神贯注，很有意思。他们穿着一样的灰布袈裟，老和尚下巴上长着一把山羊胡，脸部虽消瘦，却给人矍铄感，鼻梁高高，鼻尖发红，脸上保持着似笑非笑、似睡非睡的表情。

"他是神仙吗？"我心里嘀咕着。

小和尚，脸部干净、清秀，眼珠乌溜溜的，显得很聪慧，看上去十三四岁的光景。

"他是小神仙吗？"我心里嘀咕着。

所有一切都没有答案。"可能是暂时的。"我在想。

我决定观看，很多事多看看也许就明白了。

这一老一小一直都安安静静的，我不懂棋，看不出棋盘上的风云涌动。

早上下了一会雨，现在还有积在上面的雨珠透过茂密的树叶间的罅隙滴落下来，落在木制的大棋盘上，发出清脆的"滴答"声响。

我一直在那里站着，直到双脚累了，就坐在一旁的石凳上。

……

天色开始暗了，在小岛上对时间的了解大抵都是通过观看天色来感受的。岛上的天空亮得比城市早，也比城市暗得早。所谓时间的流逝，在这里感受得更明显些。

时间继续在流逝。

突然，老和尚捋了一下山羊胡，将手中的一颗白色棋子掷下，微笑着道："呵呵……徒儿，这一局你赢了。"

小和尚高兴万分，那干净、清秀的脸上露出孩子般的稚气笑容。小和尚拍手说道："师父，七年了，徒儿终于赢了你一次，好开心哟！"

我也被他感染了，起身轻轻地鼓掌。

老和尚看了我一眼，又略略地一颔首，我连忙双手合掌作揖。

"这位施主好面生，是第一次来这里吗？"

我摇摇头："我在这岛上已经有一些光景了，也来过这里，只是我们未曾遇见。"

"哦。"他应一声，"施主有心事？"

我略略点头。

他端详我，又轻轻一摇头："我们有缘，不妨有机缘的时候一叙吧！"

我听后，轻叹了一口气："敢问法师如何称呼？"

"空寂——"我听到声音浑厚、绵长。

"那……他呢？"我转向小和尚。

"一尘。"

2

关于我为什么要来到这座小岛，原因有些复杂，既有新书写不下去了，也有心结太多的缘故。总之，我没有了灵感，我讨厌都市的繁华，我想逃离。

我知道，这样的表现不是第一次了，有很多次。那段时间，除了写作难以继续下去，还害怕生与死。

一想到生命就短短几十年，莫名的后怕瞬间就吞噬了我。

自那次与空寂法师有了一面之缘，我决定去拜访他，我不想等到他说"等到有机缘"的时候，我等不了了。

空寂法师已经九十多岁了，他喜欢跟我讲述这人世间像云烟一样的故事。

我想着他的高龄，容易想起奶奶对我说过的话——我过的桥比你走的路都要多。空寂法师不是那种非常有名的和尚，在这个世界上不会有太多的人知道他。他在这个小岛上隐居，将一生中绝大部分的时光都交付在这里。岛上很多年轻人都走了，只有他像没有移动似的，他稳坐在那里，也就坐到了空寂，也知晓这个纷繁的世界在以什么样的方式变化着。

"我师父是个大善人。"一尘小和尚小声地对我说。

岛上一直流传着空寂法师的故事,其中,最为津津乐道的是几十年前这里闹饥荒的事。那时候,很多人都逃离了,没有逃离的也是饿得两眼昏花,寺里的和尚不管在什么时候也是好过一些的,因为岛上的居民虔诚,时常上香进贡。但在饥荒的年月,寺里的日子也不好过了。当时,寺里的和尚们好不容易凑了一些大米,他们做了一碗米饭给法师吃。到第二天的时候,有和尚就去问法师,说:"师父,米饭味道如何?"法师就说:"我没吃,给寺庙旁边的两个小孩吃了。"

空寂法师其实来头不小,他出生于上流之家,长相英俊,博学多识,只因战乱年代避祸来到小岛,从此在这里扎根。我曾经认为逃离也是一种勇气,因为你要从熟悉的地方到不熟悉的地方。现在细想,逃离后选择一个地方扎根,才是更为勇敢的事情。

我现在所看到的空寂法师的脸仿佛是永远似笑非笑、似睡非睡的样子。他给我安详感,他目光平静又温煦,说话时的语调不急不缓,就像坐一叶轻舟,在平静的湖面上随意飘荡一样轻谈。

"真的是太好了,世间竟有如此奇人。"再面对眼前这位亲切自然的老人时,一种莫名的敬畏已经心生。

空寂法师给我讲述那些发生过又困扰我的事,我渐渐变得平静起来,尤其是突然接触到他深邃宁静的目光后停顿下来,那一刹那,物我两忘,我已经没有言语。

我闭上双眼,在多次的聆听中,越来越强烈地体味到空寂法师平静讲述中的"促悟"。那些经历,那些荒谬又嗔念的经历在一瞬间变得轻飘飘的,它们正慢慢地脱离我的意识,然后借助我的身体飘飞,最后变成与我无关的东西。

而在这样的心境里,我又看到了一堆灰烬,它们是荒谬、嗔念……被烧尽后的残留物,我知道那些是虚无,是因果,是慈悲,是放下……

原来,我曾经那么严重地缺乏安全感。

原来,我在岛上去拜访空寂法师已经成为每天的必修课。

我沐浴在空寂法师的一言一行、一颦一笑中,这样的奇特感觉让我感到好安全啊!

3

这天午后,我又去拜谒空寂法师。

这次,他对我说了一些意味深长的话语。

开始,我问法师世间的苦痛、生与死何然。

他说世间无人不怕这些,但又无须去害怕。世间的诸多苦痛、生与死都来自无明。我们因无明产生了很多妄念、纠缠、恐惧……要想从无明中解脱出来,需要有正确的见、定、行,而我们人自身的慈悲会给这些指明方向。记住,对自己、对他人慈悲,就是心明、无念、无惧……都是至善法宝。

苦痛、不幸、迷惘、恐惧……不是魔鬼,它们只是你身体里的一部分,我们要做的就是学会修行,在修行中去转化它们,这样才无愧于我们自身的慈悲之心。

我记下这些话语,虽然不尽明了。

一尘小和尚对我说:"施主,有一天你会彻底明白的,就像我有一天明白棋意,最终战胜了师父那样。"

"……"

一天早上，一尘小和尚来找我，告诉说，师父病了。

我一惊："……严重吗？"

"不要紧的，师父只是昨晚感了风寒，已经服下寺里特制的草药睡下了。"

我听后，这才略微放心："那我和你一起去看师父，好不？"

"不要紧的，今天我要去岛上南边的情了寺取经，师父说了，你若想去就让我带着你。"

我点头应允。

我信步跟着一尘小和尚，一路走过高低起伏又蜿蜒的小路，一路说着话。

我问他为什么这么小就出家。他说自己是孤儿，被法师收留。

我又问他有没有想过有一天会离开小岛，去看看外面的世界。他低头不语，白皙的小脸上一瞬间露出一丝欲言又止的表情。他的浅灰色的袈裟在潮湿的海风中轻柔地舞动，我仿佛看到的是一个小小的苦修行者，他定是在压抑着什么，就像我一样。

到了情了寺门口，一尘小和尚对几个和尚说了些什么，我不大清楚，反正我没有买票就跟着他进去了。让我心中奇怪的是，情了寺的香客明显比法明寺多了许多，行走的时候若不小心，便会接踵摩肩。这难道是法明寺不收费，而情了寺要收费的缘故吗？

情了寺的建筑风格比法明寺要富贵得多，简直就是珠光宝气、金碧辉煌。

我一路欣赏，一路赞叹不已。

一尘小和尚在三拐四拐后，到了一个禅房。

在那里，他找到了小沙弥明禅，并从他那里拿了一本书和一些甜品。他们是要好的朋友，隔三岔五地会见上一面，聊一聊学佛法的心得。

回去的路上，我看到一尘小和尚拎着甜品，却舍不得吃。他说要留给空寂法师吃。我说："你也可以吃一点啊！这不影响什么。"他说，这是师父唯一愿意吃的斋饭外的东西，可法明寺从不做这些。

我顿时感到诧异。

一尘小和尚说，空寂法师是奶奶带大的，那时候常做甜品给他吃，后来奶奶病逝了。空寂法师说，他自出家就抛弃了所有，唯有这甜品——他说这是唯一的缺点，但却没有丝毫的负罪感。

我微微一笑："那……这岛上的和尚都可以吃这些东西吗？"

"这个……这个只要是用天然的原料做的就可以。"

"那……有没有可能一年四季里偶然有那么几天可以吃荤呢？"

"我不大清楚呢。但有些和尚在讨论这事，不过，被长者们严厉地训斥了一顿。"

我们继续往回走，但我没有去惊扰空寂法师，打算第二日再去见他。和一尘小和尚分别后，我回到住所，写下了一些文字，感觉心情很好。

我开始发现这个岛来对了，至于为什么，一时还说不清楚。

4

空寂法师的身体好多了，无大碍。看来，他身体的确很不错，寺里的特制草药很管用。当然，也可能是因为其他，比如佛法……

他是一个奉行吃少量食物的修行者,一天就吃两顿饭,中间有时吃一点甜品即可。早上的时候,他喝一碗清粥,加菜叶那种。中午的时候,他就吃一碗米饭,加一碗豆腐,或者蔬菜,或者蘑菇,反正是换着口味去吃。

还是在午后,这仿佛已经成为定律,我又去见空寂法师了。

我和他在法明寺里兜转。当我们走过菩提树时,枝头上的几只鸟儿鸣叫不已,那声音婉转动听,宛如丝竹上拨出的音符,让人轻醉于其中。

我抬头望着天空,问空寂法师:"法师,你刚才听到鸟叫的声音了吗?它们在唱歌呢。"

"听到了。"他点一点头,抬头朝树枝望去,几只小鸟像非常警觉似的,一下子"呼啦呼啦"地从树冠中飞出,转眼就消失在视线里。

我正在想这几只鸟儿是否留下痕迹的事儿,空寂法师不经意地问了我一句:"施主,现在你还能听到什么?"

我不知道如何作答。

事实上,就算我能作答,我能回答什么呢?

没有?有?但在我的潜意识里,这个问题绝对不简单,法师是在从另一个层面开悟我。

空寂法师一个轻转身,继续向前走,前面的光景更敞亮一些。我跟在他后面,看着阳光照耀在我们身上而投射出的身影在慢慢地移动,那感觉好微妙——与智者同行。

我心中有疑惑,终是忍不住要说:"法师,刚才你说的那个问题,我没有想明白,答案是什么呢?"

空寂法师捋了一下山羊胡,停住脚步并转身与我面对面:"看来,你心中一直在纠结啊！从未放下。"

"嗯！"我点头，"我不明，还望点破。"

他用缓缓的语调对我说："声来声去，听者由性；声去留影，听者由性，凡人怎能忘却？所谓声如尘生，又如尘灭，听者心性应不随声生而生，也不随声去而去。你在意什么，又不在意什么，只因挂念缠绕。真正的悟性者不会受声来声去、声去留影的烦累。你和我此刻相随，也请你能忘却。"

我一颔首，表示明白了。

他却似没有听见，一转身，继续缓缓前行。

我们走到台阶前，台阶的两旁有很多野花在绽放，阳光普照下的它们显得更加艳丽、芳香。我想到泰戈尔的一句诗：你会注意到花的香气，但却不知道那正是从我这里散发的。

一些和尚还有游客在石阶上面漫游，我和空寂法师上了台阶。在前方不远处，一尘小和尚正在那里拨弄着什么，我走过去看。

原来，他正在将采摘来的花枝进行铺展，我嗅到一阵阵香气。一尘说，他要将这些花枝晒干，然后制作成香囊，可做醒神之用。

我不再说话。

一尘小和尚继续拨弄着野花。看到法师来了，他一抬头："师父，您来啦！"

空寂法师捋着山羊胡，微微点头："嗯！倒是不错的，你还将此事记得，待制成香囊，也送施主一些。"

他说的"施主"是我。

空寂法师指着前方走廊上的长石凳说："我们不妨在那里歇一歇脚。"又对一尘说，"徒儿，去禅房拿围棋来，我们下一局罢。"

一尘小和尚停止拨弄那些野花，起身朝禅房跑去，动作轻捷如飞。仅一会儿工夫，他就回来了。我分明看到的是一个年轻的、旺盛的生命在天地间舞动，一时，心绪浮动。

这一老一小全神贯注地下着棋。

我在旁边静静地观看。

一尘小和尚脸上露出认真而投入的聪慧表情。我看着他，仿佛就如同看见法明寺里所有的小和尚，他们就像一尘不染的莲花，有着无比纯洁、无比善良的灵魂。

有时候，真的很羡慕他们。

我记得有一次曾问过一尘："法师给你取下这个名号，你有想过自己这一生会成为一个什么样的人吗？"

他没有思考，立即脱口而出："像空寂法师那样的人，洒脱、自在！"

我又说："有一天你会离开法明寺吗？"

"师父说了，修佛的人并不一定非要在寺院里，天涯海角都可以。"

我点点头。年轻的灵魂哟！不漂泊，哪里都是家。

我一直坐在旁边看着一老一少下棋，也感受到一阵阵香气轻柔、自然地飘来，我徐徐地呼吸着，感受着。我知道，那不仅仅是大自然的香气，更是空寂法师和一尘小和尚有着和花一样灵魂的味道。

修行者都是飘香的，感染自己，也感染他人。

阿弥陀佛！

阿弥陀佛！

5

在岛上已经待了较长一段日子了,我知道自己被尘世所束缚的灵魂即将被解脱。

"这样的感觉真好!"我朝玻璃窗户上哈气,随后用手指写下这句话。

这日,岛上刚下过一阵雨,天气凉了许多。我看到这里的一草一木都在凋零着,它们的颜色在前几季不变的绿中参差了许多深棕色和深红色。我站在空地里望着它们,感觉生动而意远。

我开始在打算回去的事了。

我把这样的想法告诉了空寂法师,他当时没有说话。这一日,他委托一尘小和尚来告诉我,若走,临行前再去一次法明寺。

是的,就算法师不说,我也要去与他告别的,还有一尘。

我在第三日去告别。

空寂法师的禅房在法明寺的东南方位。禅房里干净、朴素。一个小书架,一张旧凳子,一张旧方桌,桌边设有一神龛,供奉着佛像。一张低低的单人木板床,上面有蚊帐罩着。在窗台,稀落地摆放着几盆植物。

我很喜欢这样的房间布置,一尘不染、朴素、简洁……当我抬头看到墙壁上挂的一幅字时,不觉被吸引了。上书:愉悦静合。

我的心跳跃了几下:"愉悦静合,愉悦静合,这些我之前几乎都没有做到啊!我那么害怕生死,总在逃离、迷惘……"

我问法师:"您为什么不怕死?"

他捋了一下山羊胡,意味深长地说:"也曾怕过,那时未能做到愉悦静合。佛法是无边的,也是无比智慧、恩慈的。你问我为什么不怕死,是因为我现在过的是我认为有意义的人生。每当我看到有些困惑的年轻人来到我这里,最后开悟地离开,这是多么的有意义。很多人只忙碌地活着,走得太快,忘记了放慢脚步,忘记了为必将到来的死亡做出准备。一旦死亡来临,他们无所适从,自然害怕死亡了。"

他又说:"生死循环,乃律定也。没有死,何来生?"

我对空寂法师,不,这位慈祥的智者的崇敬之心越来越强烈。他就像一位灵魂使者,在我无助的时候徐徐地呵护着我。

在这纷繁的世界中,我觉得自己好幸运,能遇见他。

窗外的一尘小和尚透过窗户对我一笑。他正在为那些刚种下的花草浇水,并不灿烂的阳光透过罅隙照射进来,照在花草上,照在他稚嫩的红扑扑的脸上。我报之一笑,双手合十。

我转过身,坐在空寂法师的身边,告诉他明日就走。我说,有时间会来看他的。我的声音有些哽咽:"法师,我……其实……其实说不清楚,我有些舍不得,舍不得走,但是……"

"这并不重要,不要有挂念。有一天有了挂念,无法解脱就来找我,如果我不在世了,寺里还有一尘,还有他们。"他说完,忽然呵呵地笑了起来,"有聚有散,才是缘啊!"

我点头。

他的话语、他的笑有很好的治愈作用。我不再那么伤感了。我也不自觉地笑了:"是的,是的,有聚有散,才是缘。"

"我会再来看您的,下次我给您带来江南的糕点,让您在这小岛上也能品尝江南的味道。"

他微笑地点点头,又仔细地打量了一番:"施主,你看上去气色不错，比之前好了许多。不错，不错……"

"这都是您的功劳，我现在睡眠很充足，不做噩梦了。"

他不作声，脸上露出慈祥的笑容。

一尘小和尚进来了，他端着两杯茶水，清香扑鼻。

我和法师喝着，闲聊着。美好的光景弥漫在禅房里。

近一个时辰后，他起身走到书架前，取下一本书给我。我接到手中，是一本小册子，封面有"心经"二字。

"时不时地去读一读，对心神有安定作用。"

我感动万分，却说不出什么感谢的话。

他依旧微笑。

我和法师、一尘告别。

我强忍离别的感伤，空寂法师点头，嘴角微微上扬："施主，生活本无常，心绪似波浪。记住，多微笑，勿执念，生活的秘密都在这里面。你会过得很幸福的，当面对纷繁，不妨怀着一颗嬉戏的心。去吧！"

我朝他挥挥手，他双掌合十，不再说话。

一尘小和尚送我出了法明寺。

一路上他也没有什么言语，站在法明寺门口的石阶上，我回头望着一尘，他也望着我，微笑。

我忍不住走过去抱住他："我会想你的，如果你想我，也可以来找我，或者……或者有一天你要去天涯也来找我，见上一面，好吗？"

我松开他。

他点头。

"照顾好空寂法师，我还想看你们下棋。"

他低着头，抿着嘴，眼睛眨啊眨，片刻后才从嘴里说出三个字："你保重！"

此刻，微风吹来，那些深红色的树叶飘落在我们面前，它们触动我们彼此的心弦。此刻，那些原本平常的树叶拥有不同寻常的美，美得让我觉得分别没有伤感，没有痛苦。

我踩着石板，下着石阶，回望一次，对他挥挥手。

6

离开小岛，我回到都市。

离开小岛，我写下了这篇短文。

离开小岛，我不再怕生死。

呵！生死禅，生死禅……没有生死的明悟，哪来的禅？

红尘相忘

我在红尘相忘里拈一朵微笑的花，想一番人世变换模样。

1

这一生听过的歌再也不会有比辛晓琪唱的《俩俩相忘》更悲凉的了。

这一生有过的情再也不会有比红尘相忘更刻骨铭心的了。

兰若寺的石梯上有我芦花般的思绪，也有我在两相忘的痛苦抉择中的不落泪。

我自是知道"今早的容颜老于昨晚……看一段人世风光，谁不是把悲喜在尝"的，只是，我的脚步下沉，身体下倾，兰若寺的石梯有多少级已忘却。

"若兰！没有了你，我那漫长的余生该如何度过？"我问自己，须臾间给我的回答是一阵晕眩，随后，我仿佛离开了当下，所有的红尘往事都在此间次第展开。

……

人到中年的我,身在兰若寺。

这里的兰若寺不是《倩女幽魂》里的兰若寺,里面不会有妖魔鬼怪,有的只是来来往往的红尘过客。这里的兰若寺在塞北南郊的幽静处,有的是葱葱郁郁,草木茂盛。

早些年,香火不旺的兰若寺来了一位住持,法号澄观,他在这里讲经说法,普度众生,因言辞动人,逐渐吸引了满怀心事的芸芸众生。

香火就这样旺盛起来了。

我来到兰若寺是在这座寺院经历了十任住持后。那时,我的内心实在是太倦怠,总感觉天下之大没有容身之处,兰若寺就成了我最后的栖息之地。

用"栖息"一词又或许是不恰当的!这样倦怠的身心怎能在这清幽、修心之地"栖息"呢?真真应感激一尘师父了,作为兰若寺的第十一任住持,初次见面我就觉得他的法号如其名。我这辈子很是幸运,遇见两位师父都叫一尘。我虚心请教"一尘"的由来。他浅笑,微闭眼,良久才徐徐道来:"一尘乃佛教用语也,事物的微小不过一尘罢了!"末了,我又听见他轻言,"陋生于万物,沙漠之一尘。"(**语出南朝宋鲍照《野鹅赋》**)

言语至此,心仍有一丝不解,就双掌合十,一脸虔诚地看着一尘:"大师,我愿再闻其详。像我这样的倦怠之身,是否也如世间之一尘也?"

"一尘者,一微尘也。一微尘既然,一切微尘皆亦如是。"(**语出《华严经》**)大师这一语的解释让我愕然,在我正想再说些什么的时候,他轻然转身,走出了庭院。

望着他渐渐远去的背影,晨风中,我轻轻地吸了一口气。

我想起我是有一些慧根的,有些时候比较清楚自己的心境。比如,"拿不起,也放不下"。这都是人生常态,我也像许多人那样难以自拔。自从这种常态住进我的心里,我发现它正在一天天长大,直到无法控制。

这都是若兰带给我的!你们都知道的,人到中年,一个没有安全感的男人在许多时候都会显得自卑、娇柔。那些爱呀、恨呀、痴呀,都会像一团熊熊的烈火坠入三界里,从此在苦海里燃烧。

"若爱能更多一些就好了!若你我都能天长地久就好了!"我信奉这样的呢喃语言。可是,若兰!你为什么不辞而别呢?我们之间出了什么问题?

心不明则心生疼,心生疼则更不明。所以,我在兰若寺念不了经,也参不了禅。

傍晚时,我会沿着石径走走,独自一人站在峭岩上看着对面的落日,只见那一团硕大的火焰正慢慢地坠落下去,最后落进山谷,天地之间就这么暗淡了。

面对此景,心中突生一丝眷恋,而后潸然泪下。

有时候,我会踱步到寺门前看看小和尚坐在石梯上下围棋。特别是接近傍晚,下围棋的小和尚若先到一位,他就托着小下巴静静地欣赏着天空中变化万端的云朵,说一声"云卷云舒,一切投射在心里的都不会有涟漪"。

我靠近小和尚,蹲下身问他:"小师父,你知道赵师秀的'有约不来过夜半,闲敲棋子落灯花'吗?"

他歪着头，一脸稚气地说："知道呀！一尘师父教过我们的，我们可喜欢了！"

我微微一笑，没有再说话，只是轻轻地摸了一下他光洁溜溜的脑袋，起身进入寺门的一刻，心里兀地浮现出一个跳跃的场景：袅袅婷婷的若兰，一袭青衣，在舞台中央翩然起舞。

"那是最艳美的若兰。"我自语道。

那一刻，坐在台下轻轻鼓掌的我有莫名的感动和爱怜。若兰是来自贺兰山的孤女，在数十年的浸淫里，她得到了师父的真传，也得到过台下热烈的掌声。不过，那都是以往的事了。现在，她过得不开心，这种不开心是她已年过三十，师父又风烛残年，戏班的经营前景却一天不如一天。

师父内心的担忧和痛楚，若兰自是知道。只是，师父或者说许多像师父那样坚守的传统艺人都无法改变没落的宿命，她一个小小的弱女子又如何去承担？

我曾对若兰说："如果我是一个无所不能的人，那该有多好啊！"

不知道这样的言辞会不会在若兰的内心空缺处轻微填充一下，以解痛楚。

她浅笑中透露出我看不懂的神情，而这种神情到底意味着什么，我不知道。所以，我又说："我会永远坐在戏台下面，做你最忠实的观众，做你……"

没等我说完她就抱紧了我！

身边的一些朋友因我的口传也去听她唱青衣，我写若干文章介绍青衣，观众依然寥寥无几。

若兰说："你就别费劲了，这一切都是无救的，无救的……"

我仿佛再也说不出一句话，剩下的只有无尽的凄凉。

2

在自己的世界里，我不太擅长与更多的人交流，这种不擅长没有成为我在外部世界发挥的屏障。文字在故事的意境里会让它在读者心中扎下不灭的根，就算在寒冷的冬天也如枯木逢春。我愿意去相信"岐王宅里寻常见，崔九堂前几度闻"的幸福感能让我的创作源泉更有生命力。所以，在这个尴尬的年龄里，我会有一种勇气将这世间隐秘的故事呈现。

在兰若寺我学会了默默地反省，这种反省直到有一天可以让我为自己的轻佻而生出自责——它是在我长期的自我荣耀中逐渐滋生的，还是我爱上一个青衣女子而发芽了？

我不甚明了！我的般若能力不够！

与一尘师父谈到这样的迷惑时，他的一语让我默然。他说："你跟我年轻时一样，拥有一定的慧根，眼下的迷惑不过是身处红尘中的不惑之惑。记住一点，始终如一，方是真人。"说完，他一声"呵呵"，眉头舒展，满脸自在。

我的默然，表示我认同。

自此，我和一尘师父成为心交。

掐指一算，在兰若寺的时日已达半月有盈，与大师的每次交谈并不长久，寥寥几句就没有下文。我清楚这是慧根不够。

又过十来日，我缩回到自己的世界里，看着心中的那些幻象一点点地崩塌，就连反省也没有用。"没有想到未打开的心结在我年轻的灵魂里竟然如岩石般坚硬！"我便轻易地想起了若兰，我不相信她湮没如流沙。

夜晚的兰若寺凉风习习，除了能感受到从窗棂吹拂进来的一丝凉意,还能听到风吹草动的摩挲声。这种曼妙的感觉就像细雨滴落在心里,然后一点点散开,待到相思溢出,无法抑制。"我为什么要来到兰若寺?难道只是为了某种期待,还是它的名字与若兰有着某种相似?"

想起若兰美丽的容颜,还有无法淡化掉的那抹忧伤,我无法不思念如潮水。

为了缓解这汹涌"潮水"的淹没感,我尝试走层层石梯,我一边走,一边数,一共三百零六级。走到顶端,坐下来欣赏眼前美景。有一日,我忽生一念:坐在高处看芸芸众生的上上下下、徘徊停留也是一种参悟。

某日,我看见暮色中一个穿着红色衣裙的女子正袅袅婷婷地向石梯高处走来。风吹过她苗条的身姿,裙衣舞动,这在清幽的寺院脚下无疑是一个美丽的存在。

她渐渐地走近,我不免细看,可是,她的容颜却被因风吹乱的头发遮掩。

她手机铃声响起来,王冰洋的《飞舞》。看不清她的容颜却能听见她对手机另一端的人说:"你是什么样的人,什么样的心思,我会不清楚吗?别再自欺欺人了,好吗?"

人过处,自有香气,只道嗔语连连的她与这一身艳丽的皮囊截然不同罢了。

她根本没看我一眼,她假装不认识我,继续在电话里骂骂咧咧,时断时续的语言如同她内心的情绪一样此起彼伏。

她的袅娜身影渐行渐远,留下我垂下眼帘想起她的前世今生,想起她在手机里的不愉快交谈,想起她与我的格格不入,荡在心底的涟漪层层向外铺展……这些年,我飘飘荡荡,除了写书,也没干过什么正经事。没有如众生所仰赖的事业心，我只是徒增了一副中年皮囊……

融入世事有多难，它们吸引我，它们作弄我……我于悲喜交加、错综复杂中看到万物成长。

继续在石梯上坐了一会儿，我才起身，山下还有不少香客或疾或缓地向寺门走来。碎步前行，不用抬头就能看见"兰若寺"三个大字遒劲有力地嵌入木匾里。

3

我要去寻觅红色衣裙的女子。她是我的师姐。

我的触感灵敏，这与我的职业有很大关系，我善于用手中笔记录这人世间的悲欢离合。此刻，我坐在庭院里，用真切的笔触描绘那些隐藏在芸芸众生处的点点滴滴。

兰若寺的庭院小径交错相通，许多植物生长在一起却不排斥。或许因为是佛家之地吧，它们来自不同的环境，在"佛意"的滋养下随性生长。

许多香客都进了大殿，有的在一株植物下驻足，有的在跟小和尚交谈，也有的向禅师虚心请教各种问题，而我在寻找！

我看见她了，她站在心经阁的门前端视一尘师父抄写《心经》。

我莫名地紧张，张不开嘴，想好的开场白都忘了。自从若兰莫名地走了，我就很少说话。说话已成为我交流的一大障碍。

她仿佛没有慈悲之心，还是没有理我，就像若兰杳无音信地离开。有时候，我会想兰若寺里面是不是真的有过聂小倩，宁采臣是不是在她的孤魂漂泊里有过家的温暖……这些对我来说很重要，它关系到若兰为什么不辞而别，关系到我们为什么会想尽一切办法去寻找她。

若兰跟我提及过，师姐有一颗不安分的心，她不止一次地跟师父说要解散戏班。一开始，师父还晓以大义，后来师父动怒了，指着她的鼻子大骂，让她滚出戏班。再后来，师姐离开了戏班，据说去了一家演艺公司，改唱流行歌曲了。若兰不止一次背着师父与师姐见面。就是这样的见面让若兰渐渐疏远了我。

师父去世那年正值深秋，师姐没来得及见上最后一面。在师父的坟前，她哭得撕心裂肺，所有该说的和不该说的话，她都说了。

"师姐到底对若兰说了什么？"我注视着她，她还是如我当初第一眼见到她时那么高挑，嘴角的弧形也跟从前一样，鼻梁高直，眼窝有壑，最重要的是她的眼睛幽深而有神采。

"我有多久没有见到她了，好像有一年半载了吧！"我越看越觉得岁月对有些女人而言似乎不起什么作用，这场猝不及防的相遇也让我有了莫大的惊喜。

我问她："若兰……在哪里？"

她凝视我，良久才说："我也不知道，就是知道了也不会告诉你，你要懂得……久了就……就忘了的好。"

我内心被她的这番话激得波涛汹涌。我恨不得抓住她歇斯底里地质问："为什么要拆散我和若兰？"可是，我……我开不了口，我……我有语言障碍，我不知道该如何去表达，我甚至不敢看她冷笑的脸庞。

她高傲地一转身，留下我伤痛地看着她的背影。

"一尘师父，为什么一个人能这样的无情？"我不解，一脸愁容。

"她不是无情，只是……"一尘师父没有把话说完，叹息一声，不再言语。

后来我才知道，我来兰若寺之前，她就来过好几回了。她是来求佛祖消除罪业的，每隔数月都会来兰若寺。只是，最近有很长时间没有来了。如果不是我的出现，她会抄一遍《心经》才走。

"难道她有什么苦衷吗？"我问自己。

微风吹过，我有一种从未有过的凉意。要命的是，此刻阳光灿烂。

4

师姐也是唱青衣的，比若兰唱得好。她唱青衣的时候，有时我也在场，也为她鼓过掌。有一天，我突然发现她的歌声没有青衣的味道了。

一尘师父说，一个人身处红尘世事中沾了许多俗气，就会改变其原有的身形、声貌。若这样想来，也不怪师父到死都不原谅她了。

若兰说她会一直坚守，哪怕帷幕落下，人去楼空，举步维艰。"可是，她还是走了，没有坚守下去。"站在庭院里，我突然心生恨意。

一尘师父走到我身边，道一声"阿弥陀佛"。

我想说出心中的恨意，他示意我不要发声，又看了看我，便乐呵呵地说道："遇见一个人，想要一个答案？"

我点头，目光呆滞。

"到我禅房来吧，你来寺里已有不少时日了，我一直想着在一个特殊的节点与你细说。现在，这个节点已到来，你想说就说出来吧！"

他说的禅房是在西院的"戒心房"，那是与佛有缘者、有沉重心结难以打开者才有资格去的地方。

这不是什么好事，一定是我的执念占据了我的真我。

这就是我中年的劫难吗？

"戒心房"已经很久没有人进了。推开房门，"吱呀"声响起，房间里沾满灰尘，几张小方桌上摆着一些佛家书籍。在进门正面的墙上挂有一牌匾，上书"明镜本清净，何处染尘埃"一行字，题名的是"澄观"。

我和一尘师父对坐在方木茶几上，灰尘铺了薄薄的一层，上面的木纹已然不见。他没有擦拭之意，直接摆上两只空茶杯。

"你一定觉得很奇怪，为什么不去打扫？为什么只有茶杯而没有茶？"

我轻轻地点头。

他微微一笑，将目光移向墙上的牌匾，然后又将目光移向方木茶几上面的空茶杯。

我仔细地注意他的一举一动，包括细微表情，我对他充满了敬意。

这时，他开口说道："菩提只向心觅，何劳向外求玄？施主你无须有放不下的执念，一些难过的遭遇、纠缠于心的魔障不过是在你的'真我'脆弱时乘虚而入罢了，你看到的、听到的、想到的都是虚无的幻象，佛性常清净，何处有尘埃！说的就是这个理。"

他端起空茶杯的同时，右手轻轻地在茶几上擦拭了一下，接着用鼻子微微凑近手中茶杯，闻了闻，就像在品茗前要轻嗅一下茶香那样。"你看，虽然这些尘埃沾满了我的手掌，但并不影响我品味茶的清香——我甚至能想起当它还是芽尖时的样子。"

"这自然是好茶了！"我说，"它让我想起我还是一只麋鹿时吃过的青草。"

"为什么不是一只绵羊？"他略做颔首模样，言语间充满了启示的味道。

"我就很想是一只麋鹿，因为……我从未像一只麋鹿那样懂得藏身。"此刻,我因止不住的感伤而流出眼泪,"孟郊说'青青与冥冥'都知晓,而我……"

他凝视着我的泪水,良久才作答:"本末一相返,漂浮不还真,你的心装得太满,想流泪就尽情地流出来吧!"

"是的,我就想掏空自己,像你一样安静自在。你会给我剃度吗?我的慧根还在吗?"

"施主不妨继续,想说的、不敢说的都可以说。"他不置可否。

我用双手捧起另一只茶杯,将它凑到嘴前,停留片刻才说:"就在此刻之前,我在兰若寺的石梯上遇见了她,她是解开我心结的所在,她一定对若兰说了什么,一定说过……我恨她……"

"若兰,哦……是你心爱之人吧。她呢?即便是一株草也是有名字的。"

"她叫青衣,也是唱青衣的,现在……不是,很久以前就不是青衣了。"

"若兰,青衣,都是好名字。"一尘师父说完后,起身走出了禅房。不久,他又返回,手里多了两样东西:一茶壶,一茶叶。

他不慌不忙,游刃有余地沏茶。

我口干干的,恰逢其时。我沉浸在茶香之中,久久不语。

"还想说什么吗?"他重新端坐在我面前。

"不知道想说什么了,师父,我还能见到她吗?"

"有缘自会相见,施主不必哀伤。青衣,她提及过你,她来兰若寺不止一次。"

"哦!"我心中泛起了一阵波澜,"那她说了什么?"

"她心孽太重,常想着到兰若寺来寻求解脱之道。可惜,她一直都白来了，抄《心经》，几行下去就错漏不堪。她说对不起师父，对不起师妹，师妹也对不起她。"

我怔住了！

5

自从与师姐相遇，一些恐惧在心里莫名地滋生，却不知道这些恐惧是什么。是清心寡欲，还是了却红尘？是吃素，不再沾荤？我心锁红尘，我无肉不欢？

吃斋饭的时候，我忽然发现吃斋的讲究之处在于你根本不知道自己是在吃素。可了却红尘呢？我又如何心生慧根地将它忘记？

我根本忘不了想要的那个答案啊！我根本忘不了若兰的一颦一笑，一呼一吸。

我一次次地问自己："这些年你都爱她什么？爱她的容颜，爱她的懂得坚守的心？还是爱她……"

没有答案，就是爱。爱让一个人无法自拔！

我也想过，如果我能早一天来到兰若寺也许就不一样了。只是那时有些担忧兰若寺的名头太大，还容得下我吗？刘禹锡说"山不在高，有仙则名"，兰若寺声名在外，其道理是和这相同的。想想兰若寺也是繁华之地，我何必去自寻烦恼。

一尘师父呵呵一笑："兰若寺里的繁华只是表象，里面的清净才是吸引众生的关键。这一点，得特别感恩'澄观'。"

我似有所悟。兰若寺算得上是清净之地了，比起那些只顾香火的寺院好多了。到兰若寺，从山底下走上来大概一小时，不远不近；到了寺里，喝口甘甜的泉水，跟和尚唠几句家长里短，倾诉一下烦恼忧愁，出家之地处处充满了善情味。

"不过，兰若寺也有一样不好。"我说。

"但说无妨。"

"就是……就是香客太多了！这许许多多的香客里有相当一部分没有将这里当修行之地，他们是十足的酒肉色欲之身，在红尘里暂时待不下去了才到兰若寺的。"

他笑了笑，没有辩解。

第二天上午，一尘师父邀请我到寺院后山。那是一大块种植有多样植物的菜园子，因被层层叠叠的树木遮挡，我竟不知兰若寺的后山还有这样的世外桃源。

在菜园子的旁边还有半亩方塘，站在菜园子面前，看到有几个小和尚正在打理那些发了黄的菜叶，见到我们，喊一声"师父"，又向我打招呼，我双掌合十。

一尘师父对我说道："你要是觉得在寺里的时光漫长，就在这里种种菜，打理它们，这里面好处多多哩。"说完，他挽起了衣袖，进入菜园子，和小和尚们忙碌起来。

我站在那里没有动身，只是开口说："你怎么不问我为何不进菜园子？"

他一边除杂草，一边淡淡地回应："你想进自然会进，你没有进是因为心结没有打开，另有心事。"

我颔首："你说得对，我心绪不平，怕玷污了这美好的'桃源'。"

他没有说话，不小心踩坏一棵菜，小心地呵护，就像呵护一个刚出生的婴儿，让人心生慈悲。没有贸然进入菜园是对的，种菜的小和尚们显然是极有素养的，他们种出来的菜整整齐齐，迎风而立，一排一列，纵横有致。那些菜仿佛坐地打禅，风雨不动，叶片上油光晃动，在几棵果树的荫蔽下更显得有依有靠。池塘里涟漪泛起，是微风的抚摸⋯⋯

正在思绪翩然之际，一尘师父突然对我说道："施主既然无法出世，就入世吧！都这么多年了，你还是无法放下。"说完，他轻轻地一叹，似乎替我惋惜。

"我没有想到第一次动情就是一生纠缠的情。"我说。

他走出菜园子，示意我回寺院。我一路跟着，没有说一句话。

吃过午斋，简单地收拾一下就下了山。我感觉自己就像一株蒲公英，刚刚被微风吹起，就想尽情地飞，至于飞向哪里，没有目的地。

是呀，哪有目的地呢？我都不知道我还能不能遇到若兰，还有青衣。不像鸟儿，它的宿命是飞，而不是巢。这正如人的宿命是参悟，不是进入坟墓。参悟可以在禅院，也可以在红尘。

我们在一生中悟色、悟色空。有的人参悟了，有的人半梦半醒，有的人还在迷途⋯⋯色空一体，路途遥远，实属不易。正所谓，念经容易，取经难，说的就是这个理。

我来到了一座城市。它离兰若寺很远。

这座城市不算大，却很繁华。红尘里有的它全都有。

6

人一入世就是在人间修行。

打了一辆出租车，问师傅这座城市有什么高档消遣的地方没有。

师傅嘴角露出猥琐的一笑，以老江湖的口吻对我说道："去'夜来香'啊！那里什么都有，保管你流连忘返！"

我对师傅说："那……可以开快一点儿不？"

他爽快地答应了。我扭头看着车窗外的景物，它们在我的视线里快速地消逝。"这城市的风景实在太多，哪一个愿意为我停留呢？"

到了目的地，我在"夜来香"娱乐城附近的"假日酒店"住了下来。

这里的确很繁华，来来往往、形形色色的人群构成了这一片区的独特风景，如果你站在酒店的窗前细致地看着他们，就会在心底浮起遐想联翩的故事。这些故事像一场下雨天里的男女邂逅，像装满甜言蜜语的春夜，缠缠绵绵也好，长情短情也罢，它们都将化作人间的一场游戏一场梦，管不了你的不舍，管不了你的堕落。

有些困倦，洗了个澡。洗完澡，突然感觉肚子很饿，到外面吃自助餐的时候有些恶心，一时间对吃清淡素食的日子无比怀念。我走了个形式，吃了几块点心。吃完后，付了账，看天色已晚，朝着"夜来香"娱乐城走去。

路上，我想起小说里"夜晚就是人间的大欢场"这句"名言"，我又仔细核算了一下卡里的钱，有两三万，应该够在"夜来香"消费一些时日了！

正想着，就到了"夜来香"门口。

进了大厅，里面分为好几层，凭着第一感觉我上了电梯的第三层。出了电梯门，来到一个名叫"夜来香之音"的地方。

这里十分宽敞，能容纳好几百人，上有T型舞台，并一直延伸到屋子中央位置的尽头，这延伸部分的两端是观众的区域。整个装潢设计有年代感,让人仿佛一下子回到了20世纪的"大上海"。

时间指向晚上八点,从门外进来的人越来越多,他们像江湖熟客一样,很快就占据了各自的位置。我来得比他们要早一些,选了一个靠近舞台的地方。这时,旁边一个长满络腮胡子的中年男人引起了我的注意。

我果断地去搭讪:"大哥,这里面都有什么节目啊?只是唱歌吗?"

中年男子看了我一眼,那满脸的络腮胡在他异样的表情下显得更加坚硬了。"第一次来吧,这地方可是人间的天堂。"

心中的期待更强烈了,我又问:"大哥,你知道这里有叫青衣和若兰的吗?"

"不知道。"

"想想,拜托了!"我恳求。

"都不知道你说的是艺名还是本名,怎么跟你说?"

"是本名,你是老江湖,信息一定很灵通的,麻烦你再想想?"

他沉思了一下才说:"你说的青衣和若兰我不知道,只知道有一个叫小青的姑娘是这里的头牌,歌唱得好,人也漂亮……"

不久,音乐响起,一种莫名的紧张感突兀地涌上心头。

主持人用花腔将全场的气氛炒热。一段时长不久的劲歌热舞让叶倩文的《潇洒走一回》显得是那么的狂浪。

周遭的人全都在音乐的节奏中乱舞,他们心里有各自的欢愉、忧伤、落寞,我心里有急切的期盼。

台上的音乐更加靡靡了,妖娆的女郎、媚姿百态的歌者与台下的互动越来越热情,越来越出格。络腮胡中年男人索性脱掉了上衣,露出一身的赘肉，在音乐的节奏下跳到T型台上与浓妆艳抹、穿着暴露的女郎们摩擦、共舞起来。

我静静地站在那里，像一具失去灵魂的稻草人。稻田里有稻草人，它们的存在是为了吓走鸟雀。"夜来香"里有我这样的稻草人，我的存在是为了红尘的等待。

我不是狰狞的浪子，我只是一个愿意在红尘里坚守真爱的痴情者。

很多人问我，这样值得吗？

我不语。

7

我犯了江湖大忌。

压轴节目是走秀，一批又一批绝色美女在台上尽显妖娆和风情，她们在乳波臀浪中若即若离，这是人间大欢场的写照。

台下的观众情绪暴涨到最高潮，唏嘘声、尖叫声，声声入耳。我的情绪也到了煎熬的高峰期，呼吸声愈加急促，而稻草人般的我也有了异样的灵魂。

我分明看到她们的胸前都贴有号码牌，我只要走到服务台，告诉服务生相中的号码牌就可以得到她们中的任何一个。

我全都不放过，因为我想看到的是青衣。

……

她出现了，她从后台走来，穿过一群妖娆的女郎，以"夜来香"头牌的身份出现在色彩斑斓的舞台上，她唱着哀怨的情歌，却唱不出青衣的本来味道。

我看见她凹凸有致的身姿，胸前的镂空丝衣在闪烁的灯光下风情万种。台下有许多人歇斯底里地喊着："青姑娘，青姑娘……我要你，要你……"

我瞳孔放大，认出了她——若兰的师姐，青衣……她就是青衣……

我张口喊她的名字，周遭的声浪太强，她根本听不见。这时，我看见一个大腹便便的老者挤出拥挤的人群朝服务台走去。我一下慌张了，我知道他要做什么。

那老者果然如我所想，今晚要让她完全地属于他。我看到服务生朝青衣打了个手势。我什么也顾不了，推开热浪中的人群愤怒地冲到了台上，发疯地叫着青衣……

8

我犯了江湖大忌，犯了夜场江湖的大忌。

我在他们的嘲笑和鄙夷中被几个彪形大汉打晕。醒来时，发现自己躺在密室的角落里。我浑身生疼，被捆绑的身子无法挣脱。

眼前的几个人就像金刚一样，手中紧握鞭子。站在中间的金刚叹了口气，摇了摇头，我听见他说："兄弟，出来玩得讲规矩，说吧，这事如何解决，是出钱，还是挨揍？"说完，他解开了捆绑在我身上的绳子。

我一哆嗦："你们……不能这样，我是……是……来找人的，放了我，要不……我报警了！"话音未落，一个戴着金链子、胳膊上文着青龙、面如金刚的大汉凶神恶煞地立在我跟前。他两眼一瞪，我立刻浑身又一哆嗦。

我对这样的社会角色充满了恐惧，他们的法则超越伦理与法律，不在三界与五行之内。我说："大哥，那……那……需要多少钱？"

"五万！"

"我……我没有这么多钱！"

"你有多少？"

"两……两万。"

"到底多少？"

"三……三万。"

"这不够啊！就这么点钱还敢到这里抢头牌！你是咋想的？"

"我不是抢头牌，我是来找人的。我找她有事，想问清楚一些事情。"

站在中间的金刚像先前那样叹了口气，摇了摇头："兄弟，你说这些你觉得我们会信吗？来这里的男人不就是为了那事吗？你还挺能装，丫的！那就不要怪我们不客气喽！"

很快，其余的几个金刚将手中的鞭子挥向了我，在他们的鞭阵中，我根本无法躲闪。他们手法之娴熟，他们下手之狠重，比武林中的邪教魔头有过之而无不及。

我惨叫起来，那声音连我自己都觉得恐怖。"我变成一只正在受刑的厉鬼了吗？我在哪里？地狱……是地狱吗？"我恐惧到了极点，浑身不停地抽搐着。

"没钱还想到这里来玩！你这不是自讨苦吃吗？"为首的金刚略带温情地说道，"我最恨你这种装模作样的人！也奇怪啊，每个月都有你这样的人，看来这次我得下狠手了，让你这样的人都长长记性！"说完，他掏出打火机，点燃一支烟，猛吸了几口，烟雾缭绕中上下打量着我。

"你……你要干吗？"我虽浑身疼痛，但求生的欲望在这个时候特别强烈。我原想着跑出去的，结果没走两步就被他们摔了回来。我用尽全身的力气，再次跑出去，一个趔趄重重地摔在了地上。我更加痛苦，毫无顾忌地惨叫起来。外面的人因听到惨叫声而拥过来看热闹。

他们一点都不慌张，其中一个金刚慢条斯理地吐着烟圈，然后振振有词地向他们解释着，说我就是一个吃白食的龌龊男人。看热闹的人们对我万般唾弃，赞许打得好，没钱还想要头牌，不讲规矩。

他们围成整齐的一圈又一圈，就像买了门票似的，秩序井然，看一个"坏人"受到惩罚。

也许是我对疼痛快麻木了，也许是金刚手中的鞭子打的次数多了，变得柔弱无力了，我断断续续地叫着。围观的人们终于看得不耐烦了，他们也不愿意看到我被活活打死，有人就喊道："算了……算了……拖出去吧！"

为忍受这地狱般的痛苦，还有心理上的羞耻感，我打算闭上眼睛，口念《心经》。就在闭眼的那一刻，我看见"夜来香"的头牌了，不……是小青……不不……是青衣，她是若兰的师姐……师姐！

她浓妆艳抹地站在那里，我看不懂她的表情，是同情，还是鄙夷，抑或愤怒？她一句话都不说，只是看着我。

"若……若兰呢？告诉我，她……在哪里……在哪里？"我艰难地爬到她面前。

她依旧面无表情，好半天才开口说："我不知道你说的若兰是谁，你又是谁？"

"你不能这样，一定是你对若兰说了什么，你说呀！她为什么要离开我?"我大哭起来,声泪俱下。

她狠狠地瞪着我。后来我才知道她的用意,在那种场合下,我们不能认识。可我……完全考虑不到这些。急切想要知道若兰下落的我继续哭着说道:"你为什么这样残忍?为什么没有怜悯之心……我不信,我不信你是这样的女人,你要是没有怜悯之心,我就要去兰若寺向佛告罪!"

"这人是不是疯了?说的什么话,我们都听不懂!"人群中有人嚷道。

几个金刚更加愤怒了,扬起手中的皮鞭准备再次抽打我。

我说:"你们打吧,打死我算了,反正我也不想活了!"言罢,我闭上了双眼。

他们或许是被我这不要命的态度震慑住了,皮鞭竟然没有落下。几十秒后,两个金刚扶我起来,将我抬到了"夜来香"大门外的一个花园旁边,就没再管我了。

我的意识变得模糊起来,不久,便没有了知觉。

9

我醒来的时候,在禅房。

我的身边空无一人,浑身生疼,吃力地起身,然后坐在床沿。透过窗户我看到外面的一些花草,意识逐渐清晰起来,这个地方我熟悉,曾经来过。

在视线的不远处,我看到有小和尚在给花、树浇水。他们不慌不忙,不刻意小心谨慎。这些植物在他们的浇灌下有的正在茁壮成长,有的已经如成年般雄壮。还有不需要他们照料的，已成参天大树，布满了岁月的风霜。

"我长大了吗？"我轻声问自己，"我不太知道。'长大'一词看似不深奥，其实也不好懂。"我又在想，我是真的爱若兰吗？我和她之间的情缘到底是什么？我竟然不知道答案，可为什么又那样地奋不顾身去追寻？

头隐隐作痛。我想不出所以然。

"吱吱"声忽然响起，一尘师父进来了。我顿时泪流满面。

他注视着我，没有说话。等我流泪许久才开口说道："施主，现在好些了吗？"

"我……"我惊诧地看着他，不知为何这样问。

他用缓慢又有些悠远的语调对我说道："这是你的劫数，你只是太过于执着，深陷其中无法自拔。红尘俗世多诱惑，偏偏你要做一个痴情种，这就是你痛苦又不明的根源。"

我似懂非懂地注视着他，却说出这样一番话："一尘师父，告诉我，我是如何来到这里的？"

"两位女施主把你送上山来的。"他轻描淡写地说道。

"女施主……是若兰和师姐吗？"

他点点头。

"就没有什么留言吗？"我沮丧地低下了头。

一尘师父叹了一口气："有，不过很少。"

我赶紧抬头，急问："就算一句，对我来说已经很多了。"

"叫你忘了她，所有相欠的、不解的就让它们都过去吧。"

我再次痛哭了起来，喃喃地叨念："为什么？为什么……"

"没有为什么,你应该学会放下,红尘相忘才是彼此最好的解脱。"一尘师父说完,转身离开了禅房。

我呆呆地坐在那里,头脑里一片空白。

10

十五年后,我回寺院。

我遁入空门,头发已经花白,眼神中没有了焦虑,有的只是岁月的沧桑。

敲着木鱼,阳光从窗外照射进来,映照在我的脸上。我微微闭眼,光芒中,我仿佛看到一个身影向我走来。

她步履蹒跚,但优雅仍在。

出家的人

出家的人不允许掉眼泪,现在你掉眼泪了,说明你尘缘未尽,还不到出家的时候。

1

太阳落山,鸟儿们叽叽喳喳地回巢穴,牧羊人在半空中抽出一个鞭花,牛儿们在放牛娃悠扬的笛声中安然归家,村口卖凉茶的大婶送走最后一个客人,正要收拾东西回家,一大一小两个和尚出现在村口。

大和尚四十四岁,法号释林,是不远处鞭子崖上灵隐寺的住持。小沙弥七岁,是释林前几天才收的弟子,法号都还没来得及取。因为连年战乱,灵隐寺已经被各大军阀毁得差不多了,释林躲在山洞中才逃过一劫。如今好不容易太平了,释林就离开鞭子崖,带着小沙弥下山化缘来了。

夜幕即将来临,释林和小沙弥一前一后走在村外的羊肠小道上,突然，释林停住了脚步，看着村口的凉茶摊出神。小沙弥一边走一边四处张望，没看见释林已经停了，就一头撞在了释林身上，一个趔趄磕在旁边的歪脖子树上，额头上立马起了一个大青包。

小沙弥皱着眉头揉了揉自己的小光头，疼得眼泪都掉出来了，责问道："师傅，你怎么突然停了？"

释林淡淡地说道："你现在已经是出家人了，记住，出家人不允许掉眼泪！"说完，释林继续上路，缓缓朝凉茶铺走去。小沙弥委屈地揉着脑袋，跟了上去。

释林走到凉茶铺前，卖凉茶的大婶已经麻利地收拾完了，正拧干净抹布擦手呢，看见他，便说道："师父，今天打烊了，要喝凉茶，明天再来吧！"

小沙弥天真地说道："我们不喝茶，我们是来化缘的。"

"真乖！来，给！"卖茶大婶摸了摸小沙弥圆乎乎的脑袋，从满是补丁的围裙里掏出一些零碎钱塞给小沙弥。

小沙弥将零碎钱捧在手心里，脸上笑开了花。释林转过身，轻轻地离开，正如刚才他轻轻地走来。自始至终，释林都没有说过一句话。小沙弥道了谢，跟在释林后面走了。走到十步开外，释林突然转身问道："大婶，我想跟你打听一下，三十年前，这里有个卖茶的姑娘，她去哪里了？"

大婶捋了捋袖子，露出粗壮的胳膊，笑着大声说道："我知道！你说的是那个卖茶的如花似玉的姑娘吧？早嫁人了！现在这里卖茶的没有姑娘，只有大娘了。"说完，大婶背着卖凉茶的家什走远了。

释林也带着小沙弥走了，留下空无一人的凉茶铺在风中凌乱。夜风中，还可以听到小沙弥稚嫩但不服气的声音："哼！师傅，刚才我脑袋撞痛了，你告诉我，出家人不允许掉眼泪。现在都没人撞你，你怎么还掉眼泪了？"

片刻沉默之后，又是小沙弥着急的声音："哎，师傅，你今天是怎么了？来！我帮你擦擦！"

2

秋风中，我站在那个破败得只剩架子的民国凉茶铺子里，遥想着当年的故事。不远处的地块上，大型机械正夜以继日地作业，不消半个月，这个只剩架子的凉茶铺就会像我脚下的泥土一样，被当作多余的东西装进渣土车里，而那个故事，恐怕也会被拔地而起的高楼大厦镇住，永世不得超生了吧。

想到这里，我的内心有些悲凉，于是加快了思维的速度，竭尽全力寻找线索，争取在所有情节化为尘土之前，让故事完整。

3

那一年，春，释林七岁。那一年的释林还不叫释林，叫谩株。谩株的母亲心脏不好。谩株出生的时候，母亲难产，接生婆问："保大还是保小？"

谩株的父亲吓傻了，半天说不出话来。见谩株的父亲拿不定主意，接生婆急了，再拖下去，大小都保不住，再说，谩株母亲的心脏不好，就算保大，按照那个时候的条件，谩株的母亲也活不了几年。于是，接生婆自作主张——保小！

谩株生是生下来了，但不知什么原因，自幼体弱多病，药从来没断过，村里的小孩子都知道他是个"小药罐子"，都不跟他玩。而谩株也生性孤僻胆小，很难与其他小孩子玩到一起。

谩株出生的当天，村里一户姓林的人家也生了个女儿，取名吉英。吉英的父母在村口支了个架子卖凉茶，没有时间教吉英贤良淑德那一套，一来二去，吉英就成了远近闻名的野丫头。村里的小孩，不论男女，没有不被吉英欺负的，但奇怪的是，就像磁铁异性相吸一般，吉英和谩株两个性格截然不同的小孩却很玩得来。谩株被同村其他小孩子欺负的时候，吉英都会帮忙出头，有吉英的保护，谩株也很少被其他小孩子欺负。

一天，地主家的傻儿子嚷着要骑马。那个年代，兵荒马乱的，壮丁倒是不少，马早就被杀了吃肉了。没有马，地主家的傻儿子就让其他孩子给他当马骑。正好那天吉英帮家里卖凉茶去了，其他小孩子就怂恿地主家的傻儿子去骑谩株，谩株不敢反抗，只能用瘦弱的身体载着地主家的傻儿子肥硕的身躯，在一片刚刚被炮弹轰出来的废墟上攀爬。谩株一停，地主家的傻儿子就直接劈头盖脸一顿打。

谩株的父亲看见了，想去帮忙，但被地主的老婆和家丁拦住：小娃子的事情，就让小娃子自己解决。谩株的父亲是个老实人，被欺负惯了，也只能干着急。

这时，吉英正好卖完凉茶回来，看见谩株被欺负，一个箭步冲上去，将地主家的傻儿子推了下去。地主家的傻儿子摔了个狗吃屎，哇哇大哭起来，地主的老婆急了，叫嚣着要撕破吉英的脸。吉英毫不畏惧，捡了个鹅卵石，一副要和地主老婆拼命的样子，地主老婆更生气了，正要动手，却被家丁拦住了。

家丁贴在地主老婆耳朵边小声说道:"太太,这里大家都看着呢,我们大人欺负人家一个小孩子,说不过去,来日方长,我们可以秋后算账。"

地主老婆恶狠狠地点了点头,带着家丁,拖着傻儿子,灰溜溜地走了。等地主老婆走远了,吉英这才放下手中的鹅卵石,去查看谩株的伤势。谩株虽然只是受了点皮外伤,但是受了惊吓,哆哆嗦嗦,好半天才开口,第一句话就是:"吉英,你没事吧?疼不疼啊?"

吉英笑了笑:"傻瓜!受伤的是你,我怎么会疼?"

几天之后,地主老婆安排家丁带着傻儿子去报仇。那天,地主的傻儿子和家丁潜伏在吉英的必经之路上,趁吉英路过的时候扔了两个鹅卵石,其中一个正中吉英的后脑勺,当时吉英就血流如注,倒在了地上。此事惊动了县长,最后,地主家赔了八个鸡蛋了事。

吉英命大,没伤着要害,在床上躺几天就没事了。八个鸡蛋,吉英吃了两个,偷偷送了四个给谩株,剩下的两个被吉英藏了起来,准备留给爸妈。

那一年,谩株和吉英都六岁。

4

又一年,春。谩株七岁。

冬天的时候,谩株染上了百日咳,在那个脓疮都会要命的年代,百日咳是要命的病。为了给谩株治病,谩株的父亲变卖了家里所有值钱的东西,但谩株的百日咳还是越来越严重,都翻春了也不见好转。镇上的山羊胡子老医生给谩株下了最后通牒:谩株的精气神都散了,撑不到桃花开的时候。果不其然,谩株的身体越来越差,等到春雨纷飞,桃花含苞待放的时候,他就完全撑不住了,连呼吸都困难了。

从谩株生病开始,吉英就常常过来看望他,给他洗脸、熬药、敷毛巾,村里的人都调笑说谩株家不花一分钱,就给谩株找了个好媳妇。每当听到调笑,吉英都会红着脸走开,但是,在吉英幼小的心灵里,一颗种子已经生根发芽,随时会长成参天大树:只要谩株一天不痊愈,她就一直照顾下去。

随着谩株病情的加重,吉英去谩株家里也越来越频繁。那天,春雨绵绵,吉英戴着斗笠,小手捧着一小碗鱼汤去看谩株,但谩株没躺在床上,吉英急了。谩株的父亲告诉吉英,谩株被送去大夫家里看病去了,要过一段时间才回来。吉英没说话,走了,离开的时候没戴斗笠,头上飘了一层白色毛毛雨,也许这算是另一层面的一起走到白头吧。当然,吉英只是很单纯地对谩株好,这是两小无猜的友情,还没有到达感情的层面。

看着吉英离去的背影,谩株的父亲叹了口气,无奈和悲凉在那一瞬间被吞吐干净,他咬了咬牙,终于下定决心,做出那个凄凉的决定。谩株的父亲面色惨白,确定吉英走远之后,他才回到房间,将用棉被裹着、藏在床底下的谩株拖了出来。刚才谩株的父亲之所以欺骗吉英,说谩株不在,一来是因为谩株的情况实在太糟糕,怕吉英看了伤心;二来是因为吉英是个急性子,他怕吉英不懂事,阻碍谩株的最后一线生机。

谩株羸弱的身体被裹在棉被里,在睡梦中他喃喃道:"吉英……吉英……"

谩株的气息越来越弱,谩株的父亲心一狠,连着被子一起,将谩株背在背上,用棕榈蓑衣严严实实地盖了两层,然后戴着斗笠走入雨中,沿着泥泞小路朝村口走去。泥泞的小路又湿又滑，小路两边含苞待放的桃花正贪婪地吸收着雨露。春雨过后，桃花就要开了，按照山羊胡子的话，桃花开的时候，谩株就不在了……想到这里，谩株的父亲加快了脚步。

谩株的父亲背着谩株出了村子，来到鞭子崖。鞭子崖的山路如同盘着的鞭子一样蜿蜒，一路上到处都是峻峭的石头，石头上布满了新长出的青苔和地衣，让人很难走稳。

突然，谩株的父亲一脚踩空，摔破了膝盖，疼得冷汗直流。当年谩株出生之时，接生婆那句"保大还是保小"的话在他的脑海里不断盘旋，将他压趴了，他的脸几乎贴在了脚下冰冷的石头上。但是，他还不能趴下，因为他还能感受到背上谩株呼吸传来的热气。谩株的父亲咬了咬牙，忍住膝盖钻心的疼痛站了起来，将头上的斗笠拿掉扔下山崖，将背上的谩株捆严实，一瘸一拐地向前走去。

转眼就到了傍晚，灵隐寺的钟声响彻鞭子崖，雨还没停，谩株也还有生气。谩株的父亲推开灵隐寺的门，闯了进去。此时，灵隐寺唯一的和尚兼住持贾和尚正在菩萨前念经，丝毫没有受到谩株的父亲闯入的影响。

谩株的父亲扑通一声跪在地上，哀求道："贾和尚，我求求你，你救救我家儿子吧！只要你肯救我儿子，我这辈子给你做牛做马报答你……"说着，谩株的父亲竟"砰砰"磕起头来，才几下额头就鲜血直流。

贾和尚赶紧放下手中的木鱼，拦住谩株的父亲。询问之下，谩株的父亲才说明来意：因为谩株病入膏肓，危在旦夕，方圆百里的大夫都没办法，他想把谩株送到灵隐寺剃度出家，希望菩萨能保佑谩株，帮谩株渡过难关。

贾和尚听了之后，帮忙把谩株接下来，放在面前的破桌子上，安慰道："施主，你先坐，你既然把儿子送到灵隐寺来了，菩萨自有安排。"

谩株的父亲哪里听得进去，又到菩萨面前"砰砰砰"地磕头。

贾和尚摇了摇头，去厨房弄了点斋饭，让谩株的父亲趁热吃了，然后，贾和尚又若无其事地开始念经。说来也奇怪，没过多久，谩株居然醒了，还嚷着说肚子饿，要吃东西。谩株的父亲欣喜若狂，又跪在菩萨面前"砰砰砰"地磕起头来。贾和尚拿了些供果让谩株吃了，然后按照谩株的父亲的意愿，给谩株剃度出家。

谩株虔诚而安静地跪在菩萨面前，贾和尚洗干净剃刀，点燃烫戒疤用的香，谩株闭着眼睛，双手合十，心如止水。大病一场之后的谩株十分懂事，他明白：如果不剃度出家，自己也许就活不下去了；如果剃度了，那就不能再和吉英一起玩了，现在不能，以后更不能。想到这里，不知怎么的，在剃刀即将落下的那一瞬间，谩株的眼睛不受控制地流出两行清泪。

贾和尚手里的剃刀停住了，他叹了口气："出家的人不允许掉眼泪，现在你掉眼泪了，说明你尘缘未尽，还不到出家的时候。"

谩株的父亲急了，又跪下了："大师，求求你……"

贾和尚衣袖轻轻一挥："你带着谩株放心回去吧，他现在没事了！"

谩株的父亲虽然犹豫不决，但还是听了贾和尚的话，连夜背着谩株离开了灵隐寺。天黑了，鞭子崖的石头山路地面依旧湿滑，而且只能看见一点儿模糊的轮廓，但从灵隐寺出来之后，谩株的父亲的脚下再也没打过滑。尽管如此,谩株的父亲背着谩株回到家后也已经是凌晨三四点钟了。

第二天,春雨过后,村里的桃花竟然全部盛开。谩株也一大早就醒了,而且恢复神速,居然可以下床了。谩株的父亲累了一夜,还在酣睡。谩株安静地起床,一个人走到村口,映入眼帘的是村口那片绯红的桃花。空气有些微凉,谩株打了个喷嚏,深深地吸了口气,他已经很久没有畅快地呼吸过了。

谩株伸了个懒腰,折了一串桃花,给吉英送过去。

5

又几年,春。谩株十三岁,吉英也十三岁。

自从去了一遭灵隐寺,谩株仿佛是换了个人一般,从弱不禁风变得活蹦乱跳,再也没生过病,如今已经长成了一个精干的小伙子,虽然家里穷,穿得破旧,但看上去精神抖擞。吉英也不再是那个"野丫头"了,她出落得美丽大方,加上学会了打扮,遇见挑担子的温商也都会买点小姑娘的东西,现在的吉英,已经是一个如花似玉的大姑娘了。

这时候,吉英和谩株已经情窦初开,两人独处时的那种感觉,已经变了,由小时候在一起时的那种单纯的快乐,变成了有着无限期盼的那种安稳。不论何时何地,少男少女那种尽管微妙,却妙不可言的情愫,总是徜徉在两个人的心田里。不管见与不见,两个人的心里都被对方填满了,再容不下除此之外的任何东西。在大家眼里,吉英和谩株是天造的一对,地设的一双。

吉英帮家里卖凉茶,而谩株跟着父亲一起在地主家做短工。因为谩株聪明机灵，而地主的傻儿子连路都不会找。于是，地主家便大方了一回，以一个长工的价格，让谩株给傻儿子做陪读，每天陪着地主家的傻儿子上、下私塾。

谩株将自己的工钱全都存了起来，他想着等再长大些，他要用这些钱，光明正大地娶吉英过门，过上日出而作、日落而息的美好生活。

虽然是陪读，但谩株在私塾里学得很认真，常常有所收获。所以，他做陪读后也常常去教吉英识字。每次一有空，谩株就会吹响用洋槐树叶子做的口哨，吹两声代表想和吉英见面，吹三声代表教吉英认字。吉英帮家里卖凉茶的时候，耳朵随时都凝听着，期待着谩株口哨的响起。

这一天，天气炎热，吉英家卖凉茶的生意正好。地主家的傻儿子也来喝凉茶了，他臃肿得像麻袋一样，一来就用一双小眼睛盯着吉英乱看，一边看一边流口水，脖子上的口水兜兜都打湿了，而且还不时地发出舒服的"啊啊"声。吉英被看得有些生气，正好这时，谩株的口哨声响了起来，吉英便急急忙忙地收拾了一下，丢下手中的事情去"老地方"找谩株去了。

所谓的"老地方"，其实就是村口湖边。谩株身上穿了一件从私塾老师那里借来的中山装，正坐在一块石头上。吉英笑嘻嘻地，从谩株背后轻手轻脚地走过去，然后轻轻捂住谩株的眼睛，神秘兮兮地说道："猜猜我是谁。"

谩株没有说话，嘴角微微一勾，然后温柔地将吉英的手拿下来，转过身来面对吉英。吉英跟谩株面对面，被看得有些脸红，将头扭向一边，谩株轻轻一搂，将吉英拉过来，和自己并排坐在石头上。吉英的脸红得像熟透了的石榴，低头抠着自己的手指。

谩株从未见吉英如此害羞过，看得有些醉，傻傻地问："吉英，怎么了?"

吉英飞快地把一团红布塞在漫株手上,然后转过头去,背对着漫株,脸更红了。漫株看着手上那团红布,里面似乎是花纹,于是一边打开红布一边说道:"这是干吗的啊?"

吉英佯装生气:"笨蛋!这个都不知道!不理你了!"

只一会儿,漫株手上的那团红布就被打开了,只见红布四周镶着金色流苏,中间绣了一个大大的"囍"字。漫株马上明白了,这是红盖头,到时候,吉英会戴着红盖头,踏过自己家的门槛,成为自己的新娘。

看着吉英还在"生气",漫株指着不远处两个并在一起的桃子说道:"吉英,你看,那个像什么?"

吉英转过头来,看了半天,也没看出个所以然,便问漫株:"像什么啊?"

漫株嘿嘿一笑:"像不像两个白白胖胖的双胞胎?"

"你坏!你坏!"吉英的小手捶打着漫株宽阔的肩膀。

"哎呀!"漫株惨叫一声,表情痛苦。

吉英慌了,赶忙停手,问道:"怎么了?"

看吉英慌了,漫株脸上痛苦的表情变成一种得逞的笑。吉英马上明白,刚才漫株是装出来的,作势要打,漫株爬起来就跑。

两个人就这样天真烂漫地追打起来。

6

又一年,春。又到了桃花含苞待放的季节。

过去的一年,吉英的父母双双病倒,凉茶铺全靠吉英一个人忙里忙外。谩株和吉英的婚事,本来定在重阳,但因为吉英的忙碌,于是一推再推,一直推到了这一年的春天。这时,吉英父母的病也随着天气转暖渐渐好了起来,于是二老便拉着谩株的父亲商量,准备春分的时候将吉英和谩株的婚事给办了。

于是,接下来的几天,吉英和谩株都陷入了甜蜜的等待,那时的一日仿佛是十年。

然而,幸福总不会那么轻易地遂人愿,命运也似乎不肯妥协,就像当初羸弱的谩株身体莫名其妙地变好一样,这一次,身强力壮的谩株突然生病了。而且谩株的这场病摧枯拉朽,似乎比任何时候都厉害,只三天,谩株就躺在床上说不出话了,只能靠眨巴眼睛和喘气来交流了。谩株觉得挺不过去了,于是,用手势让父亲把吉英叫到跟前,将积攒多年的工钱交给了吉英,然后眨巴眼睛,不停喘气,嘴巴里支支吾吾。

吉英当时就哭了,她听出来了,谩株是让她重新找个好男人嫁了。

谩株的父亲看得心酸,找上吉英的父亲,一起赶了一天一夜的路,找到镇上那个衰老得不行的山羊胡子老医生。老医生摸了摸脉象,摇了摇头,然后让把谩株赶紧抬走,怕死在自己的地盘上沾晦气。

将谩株抬回家之后,谩株已经只有进去的气,没有出去的气了。谩株的父亲也曾想过,像谩株七岁那年一样,送他剃度出家,或许能撑过去,但后来想想也觉得算了,让谩株出家,等于活生生地拆散了谩株和吉英。他的儿子他是了解的,对谩株来说,和吉英分开,比把自己杀了还痛苦。

于是谩株的父亲打定了主意,就让谩株这样安静地走吧。趁着谩株还有一口气,谩株的父亲去了吉英家,对二老说了声对不住,然后就恍恍惚惚地去镇上找道士先生了。

等谩株的父亲带着道士先生回家的时候，家里的谩株已经不见了。村口的老刘头告诉谩株的父亲："你刚去镇上找风水先生后，吉英就过来了，背着谩株出村子去了，好像是朝鞭子崖灵隐寺那边去了。说来也怪，吉英一个女娃子，谩株那么个大个头都背得动，我年轻时候也很能背，磨盘大的石头……"老刘头有一搭没一搭地侃起来。

得知谩株被吉英背去了灵隐寺，谩株的父亲象征性地给了道士先生点零碎钱，打发他走了。之后，谩株的父亲搬了张条凳坐在了村口，一个人默默地流泪。春雨来了，飘在谩株的父亲的头发上，白茫茫的一片。

鞭子崖的道路依旧蜿蜒，蒙蒙细雨中，吉英背着谩株，走在峻峭湿滑的石头小路上，一步比一步艰难。尽管谩株比平时瘦削了许多，但对于吉英一个女人来说，依旧压得她喘不过气，但越沉重，吉英的心里越幸福，因为，她曾听人说过，人死了是要变轻的。

吉英咬了咬牙，继续迈开沉重的步子，她不知道自己还能走多远，但走一步算一步，除非她从鞭子崖滑下去摔死了，不然她一定会将谩株送到灵隐寺。

夜幕来临之前，雨停了，吉英终于将谩株送到了灵隐寺。放下谩株的那一刻，吉英因为过度疲劳晕了过去。

等吉英醒过来的时候，谩株的头发已经被剃了一半。谩株的身体虽然依旧瘦削，但从他神采奕奕的眼神和白里透红的脸色来看，已经问题不大了。

"那个人本该是我的丈夫啊！"吉英忍住内心的悲怆，走到谩株对面，用尽全身力气，在脸上勾勒出一丝笑容。

谩株看着自己的头发一点点飘落，<u>丝丝缕缕</u>。

他和吉英的过去，现在全都不复存在了，谩株的心里泪如泉涌。但他知道："出家人是不允许流眼泪的！"所以，当吉英用尽全身力气对他勾勒出笑容的时候，他一脸平静，双手合十，安静得像身旁的木鱼。

吉英在灵隐寺的柴房睡了一晚，然后就下山了，从此再也没见过谩株。

吉英听人说，谩株果然有菩萨保佑，才当和尚一个月，身体就痊愈了。而谩株剃度出家之后，也逼迫自己将过去连根拔起，然后用佛经清洗得一干二净。

因为吉英姓林，所以他被赐名释林。

这些年来，吉英一直都有人追求，但她却一个都没答应，她不知道自己在等什么，只知道自己该等。

谩株出家之后，她也偷偷翻过佛经，看到"我愿化成一座石桥，经受五百年的风吹，五百年的日晒，五百年的雨打，只求她从桥上走过"，吉英总算明白了，自己在等什么……

还好，吉英没白等。

7

一晃三十年。

天色向晚，吉英正麻利地收拾着凉茶摊，释林带着小沙弥过来化缘，化完缘就走了。走到十步开外，释林突然转身，问道："大婶儿，我想向你打听一下，三十年前，这里有个卖茶的姑娘，她去哪里了？"

吉英觉得，自己在他心里一直是个如花似玉的姑娘该多好，于是她故意露出粗壮的胳膊，笑着大声说道："我知道！你说的是那个卖茶的如花似玉的姑娘吧？早嫁人了！现在这里卖茶的没有姑娘，只有大娘了。"

释林带着小沙弥走了，留下空无一人的凉茶铺在风中凌乱。夜风中，还可以听到小沙弥稚嫩但不服气的声音："哼！师傅，刚才我脑袋撞痛了，你告诉我，出家人不允许掉眼泪。现在都没人撞你，你怎么还掉眼泪了？"

片刻沉默之后，又是小沙弥着急的声音："哎，师傅，你今天是怎么了？来！我帮你擦擦！"

释林恍然明白，如果自己七岁剃度时没有掉眼泪，自己就会留在灵隐寺，和吉英之间就只有友情，而不会有之后如此凄苦的爱情。释林叹了口气，摸了摸小沙弥的头，拭去脸上的泪水。

出家人不允许掉眼泪！

世间男子多许仙

作为有情抑或无情的众生，总有一种东西让你纠结万分；作为局外人，总有一种东西让你莫名泪流满面、爱恨纠缠。这种东西叫悲悯。

1

深陷于风月之中的人士的格言大致是这样的：天下男儿皆薄幸，世间女子少真情。

对于此格言的解释就如老地方的雨淅淅沥沥，温柔中有哀怨。譬如说，他们从来都不知道在自己心里，什么才是最重要的，就像不知道生命里的哪个女生才是他们最后的归宿一样。可为什么又要装作哀怨呢？

去东寺那会儿，偶遇一禅者，几经闻，又说：世间男子皆薄幸，却常有柳下惠。凡尘女子重四德，何来潘金莲。在三纲五常的时代里，一切指向伦理道德的事物存在总能引发字字珠玑，不做尘封历史的湮灭。可为什么我们一边鞭笞着，又一边向往着呢？

某夜，风雨大作，难以入眠，打开电脑，重温经典影视《青蛇》，有了许多感慨。譬如，突然觉得世间男子多许仙。很多故事基本看过就忘，虽然在看的时候都觉得自己相当投入，茶饭不思，一心只关心进展和结局。看《青蛇》的时候也是一样，虽然已经看过多遍。而后，又翻出香港作家李碧华的经典《青蛇》，被一句"多么鄙俗的人间"打动。夜继续深，还为辛晓琪的《人生如此》不能释怀，谁叫她那么深情又入骨髓地唱道："人生如此，浮生如斯，缘生缘死，谁知？谁知？情终情始，情真情痴，何许？何处？情之至……"

这样的感觉真是一种邪性，可能在很长时间里若有所思，脑海里浮现出千丝万缕般的画面，然后就像一根钢针触碰着神经，又像一根发丝飘落于心脏，那种感觉欲罢不能，觉得有什么触动了你，却又似乎不甚了了。

想来，看戏、听歌……但凡经典的总是这样吧！戏里、歌里……讲一个故事之外，掉着不同的、莫名的眼泪。

我是钟爱民间传说的，就像我钟爱文字一样。由许仙、白娘子、小青为引，想着这个从古典浪漫主义到现代解构主义反复表述和剖析的文本，的确会不由自主地有所触动，继而深思。

历数这个被多次表述和剖析的版本：冯梦龙的《白娘子永镇雷峰塔》、香港作家李碧华的《青蛇》、鬼才导演又将小说《青蛇》搬上荧屏、万人空巷的电视剧《新白娘子传奇》、话剧版的《青蛇》……在这样的珠玉面前，就连我也意淫了一把，虽难登大雅之堂，却固执地写就《新白蛇传之侠义江湖》。

2

有险临境，置之死地而后生。

白娘子、小青、许仙三位有着不同生活经历的人或妖道尽修行人间多少悲欢与沧桑。佛有欲界、色界、无色三界可作为他们的内心窥探。这三界在我看来还可以称作世俗的情欲世界，如婆娑萦绕，挥之难去；如实的物质世界，虽偶有情欲，但由于保存了"质碍"，属于中众生，尽管仍有色欲等，但已经不必非有"物质基础"了；涅槃的"空"与"定"，这是究竟后的彻悟，已然超出生死、轮回世间，摆脱人生的有限性和相对性，乃为《四十二章经》中所言"各自有名，都无我者"，想必已如清李斗般"御风轻"了吧！

一场关于世间情难了的悲情故事即将展开，我的心里充满了好奇。这三位个性迥异的可人儿的故事如何在千年之后依然击中现代人心，让我们在无限唏嘘中又无限向往——正应了前面的婆娑情绪。

白娘子在未成为娘子之前，只不过是一条散落在人间的蛇而已。后来，它变成她，便有了工容德貌，慧齐淑敏。这一切是命运安排，还是精心设计？我愿意相信后者，就像很多人不服输于命运一样。它早期略有顽劣，不过是想嬉于草间，初涉世事，未料人间之险恶，幸被施救。

自此，它的人生峰回路转，这算作节点，今后的人生在观世音的点拨下开始步步为营。

为了报恩于那个节点下的牧童——谁想千年后成了许仙——居然精心策划断桥上的数次相遇。当然，这是善心使然，也是在规划自己的人生。

做自己的主，成就安稳的人生，当付出代价。稳稳的幸福从来不是唾手可得的，需要付出行动。白蛇在与许仙喜结连理成为娘子后，更是小心翼翼，控制自己的本性，戒掉食人妖性，悬壶济世，行于当行，宛如活菩萨再世。

接下来，她严格控制自己的生活，化念妖性，却不幸波澜四起。食人间烟火，终脱不了那纷争。她身为妖孽，却为爱痴狂。

但，这不过是电视剧里的桥段，它比不得清人方成培的《雷峰塔》。这部经过再创作的作品于乾隆三十六年（1771）问世，共四卷三十四出。他对白娘子形象的重新塑造，倒是我较为欣赏的，更是我觉得"世间男子多许仙"的作梗之处。当那些为爱而不顾一切的女子，在彰显难能可贵的爱情观时，再瞥迷失本心的颠倒众生的糊涂，真是好久不见，俨如一座悲怆的休眠火山，抑或无动于衷？所以，我更加热爱方成培对《雷峰塔》传奇中《夜话》《端阳》《求草》《断桥》等几折戏的用心刻画。难怪像"盗仙草""断桥"等桥段能成为著名的折子戏，一再上演，落幕处，依然不忍离去，嗟叹、唏嘘！

情节进行到"水漫金山"处，这是白娘子失去控制后的翻江倒海，总叫人泪流满面，怨恨再生。此般人生际遇是被棒打鸳鸯，还是被强破强拆，抑或有心为之，那都是归佛的必要劫难。泪如雨下涌入西湖，撕心裂肺响彻雷峰塔，倒如一身洗礼。可是，这里面有爱的存在吗？一定有，那是崩溃于分离间的长情。

青蛇呢？它应该是在变性后也拥有了女性的美，但野性未消。

我们会在现实生活中遇到这样的女子，她忠于内心的行动，表现的是那样的东一墙西一墙，仿佛与周遭格格不入。她总想着要颠覆些什么，于是，她整蛊作怪，杏眼怒睁；她不顾一切，初尝禁果；她不屑于"正人君子"，因为，她能感受到无边的威胁。就算是飞蛾扑火，也要自我得令人生畏；就算是赴汤蹈火，脚踩刀刃，也无惧于谤佛毁僧。这是"男儿身"变化为"女儿身"的后遗症吗？还是骨子里就有那种傲气？

答案已经不重要，因为，她只聆听自己内心真挚的声音，是爱是恨都要走一遭。这样的女人别有情趣，很多事让人费思量。

譬如说，她忽然钟情于一个人，就算知道不会有好结果，也依然要赴约；就算暮然回首冷冷清清，也要合榻而眠。多少欢笑、多少泪痕、多少秋水一去不复返，倚栏处，落花有声，流水无情草自春。在这样的情境里，她却有自己的逻辑，因为，她信奉众生平等——"姐姐可以爱，我也可以爱"。

于此，我又想到话剧版的《青蛇》。当青蛇遇到法海，当青蛇面对患有先天性心脏病、七岁就已剃度出家、踱方步且滔滔不绝跟她讲佛法的法海，她索性将双腿盘上了法海的腰间，就像因千年困得太久的藤蔓一样，由上而下欲将他死死缠绕，这是不离不弃、死缠烂打的个性张扬。姐姐因盗仙草为南极仙翁所困，无法脱身，聪灵的她选择先走一步，将困于金山寺的许仙由寺底救出。回到家里，她又将姐姐抢来的灵芝嚼烂喂了他。

这样的举措是灵活机动、不顾后果，也是心有所动、心有所爱，于是，她深情地喂着喂着，二人就情投意合了；喂着喂着，二人就"欲界""色界"合一了。看来，还是人间最好，有烟火、有食欲后的情欲。当姐姐出现，当许仙面对几将阴阳相隔的娘子，许仙的表现让人有些失望，他以无辜的表情说道："那是我离魂乍合时的生理反应。娘子，我在朦胧之中，把青妹当成你了。"这样看来，青蛇更像妖，她来到人间，迷惑多少男子。古代的夜场，和现代夜场是不同的。现代夜场，置身其中，全是妖精。有这样的媚态丛生，怎能在心猿意马中坐怀不乱？但青蛇要做到如何更像人，其中玄妙便是要成为人。几年前，我看李碧华的一些作品，感触颇深。蛇之血属寒，如腊月寒冰。这就导致蛇妖欲成人，其路充满艰辛，需先拥有情欲，这是像人的基本要素。在有了情欲后，才懂得缠缠绵绵、快意恩仇、肝肠寸断，最后得以飞升。于是，在情欲纠葛中，姐妹反目了，姐姐杏眼怒喝，随后叹息道："这不是我做人的初衷。"妹妹却痴情地作答："我做人，是为了你。"这理由，何等绝妙。

3

世人看到的是法海的无情，青蛇看到的恐怕应该是薄情寡义中难得的盘桓温存。这就是青蛇，或者说青蛇一样的女子，她存在的难能可贵，是世间迫切需要的，也是作为一个人忧伤至死时的救命稻草。

可是，许仙呢？他应该就是薄情迷幻又胆小的男子。尤其是在看过《青蛇》后，我脑海翻腾，似乎看到了法海并不想斩妖除魔，他也有情深的一面。

甚至，我一厢情愿地去相信：法海是愿意帮白蛇的。要不，他怎么会说："你是蛇，他还爱你，那是你们俩的缘分。"要不，我们现代人愿意去"撮合"，经历生生世世轮回，而青蛇与法海，在雨天穿梭时，相互对望……

在白蛇盗仙草被困时，青蛇就先走一步了。这个话剧中的场景太有意思了。她径直私想许仙，便想了法儿，竟从金山寺底打了个洞，将许仙偷回家来。接下来的情景让人脸红心跳，青蛇——不，叫小青更亲切，她把白蛇抢来的灵芝嚼烂了喂许仙。看到此处，屏息凝视，他们呀，喂着喂着就情迷意乱了，就把好事办了，缠绵中有激情，激情中有背叛。再看许仙的娘子白蛇，她为盗仙草义无反顾，险些命丧。

面对死里逃生的爱人，许仙做一脸无辜状，竟说出"那是我离魂乍合时的生理反应。娘子，我在朦胧之中，把青妹当成你了"的话。此话一出，又惹得有五百年交情的姐妹兵戎相见。这真是薄情迷幻的许仙啊！面对尤物他心动了，也付出行动了。这样的男子，文艺的说法是情种，刻薄的说法是人渣。

许仙的胆小表现在见到爱人的蛇身后就吓傻了——他整天在金山寺钉木桩，又吆语惊天。

他真的是人渣啊！却道出了世间许多男子的心声。你看他这样的迷幻："娘子你是一条蛇。我妈说，三人一块儿也挺好。"拥有一个尤物还不够，还想姐妹一起拥有。这样看来，这《青蛇》中所诠释的人渣不是许仙还有谁？这样看来，世间男子多许仙啊！

或者，许仙就是世间薄幸又多情的男子的化身：面对情来时不能自控，面对的尤物却是千年妖孽。这个时候，他竟然没有想到这个妖孽是最在乎他、最深爱他的女人。许仙竟然不能面对他出轨的过错，这就是这种男人的软肋，即安放得自己的过错，却安放不了应有的专一。若是哪个女人面对他一认真、一定情就输了。这样的男人是软弱的，软弱的男人除了参与悲剧的制造，除了负情与背叛，剩下的就是带给至情女人无尽的泪水和伤痛。和他在一起，痛苦大于欢悦。

世间的众生其实都是游戏的。所以，我更加爱上王杰的《一场游戏一场梦》了。

不要谈什么分离

我不会因为这样而哭泣

那只是昨夜的一场梦而已

不要说愿不愿意

我不会因为这样而在意

那只是昨夜的一场游戏

那只是一场游戏一场梦

虽然你影子还出现我眼里

在我的歌声中早已没有你

听到歌曲的末尾处,我甚至开始后悔看话剧版的《青蛇》了,也后悔看与之相关的所有版本,正如我后悔看叔本华讲述孤独与寂寞一样。

两条蛇,一条意欲成人,一条不屑于此。白蛇想成人却绝望悲凉,青蛇不想成人却有了人的眼泪。白蛇为许仙,青蛇也为许仙,还有法海……这简直太乱了。

当白蛇面对苦心经营的痴情而瞬间坍塌。她泪哭后,自请入住雷峰塔,从此关了心门,从此跟这个世界无话可说。应该说,不管当初是出于何种目的,她都是从有情开始,到无欲而终结。那些情啊、爱啊,都是过眼云烟,终不如青灯古佛,禅修自明。

在法海圆寂之时,小青在他面前俯下身来,做着最后一次的"嘶嘶"、最后一次的"爬行"。这场面让人心痛,欲恸哭。可她还那样深情地说,因为有缘,我们在宋朝相识;因为有缘,我们知道了一切的短暂;因为有缘,我有了人的眼泪、人的悲伤;因为有缘,世间任何种种都不是恒久存在的。

两条蛇,以及一个世间薄幸又多情的男子,我不知道还能说些什么。沉默好半晌,才透心凉地冒出一句:世间男子多许仙。我们在狂爱中演绎着人性,又在狂爱中大彻大悟。算作一次幡悟吧!

作为有情抑或无情的众生,总有一种东西让你纠结万分;作为局外人,总有一种东西让你莫名泪流满面、爱恨纠缠。

这种东西叫悲悯。

在青石街遇见桑吉

你我都知道，我们因起点不同，路径不同，际遇不同……五味杂陈中的我们或认命，或抗争，或拧巴，或坚守……我们在纵横交错的行走中过完一生。

1

他唱的歌我听不懂，却在片刻后，如遇风吹沙，我闭上了双眼。

都说流浪的人不许掉眼泪，在西部的荒野里，我仿佛看到了桑吉孤独行走的场景，一把根卡，一曲轻弹，一脸苍茫……

那是个午后，我在青石街与桑吉相遇在拐角。

我看到一个白发苍苍的老人蹲在桑吉面前，他"吧嗒"着旱烟，几缕青烟缭绕："年轻人，看你一路风尘，面色疲惫，你这拉一天能挣几个钱哪？"

我是一个写作者，想象力尚算丰富，这个老人身上一定有着鲜为人知的故事，或许他在替年迈的自己问，又或许在替曾年轻的自己问。

他那么平和地问，可我为什么觉得雷霆万钧？

桑吉抬眼望着老人，再望我一眼，毒辣的日头下没有一丝凉风。他沉默不语，眼角泪珠滑下，再成线，再成河，只那么一会儿工夫就"滴答"到根卡上，乍乍发出声响。

我以为桑吉是无比坚强的，像他那样的康巴汉子，就算生活再艰难，也未曾哭过。

烈日下，一道独特的风景呈现——

执根卡的桑吉，"吧嗒"旱烟的老人，寂寞的写作者，我们在青石街的拐角，神色迥异。

最后，还是老人慌了神，他站起身，边叹气，边摆手："罢了，罢了，我不应该问的，不应该问的……好孩子，人生路还长，好自为之吧！"

……

想写桑吉的故事很久了，一直因某种刺痛心扉的残忍而搁笔。

今年，我三十七，人生之路几近走了一大半，怕岁月再长，怕慈悲成河，怕到那时更无法去言述。

果决中，提起了笔。

人生无常，这个世界——远近高低，这个人——命运不同。

你想要的公平，不过是在为梦想打拼时的轰鸣。

你我都知道，我们因起点不同，路径不同，际遇不同……五味杂陈中的我们或认命，或抗争，或拧巴，或坚守……我们在纵横交错的行走中过完一生。

不是所有的努力都能换来回报！

不是所有的希望都会实现!

不是所有的遭遇都会有人同情!

可是,不去行走如何安抚我们内心的跳跃?梦想……梦想还是要有的,万一实现了呢?先定一个小目标,"挣"它一个生活能自理……

桑吉的小目标就是去建筑工地打工,这和当年的我何其相似?

2

多巴镇,民和盆地的西部,湟水河沿盆地东西向穿越而过,高原大陆性气候,盛产小麦,矿产资源仅有沙石。

1989年,桑吉出生在多巴镇,父亲德吉,母亲欧珠,老实巴交的他们,努力一生也没能让这贫寒的家境有多大的改变。桑吉的童年过得不快乐,他是个不怎么被父母疼爱的小孩儿。

生活拮据是桑吉父母没有办法的事,桑吉刚满一岁就被寄养在离家十里的嘉措家。这是一个比桑吉家境稍微好点的家庭,之所以收容桑吉,是母亲欧珠万分恳求的结果。

让人欣慰的是,嘉措对桑吉疼爱有加。从某种意义上来说,嘉措就是他的妈妈,虽然她已经年过五十了。

桑吉在嘉措家长到十岁时,才回到自家村寨上了小学。本以为好日子来了,谁知刚念了一学期的书,这个家就破了。父亲嗜赌成性,不仅输光了微薄的家产,还欠一屁股的外债。母亲哭得撕心裂肺,以死相挟,这都没有用。赌徒的回头是岸成为妄想,家——就这么散了,而桑吉的读书生涯就此中断。

刚认识桑吉的时候,我几乎判定他就是文盲,可从他悠扬的歌声中,又感觉他满腹经纶。

或许这就是桑吉吧!不一样的桑吉。

后来,桑吉又上了一年半的学,母亲实在是无法承担这"累赘"了。桑吉再次辍学,再次被送到嘉措家。

嘉措已年迈,早些年因农活繁重,又不注意保养,现在身体多恙,特别是风湿病的缠扰让她疼痛得无以复加,稍微繁重的体力活是干不了了,好在嘉措的儿子边巴有石匠手艺,他在附近的采石场干活,一家人勉强能谋一个温饱。

比之前的家要好过一些,可惜好日子不长。

三年后的一天,工友慌慌张张地跑来,说边巴出事了。原来,在采石过程中出现崩裂事故,边巴被石头砸断了腿。

如果要用一个词语来形容这次事故带给这个家庭的恶劣影响,一定是"风雨飘摇"了。

照顾一家人的重担落在了桑吉身上。

少年的他不应该承担这样的重担,少年的他又必须坚强地去承担。

可桑吉啊,他只是一个孩子,一个刚高过课桌一半的孩子。

家里能算得上是财产的东西不多了。一头牛,两头猪,外加十来只鸡,它们成为这个家庭最大的希望。

照顾好它们,让这些牲畜能更好地回馈。

快快长大,让瘦弱的臂膀变得强大。

……

每天早起是必须的。

在吃上一碗稀饭后,桑吉熟练地将牛牵到后山坡去放养。牛到了山坡,就找到了属于它的乐园。当牛低着头啃着野草的时候,他就肩挎背篓四下寻找猪草。桑吉本来就是山里人,现在,他更像是山里人了。

白云生处有人家,但桑吉觉得,在山中岁月之中,即便有人家,日子也过得极其漫长。

无奈岁月不懂人情,与牲畜为伴,何时离乡去闯荡?

那些鸡是不能吃的,蛋同样是不能吃的。

在多巴镇上,鸡蛋是可以换取柴米油盐的。

桑吉是懂得感恩的孩子,他心疼嘉措,心疼边巴。一家人很久都吃不上肉,桑吉就带上自制的弹弓,或者像鲁迅先生《少年闰土》文章里讲的那样设下圈套,几天下来,总会捕获一些鸟雀。

一段时间下来,捕获甚少。

桑吉又开始想办法,天上飞的太难捕捉,地上跑的会更容易到手。为了成功捕获它们,桑吉耗费了大量的时间,常常要天黑才能回家。不知情的嘉措以为他贪玩,一通责骂。桑吉从不解释,他知道嘉措责骂得再厉害,就算要打他,也是一点都不疼。

是的,不疼。桑吉说他在嘉措面前,永远不会觉得疼。

这一天,嘉措又打了他,那左脸颊上还有几道手印。

"疼吗?孩子……"

"不疼?奶奶……"以前他喊嘉措妈妈,现在改口了,妈妈没有那么大的年纪。桑吉从布袋里倒出好几只野味,乐呵呵地说道,"你看,这野味可结实呢,我们有肉吃了。"

嘉措抱着桑吉,越抱越紧,一句话也没有说,那眼泪"簌簌"地往下流。

厨房里开始忙碌了,很快炊烟升起,一阵工夫后,野味成盘中餐。一家三口围成一团,谁也不愿意先夹一筷子。桑吉动手了,他夹了一块上等的肉放在奶奶碗里,又夹一块肉放在边巴碗里。

他看着他们,说:"吃吧,趁热最好吃。"

他们没有吃,将肉夹到了桑吉的碗里。

夹来夹去,三人都没有动口。桑吉索性自己先吃一口,大家都开始吃了。

这样的场景,在昏暗的灯光里显得格外有味道。只是,为什么桑吉给我讲述时我想哭呢?

日子一天天往前,桑吉一天天长大,显得更少年了。

桑吉的家境依旧没有得到什么改善。他没有回到学校读书,不是不想,是想也没用。

诗人海子说:"珍惜黄昏的村庄,珍惜雨水的村庄。"这是有道理的。桑吉慢慢地感受到了每天放牛、喂猪、狩猎的生活也不是无趣的,他懵懵懂懂地发现宽阔的山坡上、秘密的草丛中、寂静的山谷里,各种虫鸣鸟奏像是懂他似的。他哼哼,它们也哼哼,饶是有趣。

桑吉曾听多巴镇的老人们讲过,这镇上是有人懂鸟语的。

桑吉问,在哪里。

老人们说,多巴镇就有,不过已经是许多年前的事了。有一个叫白玛的会唱歌的姑娘离开了小镇,再也没有回来,听说……进了文工团唱歌了。

在山中的桑吉没有玩伴,这使得他可以静下心来,仔细聆听来自大自然的声音。渐渐地,他学会了与鸟、虫对话,也学会了自己与自己说话。

桑吉的胆子越来越大,想要唱出来的欲望越来越强烈。他开始唱歌给自己听,虽是瞎哼哼,却乐在其中。

我想起那些无师自通的歌者,他们就是在偏僻的地境里放声歌唱,最后在某种机缘下一唱而红。那声音是纯粹的、天籁的、高亢的……毕竟,山中无人,山野空旷,除了牛羊之物,无人打扰。

冬去春来,桑吉从瞎哼哼到有节奏地哼唱,终于唱出了一副好嗓子。

更厉害的是,他还懂得了各种鸟语,学它们也学得很像、很像……

又过了些年,桑吉十七岁了。

这一年,桑吉的身高有了明显的变化。如果不问年龄,他就是一个成年人的模样,身形高大,孔武有力。

在边巴的指导下,他有了一门手艺。

多巴镇的大户人家修建房屋,需要石匠,桑吉去了,并第一次拿到了十元工钱。他特别高兴,东家是按照成人的工钱给的。那会儿,他感受到了长大的乐趣,没有人会把他当作小孩看待了。

有一天,妈妈来看他。

母子俩一见面,先哭的是欧珠,桑吉虽然没有哭出声,但还是忍不住流泪了。

这样的场景让人心生酸楚,更酸楚的是妈妈要去远方了。桑吉问妈妈:"去远方,是哪里呢?"

妈妈抓住他的手说:"去南边,那里在招针线工。"

"去多久?"桑吉红着眼睛问,"什么时候回来?"

"等麦子成熟的时候就回来。"

"……"

后面的内容,桑吉记不清了,他等了很多个麦子成熟的季节,也没有见妈妈回来。

其实,不是记不清,是不愿意提及,妈妈对他撒了个谎。镇上有人传言,说欧珠的远房亲戚重新为她找了一个婆家,之前没有走,是在等桑吉长大成人。

十七岁那年的桑吉,因长成大人模样而高兴,也隐隐觉得长大不是什么好事。如果不长大,妈妈就不会出走,也就不用天天盼着麦子早点熟,可每次的希望总是落空。

待到夏天的时候,德吉来找桑吉了。

嗜赌成性的父亲毁了一个家,却没有迷途知返。他来探望桑吉,一再强调他们是父子关系,实际却是看上了桑吉这个能挣钱的劳动力。

桑吉和我说这些的时候,眉头紧锁,那神情仿佛突然老了好几岁。

许多人都会觉得父爱是让人难眠的。事实上,桑吉的父亲的确让他无眠。在经过软磨硬泡后,桑吉终是被父亲生拉硬拽地弄回了家。他两脚踏进家里,发现一切都是那么陌生,除了家徒四壁。

桑吉怔怔地站在屋里,他头脑一片空白,而后是迷茫。毕竟他才十七岁,不算成人。成人有成人的心智,他没有。

走向灶台,灶台上已起了蜘蛛网。

走向粮食罐,所剩无几。

桑吉轻叹了一口气,不管怎样,肚子是要填饱的。但他想到自己离开嘉措家后,他们还能吃到野味吗?想到这里,心里不禁"咯噔"了一下。

好不容易做好了这顿饭,父子二人面对面坐着,没有什么言语。

还是父亲先开了口,他开口的内容一点儿都不避讳,直截了当地要求桑吉承担起养家的责任。

桑吉沉默半晌,说:"那你呢?"他的话只说了一半,后一半是——还赌吗?

父亲望着他,说:"我都跟在外面跑的朋友说好了,他带着我们去建筑工地做活,二十元一天,包吃住。"说到这里的时候,他停顿了一下,然后缓缓地继续道,"以前滥赌,活生生地毁了这个家,是阿爸对不起你……"

桑吉没有说话,只是点了点头。

晚上,桑吉躺在床上睡不着,他想了好多事,也想不出个头绪来。大半夜后好不容易昏昏睡去,却做了一个奇怪的梦。

根卡是弓拉弦的鸣乐器,据说是从波斯传来的。在梦里,桑吉手执根卡随空翱翔,有一只神鸟飞过,自己左手持琴按弦,右手执弓在弦外拉奏,随后神鸟化作金杯。

我曾就桑吉的这个怪梦设身处地地想了一想,或许,当一名歌手将是他唯一的归宿。

夏末的一天,父亲带着桑吉去了朋友说的建筑工地。

一开始的时候,在工地上干活主要靠的是力气。桑吉是老实人,干活肯卖力气,得到工头的赏识,工钱从每天的二十元涨到了二十五元。这一干就是好几个月,每天早起晚睡,手上磨起了一层茧。父亲也有了变化,至少没有看到他去赌博了。

桑吉觉得这个家有希望了。

快到年底,很多建筑工地都会赶工。

这一天,来了个大腹便便的中年男人,一脸络腮胡的他扯开嗓门问道:"这里有没有会雕刻的?"工地上的石墩需要雕刻上字或图案,这个络腮胡子的男人是工地的老板。

桑吉脱口而出:"我会!"

"你……会？"

"我做过石匠的活，不知道……"

桑吉的话还没有说完，对方手一招："跟我走！"

一旁的工友们看傻了眼。

有人说："这……小子会雕刻？他还会什么？"

也有人说："看不出来哟，还是个能人。"

还有人说："哪像我们这些卖苦力的，机会来了也没得用。"

"……"

桑吉父亲的眼中掠过一丝众人看不懂的颜色。他没有说一句话，就低头干活去了。

桑吉凭借自己在山里的记忆，将各种自然图案雕刻上去。有时，还雕刻一些只有他自己才明白的符号。

不管怎样，只要老板觉得行就可以了。

那些别人看不懂的符号，是桑吉心中的音乐。

……

终于熬到元旦了，工友们在欢呼声中迎来新的一年。

父亲叼着香烟，手指掐来掐去地算着工钱。

根本用不着算，桑吉比他挣得多。这时，父亲对桑吉说："这个家就得靠你，也不知道你阿妈什么时候回来。"

桑吉心中一颤，阿妈归期未知，麦子倒是熟了好几季了。他不愿意将对阿妈的思念表现出来，转而说道："阿爸，只要你不赌就好，这个家会好起来的。"

远处和不远处都有鞭炮声，明亮的夜空中闪烁着礼花，忽明忽暗，色彩斑斓。只是，建筑工地上充斥着各种噪声，新年的气氛被冲淡了。

这时，一个四川工友扯了一句："要是这个时候能唱花灯就安逸了！"

桑吉此刻的心情特好，就开口说："花灯你是听不到了，不过，我可以唱一曲山里的歌。"

"那你就唱嘛！"四川工友咧开嘴说道。

其他工友一看，热闹来了，就使劲起哄："山里的歌，山里的歌长成啥样子哟，是不是妹妹想哥哥那种？肯定是的……听起来就心里痒痒的，使劲地想家里的婆娘了，哈哈……"大伙都呼啦啦地笑着。

桑吉清了清嗓子，准备开唱。

不料，拉货的大车轰隆隆地驶进了工地，外面的工友们吆喝着下货了，桑吉唱出的第一支歌就此夭折。

他愣愣地站在原地，恍如隔世。

日子继续向前过，过年的时候父子俩都没有回家。

休班的一天，父亲买了一瓶烧酒和一小袋花生米，同桑吉一起坐在地上。

父亲抽着烟，烟雾将黝黑的脸庞笼罩。风吹来，烟雾四散，反而是那一抹忧伤吹不走了。要知道，以前未曾浪子回头，如今浪子回头，却物是人非。

桑吉第一次喝酒，浓烈的液体流淌过喉咙，火辣辣的感觉让他眼泪都快出来了，几颗花生嚼下，好受一些。

看着父亲，桑吉忽然觉得自己不应该对父亲少言少语。这世间，本没有那么多的恨，如果有恨，就唱支歌。他想起在山上放牛的场景，想起坐在石块上望着远方想家，那时的他曾泪如雨下。如果不是嘉措的收留和养育，他会不会像同村的拉巴那样铤而走险，干起抢劫的勾当，最后锒铛入狱？

想到这里,桑吉忽然对父亲说道:"我想唱歌。"

"唱歌?"父亲有些吃惊。

"是的,唱歌,我的梦想。"

"唱歌能挣钱不?"父亲想了半天,冒出了这样一句话。

"应该能吧!"桑吉突然又觉得好没底气。

父亲猛喝了一口酒,满口酒气地说:"孩子,要唱歌,你得想办法去远方啊!在这个地方是没有什么出息的。我们现在还能卖苦力,有一天做不动了,老了,就没有哪个工地要我们了。"

"去哪里呢?"桑吉抓了几颗花生,塞到嘴里,边嚼边问道。

"具体我不清楚,不过在远处有一个工地在招工,那里的工钱比这里高,每天可以给到三十五,要不你去吧,只是……不知道去了那里对你唱歌有没有帮助。"父亲这话听起来与唱歌没有什么关系,不过,从后来的人生发展轨迹来看,桑吉的命运还真有些转机。

过完年,父亲帮桑吉打包了行李,又把他托付给工友。

出发前,父亲送了他。桑吉突然说:"阿爸,你不去吗?"

"我就不去了。再说,去了也没有用,那工地多半看不上我。"

车开了差不多两天半的时候,终于停靠在一个人流量较大的地方。

这个地方属于三交界繁荣的小镇。

桑吉是第一次去到离家很远的地方,小镇虽然不大,但这里天天都可以赶集,商贩吆喝敞亮,饭店、赌坊、歌厅……都有。工头拍了一下满脸惊异的桑吉的肩膀,告诫他不要乱跑,不要乱说话,不要偷盗,不要……总之,工头把这里说成洪水猛兽般模样。

桑吉吓得猛点头,却突兀地冒了一句:"那……我可以去唱歌吗?"

"唱歌，唱什么歌，你就是一卖苦力的，多卖点力气挣工钱吧！"工头没好气地说道。

桑吉咂了一下嘴唇，没有再说什么。

按照工头的说法，他们是要负责在这个小镇的东南位置修建一条公路和几幢面积较大的楼房。因此工期较长，也就意味着桑吉会在这个小镇待上许多光景。

在一个地方待得太久，一定会发生不在意料中的事情。这是桑吉最喜欢说的话之一。是的，小镇有小镇的故事，桑吉到了这个小镇，故事就延伸到他身上了。

3

眼下时逢春季，修路的同时会看到路边美丽的风景。桑吉仿佛回到了家乡的山野，野花、野草、嶙峋的石头……与这里没有什么两样。

几乎没有人知道桑吉的真实年龄，他们都以为这个身材阔形的年轻人二十来岁了，正是有好力气的年龄。因此，在招完工后桑吉被安排到修路的先锋队里。

小镇的气候大都属于酷热型的，工友们住在临时搭建的工棚里，晚上都不用盖被子，随便在身上搭一件衣服就可以入睡了。

桑吉住进工棚的第一个夜晚睡不着，他想起白天路过的一家歌厅，里面传来的歌声虽充斥着噪声，但还是吸引了他。

"什么时候才能到里面瞧一瞧呢？"桑吉想着，"反正一定会去瞧一瞧的。"

小镇的温度在上升，与之前的工地比起来，下同样的力气，流的汗水却多了一两倍。口干舌燥的他猛灌着水,好像作用不大。

除了口渴,肚子饿得也比之前快,但偏偏到了吃饭的时候又吃不下。先锋队里的一个四川工友阿强给了他一罐秘制的辣椒酱,说这是最开胃的菜。

桑吉用筷子蘸了一点儿,味道果然够辣,眼泪都快出来了。阿强指了指大米饭说,和着饭吃很不错。桑吉试了试,果然不错。

吃饱饭的问题算是解决了,但到了夏天,日子更难熬了。

白天强烈的紫外线照射在工人的皮肤上,一两天下来,就脱皮了,变得黑一块、白一块的。汗水顺着前胸、脊背往下流,就如同洗了个热水澡一样,滋味却是两样。有时候还有雷阵雨,在一阵"噼里啪啦"的雨水冲刷下,气温降了下来,又在较短的时间里快速升温,继续酷热。

公路的长度在增加,开始变得有些蜿蜒了。

小镇的季节在变换,开始到了雨季。这里的雨季时间较长,会持续几个月。雨季一来,工地就没法持续开工,中间就会有休息的时间。工友们一旦连续数日没事做,就会备感无聊,而找乐子就成为他们最佳的休闲方式。

一些工友聚在工棚里抽烟、喝酒、打牌、讲下流段子,也有些人跑到录像厅看"录像"⋯⋯

工棚里烟雾缭绕,酒气熏天,吆喝声、哄笑声四起。

桑吉绝不会去赌钱,父亲就是因为赌钱才毁了这个家的,他痛恨那些赌博的人。

桑吉也讨厌听那些下流的黄色段子。

阴雨连绵的天气里,人们会看见一个披着蓑衣、戴着斗笠的年轻人走在尚未修好的公路上——从背后显现的身影宛若古代侠客。桑吉对我说过，若当时有人为他拍照就好了，在那一刻，他有过从来没有的攉升感，就像踩在美妙的音符上，整个世界都属于音乐了。

我听后，表示理解。就像当初的我，写下人生中的第一本书一样。

……

在公路的两旁有茂密的树林，桑吉脚步轻盈地走了进去，感觉自己就像回到了家乡的山野，他一边捡着蘑菇，一边放声歌唱。

桑吉一脸喜悦地对我说："你知道吗？从树叶的缝隙滴落下来的雨滴是有节奏的，它们就是一支歌；从树林里传出来的各种声音也是有节奏的，它们就是一支舞曲。"

我点头！

整个树林就是桑吉的世界，这里没有人会打扰他，也没有人会说不欣赏他。

有时，小镇的雨会连着下好几天。桑吉瞅望天空，不会有放晴的迹象。这样的天气，他会步行几公里到邻镇，那里有好几户人家，属于多民族杂居之地。在雨水的连续浸泡下，公路变得泥泞不堪，有的地段还出现滑坡现象，一些运气不好的，就会被山上滚下来的石头砸伤。

在工友中，就属四川的阿强和桑吉走得更近一点。

这一天，阿强因上山采蘑菇被滑坡的石头砸伤了脚，因不属工伤，医药费得自己支付。工友们喜欢到邻镇的那家诊所去看病，一是价格便宜，二是医术高超。诊所的主人是一云南人，中西医都会。

桑吉陪着阿强到了这家名叫"会昌"的诊所。在邻镇还有一所中学，就在"会昌"诊所的南面，相隔不远，大约半公里的距离。两人路过学校门口的时候，听到里面的读书声，都会驻足几分钟。特别是桑吉，他每每都表露出遗憾：要是不辍学就好了，说不定自己都是老师了。

阿强则表现出一副不以为然的样子,他用正宗的四川口音说道:"要不是,要不是,这世上的'要不是'多得很,又能啷个呢(怎样的意思)?"

其实,阿强也是有才艺的。他曾提及会弹吉他一事,但也只是轻轻提及,属不留痕迹那种。阿强呈现给桑吉更多的是爱看录像,尤其是那种武打片。当然,也有他口中所说的"爱情动作片"。关于这一点,桑吉很不感冒,只是有一天竟被阿强"拖下水了"。

这是一个有着具体过程、可多笔墨描述的故事。

二十世纪八九十年代那会儿,许多地方都流行开录像厅,桑吉做工的小镇,还有邻镇也不例外。桑吉选择走上几里路去邻镇看录像,是因为那里的录像厅片子多,而片子越多,他学到的知识就越多。

当时,录像厅里喜欢放港台的功夫片、枪战片,有时也放连续剧。环境算不上好,但人挺多,票价一般三元钱左右,给一碗茶,可以一直续,只要买了票不出来,可以在里面从早上看到下午,夜晚可以包场,时间从十二点计算到凌晨,票价五元。

白天的时候,老板有时为了吸引人气,会在中场穿插播放一些港台的三级片——就是阿强说的"爱情动作片"。如果觉得不过瘾,晚上可以包场。

桑吉去录像厅的主要目的是想多认识一些字,听一听影片中的主题曲、插曲、片尾曲。这的确是一种识字的好方法。因为,影片的下面配有字幕,每次桑吉都盯着字幕认真地看着、记着。

每当有配乐歌词的时候,他会表现得很兴奋。除了耳朵竖起,眼睛盯着屏幕,不舍得眨一下,他还会用心地记下来。遇到比较复杂的就用笔写下来，不管用什么符号，他看得懂就行。

现在回想起来，桑吉的这一幕又一幕是何等感人啊！当然，也是何等的尴尬。毕竟，看录像的人鱼龙混杂，大都粗俗，他们没有桑吉那样的耐心，除了他们喜欢看的镜头，片头和片尾很多时候都会让老板快进。

这时候，桑吉坐不住了，赶紧弯腰跑到老板身边央求能不能不要快进。老板将夹在手指间的烟抖了抖，那烟灰飘散而下时老板一脸蒙相，他怎么也想不明白这个年轻人为什么对片头、片尾曲还有字幕感兴趣。

不同的人、不同的调调，在老板的世界里，或者说，在坐在录像厅中大部分人的世界里，他们只对精彩的画面感兴趣。

终是经不住桑吉的央求，老板答应了。这时候，坐在下面的观众会发出类似"神经病"的声音，有的干脆趁这个当口出门上厕所，到外面透透气，买点小吃之类的。

桑吉呢？就算尿意十足，也绝对不会出去的！

他要坚守！

他沉醉在影视里的音乐中，那些音乐如有生命似的幻化成只有他才懂的符号，再重新组合成一幕幕画卷。在音乐中，他想了很远、很多，偶尔也想起阿妈，还有嘉措。

在识字、听音乐之后产生的事一定是桑吉对女性的初步了解。这事说来还要感谢小镇多雨的天气，还有阿强的夜不思归。

那天晚上，阿强和一帮工友包场了。在工地上干活本十分辛苦，重负荷下的精神压抑得不到释放，去看一些三级片也算作慰藉。当时的场面十分安静，一帮苦力汉子屏住呼吸，眼睛都不眨一下……

特别是阿强，直勾勾的眼神仿佛要出火了。桑吉闭上眼睛，不敢正视,但有时候也忍不住睁眼一瞅,时间一久,他就开始犯困了,靠在凳子的后背上恢恢欲睡。当音乐响起的时候——有些三级片配乐不错——他就醒来,睁眼观看,用心聆听。

若干年后,桑吉回忆起在录像厅里的场景,心存感激,他在学校未能接受到的教育没想到在录像厅里完成了。

4

绵长的雨季终于过去,工地上恢复忙碌模样。

就在开工的一周后,桑吉有了意外的惊喜。那是一个日落的黄昏,红霞满天。

阿强从兜里掏出一个MP3,在桑吉眼前晃了晃:"你晓得这是啥子(什么的意思),稀奇(东西的意思)不?"

桑吉盯着这东西看,虽惊讶,却不说话。

"这稀奇是可以放歌的,啥子歌都能放,你不是喜欢音乐吗?送给你了。"

桑吉将MP3拿到手,心里美滋滋的,几秒后突然问了一句:"你从哪里弄来的?"

阿强神神秘秘地笑着:"这个不重要,你手上这家伙能帮你大忙。"以后,桑吉才知道,这MP3是阿强偷来的。

自从有了这MP3,桑吉整个人都变了。

他将里面原有的歌曲听了个稀巴烂,最后哼哼唱唱,竟然跟原音差不多。

在小镇的一角,有一家专门提供下载服务和电话充值的铺子,桑吉带上MP3，让老板娘下载了很多新的歌曲进去，有民谣、流行、民俗……

桑吉感觉人生中最幸福的时刻到了，可他又找不到可以分享的人，就算是阿强也不行，这个说会弹吉他的民工早已不提音乐这事了。

工地上搭建的临时工棚很简陋，一些木头、一些牛毛毡、一些扎丝、一些碎砖块就可以快速搭建起来。

小镇的气候多数时候就像夏天，闷热、让人心生烦意。桑吉每天回到工棚的第一件事，就是拿出藏在床铺木板下的盒子。那是一个用竹子编成的小盒子，MP3就安安静静地躺在里面，等待着主人去开启。戴上耳机的那一刻，音乐响起，桑吉感觉整个身体都不再疲劳了，音乐的旋律在他的血液里流淌。

夜晚徐徐来临，是一番奇异的景象。

一些工友出去鬼混。

一些工友喝着小酒，神侃。

一些工友聚在一起赌博。

一些工友给家里媳妇打电话，说着骚骚的情话。

阿强去镇上的录像厅消磨无聊。

桑吉哪里也没有去，躺在硬邦邦的木板床上听着音乐。

夜晚蚊子多，点上蚊香依然抵挡不住它们肆虐地叮咬。即便是这样，桑吉听着音乐，想着山野，想到那些人、那些事……蚊子叮咬的疼痛早就忘了。

年轻人，疼痛的人生。

年轻的桑吉，苦中作乐。

有太多的歌曲，歌曲里有太多的故事，故事里有太多的情感。

不知不觉中，桑吉流泪了。

午夜的星空依然灿烂，时而有流星滑落，时而有凉风吹来。

一种对生活境况、人生际遇的无助感，突然跌宕起伏地环绕着他：没有幸福的童年，没有上过多少天学，没有完整的家庭，没有什么知心朋友，没有谈过恋爱，没有阿妈的归期……但这又如何？依然不能否认桑吉对生活的不妥协！

虽然，这一切看起来是那么的自我。

泪可能是流不干的，当泪不再流，这个迥异的年轻人想着过去，想着当下，再想未来，几番交织，一些问题就不由自主地产生了——

在这卖苦力的小镇里真的只能与砖块、水泥、钢筋、尘土过一辈子吗？

阿爸说过，到另一个地方可能会好一点，现在，好一点了吗？

那些唱着歌的人，他们是怎么过活的？

在山野放牛、打猎、学虫奏鸟鸣、左哼哼、右哼哼的桑吉能像那些发行专辑的歌手那样养活自己吗？

还有，阿强会重拾吉他吗？

……

工棚里已经鼾声如雷了，夹杂着酸臭的体味，乌七八糟的梦话……还有从窗外飞进来躲过蚊香味的蚊子。桑吉仰躺在木板床上，一股热血和怒吼在心中升起。他努力去压制，不能显山露水。

毕竟，时机未到。

休工的一天，桑吉去找提供下载服务的老板娘。他觉得那个打扮时髦的老板娘或许能帮助他点什么。

老板娘是朝鲜族人，热情好客，也喜欢唱歌。

老板娘端详着眼前这个年轻人，觉得在这样的小镇里，有这样的奇人出现，是多么难能可贵。她笑容可掬，从抽屉里拿出一本曲谱，那是一本她做满了笔记的泛黄的书籍。上面记录的一切隐隐透露出当年的她是一个怎样的人，又经历了什么。

这小镇上藏龙卧虎，桑吉顿时觉得自己的人生开始敞亮起来。

他不言语，一个大于九十度的弯腰鞠躬庄重完成。

老板娘说："我不能教给你什么，当你读懂这本书，你就拥有了音乐。"

桑吉似懂非懂地点了点头。

离开前，老板娘给了他一个美丽的拥抱，桑吉的灵魂深处有了触电般的感觉。

力量，就是这么产生的。

MP3、曲谱书，歌者的声音、曲谱书的魔力……这些元素在音乐的梦想里如种子埋进了土壤。从此，每一个夜晚，桑吉都用他独特的方式为这个流浪的小镇书写着一段可供回忆的历史。

我无法描述出桑吉是如何做到无师自通的。因为，他这一段的讲述是如此简单。他甚至觉这一段历史不用重提，可作为一个写作者，我还是用只言片语呈现了这个疑问。我觉得这是对他的一种尊重，不，应该是仰慕，五体投地的敬仰！

那些忙碌于俗世里的工友，我可以用浑浑噩噩去形容，也可以用被生活的痛楚压扁来表达。他们不是没有梦想，只是为琐碎、繁杂、无暇、愤懑、孤独所缠绕。所以，他们漠然地看着桑吉的自学，该抽烟抽烟，该赌博赌博，该看录像看录像，该睡觉睡觉……没有人会在意这个跟他们一样卖苦力的民工，就像两岸的山石看着水流，就像两个不同世

131

界里的人彼此陌生。

工程终于快接近尾声了,桑吉和阿强被安排到邻镇的一个采石场负责原料采集。采石场在邻镇一个叫濑田的村子里。这个村子盛产一种石头,既可用于建筑材料,也可用于艺术品雕刻。采石场的老板就是该村的村长,大约五十岁,属乐善好施者,也略懂一些音乐,闲暇时喜欢哼唱几句,哼唱的都是"田秧山歌"之类的。

手捏青苗种福田,
低头便见水中天。
六根清净方成稻,
后退原来是向前。

村长不顾年老模样,恣情地"吆喝"着,惹得一帮小孩"叽叽喳喳",情趣横生。

时已夏末,因整个村落被一条江隔开,形成一道奇异的绚丽景象。

站在江岸上,望着流动的江水,看树叶被风吹落,浅草、深草拂动摇摆,桑吉竟然有放歌的冲动。采石场就在江岸的附近,桑吉工余的时间从不浪费,MP3、曲谱、笔记本就在身旁。

如果在古代,这绝对是能流传甚广的才子事件,但此刻他在边远小镇,少有人问津。不过,少有人问津并不代表永远没有人关注。一些路过的村人不自觉地驻足聆听,向他投来赞许的目光。桑吉放开歌喉,动情地演唱,记不清有多少个日落黄昏到天色近黑,他的身影、他的声音已经融入这江水滔滔里。

桑吉请了个假,他要回到嘉措那里拿一把乐器——根卡。

那把根卡一直锁在桑吉的木箱里，很多年都没有拿出来了。只有一次，嘉措当着桑吉的面拿了出来。当时，桑吉备感惊奇，他想要去触碰，嘉措阻止了，说这乐器是有生命的，得有适配它的人才行。

望着嘉措一脸神肃的样子，桑吉除了一脸惊异，还是惊异。

嘉措说："孩子，阿妈相信有一天你会回来取它的。"

嘉措的话实现了。

桑吉一路风尘仆仆地往回赶。

路上想起嘉措的话语，浑身就充满力量。

路上想起嘉措传授的根卡演奏技法，感觉整个生命都在舞动。

一天，一个漂亮的女子路过这里，她是村长的女儿，这里的人都叫她阿丽。

人生的际遇谁也说不清楚，你不知道哪一天会遇上谁，谁又留在你心里，或成为过客。灞田村的村民都在私下议论，说采石场里有一个会唱歌的年轻人，没有不良嗜好，只喜欢唱歌。阿丽一开始没有在意，私下议论的人多了，也就在意了。

阿丽在意的是什么呢？我想，就是淳朴的心动吧！

那天，江风浮动，空气里弥漫着百草花香的味道。桑吉轻轻地唱歌，阿丽静静地聆听，一曲唱完，她轻拍着手掌。然后，她向桑吉发出邀请，就在这个月末，村里要举行篝火晚会。

灞田村一直有一个风俗，在双月末的时候，全村的人都会聚在一起又唱又跳，以祈福上苍，保佑全村风调雨顺。

桑吉欣然答应了。虽然他和阿丽没有多余的言语，但彼此意会就可以了。

日间劳作，空闲练习、钻研，桑吉的音乐能力在疯长。

到了月末，桑吉去了，他还拉着阿强去了。

在灞田村的日子里，桑吉感受到了村民的淳朴与好客，他的心已对这个村子生出了亲切。

篝火晚会，热闹非凡。

火焰、欢歌、舞动……

对望、凝视、微笑……

这些属于欢乐的元素组成了人生中值得珍藏的画面。

桑吉用根卡演奏着乐曲，阿丽摇曳着优美的舞姿，阿强双眼看出了魂，绚烂的火光映红了他们的脸庞。当所有的心情写在笑意的脸上，村长举起了酒碗，吆喝大家一起痛饮。

大家一干而尽。之后，继续狂欢。

火光中，阿丽过来向桑吉敬酒，她美丽的脸庞上泛着微红。这时，村民们起哄嚷嚷着，桑吉听不懂他们说的话，一旁的阿强脱口而出："桑吉，他们是在说如果你留在村里，阿丽就嫁给你。"

桑吉拽了一下阿强："你是四川人，哪懂得他们说的话，一定是乱翻译。"

再看看阿丽，她羞涩地低下了头。

村民中有人说，这个会唱歌、会演奏的年轻人真不错。

村长捋着胡须，微微点了点头。

然后，阿丽就跑开了，留下桑吉愣愣地站在那里。

村民们继续狂欢着，似乎没有人在乎刚才发生的一幕。

……

桑吉对阿强说他从没有进过歌厅，想进去看看。

阿强经不住桑吉的请求，就答应和他去了。

这个小镇的歌厅有别于其他的歌厅，老板为吸引人气，专门设置了K歌环节，由驻场歌手设擂，因有较高额的奖金，引来很多挑战者。遗憾的是，至今少有人获胜，就算获胜了，最终也被老板吸收了，纳入擂主"储备库"。

在小镇的这家歌厅K歌绝对是一场没有硝烟的战斗，也成为一些人赖以生存的途径，这种K歌的背后往往掺进了赌博押注。

两人进去的时候，一个披着长发的歌王已经K败了十几个人，在场的人没有谁再上去了。

长发歌王脾气挺"冲"，叫嚣着，目空一切的模样让人受不了，偏偏又没有人敢上去一分高低。就在大伙彻底失望的时候，阿强冒出一句："这里有人愿试一试。"

就在话音刚落的一瞬间，大伙的眼睛齐刷刷地望向了桑吉。

桑吉还没有反应过来，就被阿强推了上去。

长发歌王不屑地瞅了桑吉一眼，才将话筒给了他。

整个歌厅，瞬间变得安静起来，连老板都站在旁边观战。

关于这次K歌的具体过程可以用两个字来概括：完胜！

长发歌手悻悻地败下台，他的必杀技"飙高音"竟然在桑吉面前一败涂地。

桑吉放下话筒挽留长发歌手，说自己不过是被阿强强推上去的，无意一展歌喉，无意PK。

在场的人，有人欢喜有人愁。那些押长发歌手赢的人占多数，亏了；那些押桑吉的人占少数，赚了。这一切，桑吉并不知情，他只是单纯地觉得自己去唱了一首歌而已。

然而，就是桑吉这么一嗓子，改变了阿强与长发歌手的命运。

阿强开始抚摸那把吉他,虽已生疏,但情已动。长发歌手本想离开小镇到另外的地方去谋生,精于算计的老板留下了他,也留下了桑吉。但桑吉说自己只能空闲时来唱,一些岁月磨砺后,桑吉和长发歌手消除了内心隔阂。

小镇是笑看风云的小镇,尤其在小镇的歌厅里。除了像桑吉这样的歌者,少有人会觉得音乐是一条最美人生路。在唱歌与消遣、消遣与赌注之间他们各自浮沉。直到有一天,桑吉发现了这端倪背后的可怕,他选择了离开。

当然,选择离开的还有阿强、长发歌手。

三人对未来充满了期待,却不知现在该去何处。

三人决定组建乐队,名字就叫"三人乐队",寓意永不分离。

小镇的工程终于结束了,他们为这小镇的建设挥洒了汗水,也收获到相应的报酬,虽然不多。

有一天,长发歌手提议说:"我们去北上广吧!那里是音乐的天堂。"

桑吉虽然不知道什么叫"北上广",但听起来蛮厉害的样子。

还是阿强比较理智一些:"我们现在两手空空,是不是应该先考虑一下生存?"话音一落,他们各自都沉默了。

是的,生存让人尴尬,但除了生存,还有梦想。

不管怎样,三人决定离开小镇。

离开前,桑吉想到了阿丽,他要和她做个告别。

三人来到灞田村,村长得知他们要走,设宴招待他们。

要走的人一定是拦不住的,无论如何挽留,无论有多么不舍得。

阿丽对桑吉幽幽地说:"既然你不肯留下,我也不能再强求,你就给我留下一支歌吧！"

这是桑吉第一次为中意的人演奏，虽然在场有好多人在听，但谁心里的涟漪多一些只有他们两人知道。

阿强、长发歌手负责伴奏，还有和音。

篝火堆旁，歌声悠扬。

夜空灿烂下，红了容颜。

到天明，会有分别。

后来，他们在滇缅的时候，有一天黄昏，阿强看见桑吉一个人坐在出租屋里发呆，就问他当初为什么不留在澜田村，留在阿丽身边。桑吉一脸惆怅地说："不是不想留，只是不敢留，我这个流浪天涯的歌手，注定没有家，给不了她想要的依靠。"

"……"

其实，桑吉的话没有说完。

这未说完的话，是我这个执拗的写作者在和桑吉几杯烈酒的觥筹交错后，无情地从他情感深处的罅隙中狠狠地攫取而出的。

我分明知道他不想说是害怕，是不敢面对，是更多的羁绊……而我想完整地表达出来，是悲悯也好，是想给这个有无数梦想的落败者一个归宿也罢，它们都不重要了！我只想让桑吉明白，如果有一天什么都没有了，至少还可以回去找阿丽。

所以，在桑吉说出"阿丽会等我"这句话的时候，他痛苦地放下了酒杯，随手拾起那把有了岁月痕迹的根卡，又在拨动中切切嘶鸣……

澜田村有为他默默等待的爱人，在无法止住的痛楚中，桑吉的眼眶如决了堤的河流，瞬间泪奔了。

想留不能留，

才最寂寞。

没说完温柔，

只剩离歌。

某一年，我在青石街的"街角酒吧"听到桑吉孤单地唱着这首歌，而我和他、他和她都只剩下"离歌"。

我静静地聆听，我不自觉地靠拢，走进这流浪歌手的世界，听他诉说衷肠，听他讲述这人世间的悲欢离合。

很多人问我，阿丽为什么会等桑吉？我静静地看着他们，简单地说了一句：就是简单的、淳朴的等待。

"那……桑吉是一个无情的人吗？"我分明听到有这样的声音穿透我的耳膜。

可我，竟然没有答案。

5

三人一致决定离开小镇。

长发歌手的一个哥们在滇缅地界开了一个农场。

三人决定去农场做工。没有办法，"北上广"成本太高，他们需要能确保较长时间行走的路费，需要更换音乐设备，那把根卡已经不能用了，虽然爱惜有加，依然逃不脱时间的侵蚀。

在农场做工比较复杂，不是活计复杂，是活多又杂乱。种植、养殖、照顾、挑抬……样样都要做。三人怀揣音乐梦想，在生活的底层兜兜转转，没有什么钱，没有什么机会，没有什么贵人提携……

我从不认为我是一个可以帮助到他们的人，除非我的文字能为他们改变什么。

我一直相信，天大地大，有梦想，谁都了不起。

农场主是一个典型的大胖子，重两百多斤。这般模样，很容易让人浮想联翩，联想到他是一个什么样的人。这个世界，"外貌协会的大有人在"，比如，农场主看起来猥琐的表情，还有那双眯成线的、贼贼的眼睛，让人怎么也想不到，他就是长发歌手嘴里说的哥们。

胖农场主打算将农场承包给他们三人，如果风调雨顺，就有不错的利润，按照当时的市场行情来看。

三人感激涕零，为农场主演奏了一支歌曲，农场主胖嘟嘟的肥肉乱颤。然后，他们相视一笑，偌大的屋子里洋溢着欢乐的气氛，就像开庆功宴似的。毕竟，几十亩的山地可以种植许多果树，也可以在上面放养家畜。想着这些财产变成现金的喜悦，三人痛快地在合同上签下了自己的名字。

在农场的日子是很清苦的，还好有音乐做伴。

白天，他们是农民的身份；晚上，他们就是灵魂歌者。他们种了二十几亩香蕉，也种了同样面积的杧果。对于这些作物的种植技术一方面有农场主的支持，另一方面得感谢阿强，这个四川小伙未在工地做工前，在果园干过，现在派上用场了。至于放养家畜，则是桑吉的特长。长发歌手主要负责外销，他认为果实成熟后既可以直接卖给农场主，也可以自己去联系收购商，谁给的价格高就卖给谁。

尽管分工明确，但三人又互相协助，一起劳作，一起吃苦。

香蕉苗长得很快，两三月的时间就把山地点缀的一片翠绿，杧果树采取嫁接的形式，所以挂果也不慢。

他们站在山顶，像探测仪那样望着每一株果树，心里美滋滋的。

饲养的家畜是用栅栏圈起来，让它们在圈地里自由地寻找大自然的食物，滋养得健健康康、壮壮实实的，以便能卖上好价钱。

农场的日子说快也快，说慢也慢。快是因为有音乐做伴，慢是因为滇缅的气候让劳作更辛苦。

香蕉树开花了，它们一天天往下垂；杧果树挂果了，一天天丰满起来。在果林里的劳作也变得更加辛苦、繁杂起来，打药、锄草、施肥、安撑杆……

三人从早上进到果林里，到大中午才出来。吃过午饭，短暂休息，又进入果林，日暮时分出来。这样的日子一天天下去，他们都快撑不住了。

有时候，阿强会用四川话狠狠地、臊臊地叫骂，发泄内心的烦闷。

有时候，长发歌手会将长发长长地甩起，或者将头发搔弄成"爆炸式"模样。

而桑吉，他会把自己当作一名狂躁的拳击手，对着空气又踹又踢，或者像狮子王辛巴那样喊叫。在片刻的冷静后，他会仰望天空想自己是不是选错了梦想，是不是不配拥有根卡，是不是那些成名歌手未成名之前，也一样经历着自己现在的苦痛……

滇缅地界的太阳异常的毒辣，桑吉在发烧的空气里挣扎彷徨。

更为痛苦的是，阿强、长发歌手他俩都想半途退却了。

世界上任何情绪都有其两面性，经过这"癫狂"般的磨砺，至少在相对较长的时间里，桑吉不再会用狂躁的心绪去直面人生。

后来，桑吉为这段心境写了一首歌曲，并取下了直白的名字《发狂

的桑吉》。这是一首只有他才能唱出原味道的歌曲,如果不是曾经静静地听过,我不会像他歌词中写的那样去哼唱:

束带的杜甫啊!他发狂,将那簿书扔;
神通的悟空啊!他发狂,将那筋斗翻。
年轻的桑吉啊,你为什么也要发狂?
噢,是无人顾我伤,无人顾我伤……
我说我很伤,也许只能这样啦!
我说要欢唱,不怕泪兼伤;
我说要欢畅,不怕梦消香。
我说要欢唱,不怕泪兼伤;
我说要欢畅,不怕梦消香。

6

农场的对面有一条小河,风从河面吹过,再吹到桑吉他们的果林里,那声响就像在唱歌。亚热带的气候让这条河充满了无尽的欢乐,踩着河底的细沙,或悬于半水之间,很多小孩、大人、老人,男男女女,都会聚集在河里洗澡。

每每这个时候,桑吉会停下手中的活,静静地看着他们。虽然从果林里望去,视线比不上岸边的开阔,但他依然可以感受到河里的一切——

那些欢乐于波光粼粼中四下扩散,那些"扑通"声中溅起的嬉戏的水花,那些……总之,这一切幻化在桑吉的世界里,全都是曼妙的乐曲。

"醉翁之意不在酒,在乎山水之间也",对陶醉于其中的桑吉,还有什么比动情弹奏、吟唱更惬意的呢?他放下手中的活,随之,阿强、长发歌手也过来,他们三人坐在河岸边,将夏日的舞曲弹奏起来,让高亢、悠远的歌声飘荡起来。

于是,河里越发欢乐了,那些水花更四溅了,那些"扑通"声也更频繁了……

音乐是没有域界的,不管在什么地方,不管在什么时候,它都能带给人们身临其境的感受。这当然取决于当下的人,取决于当下的心情。

三人唱完一支歌,烦闷的心情好了许多。

然后,三人继续钻进果林干活。

在桑吉居住的农场旁边有一三口之家。当家的小伙子玉温是水中高手,当他听到桑吉他们三人的歌唱时备感欣赏,当天晚上就敲响了桑吉的房门。

桑吉起身去开门,一个健壮的小伙子敞开着衣襟,露出鼓鼓的肌肉。

他们之前从未来往过,虽然也打过照面,但几乎不说话。桑吉心里瞬间"咯噔"地想着:是不是平时练习音乐影响了这家人?现在,人家找上门兴师问罪来了……

只听玉温直爽地说道:"你们是不是很喜欢音乐?"

桑吉略微退了步子:"你……你想干吗?"

玉温先是一愣,然后脸上哗地一下子堆满了笑意:"我没有恶意,只是总听到你们的音乐,感觉特好听,村寨里好些人都在说有三个会唱歌的年轻人不简单。后天我们村寨要举办歌舞会,我想邀请你们陪我一起参加。"

桑吉松了一口气,身后的阿强,还有长发歌手也都松了一口气。

三人爽快地答应了。

后天很快就到了,歌舞会在一处宽阔的坝子里举行。

真的是太开心了!三人发现在这美酒飘香、歌舞升平的世界里鼻子、舌头、眼睛、耳朵都不够用。这里的每个人都那么的热情,都冲着对方笑。桑吉突然觉得曾经失去的童年欢乐一下子全找回来了。

玉温是歌舞会的主持人。这时,他手拿话筒大声地宣布:"接下来,请大家以热烈的掌声欢迎'三人乐队',这是一支有音乐信仰的乐队,他们来自遥远的……"

短暂的介绍很有力量,台下的人都将目光锁定他们三人。

台下有人在大声地嚷嚷:"我听过他们的,就是在河边唱歌的'猫哆哩'(阳光、帅气的小伙子的意思)!"

"哟呵——"

"嘀咕、嘀咕——"

"……"

这是三人第一次在这样的场景表演。

他们热情澎湃。他们敞开了心扉,弹奏、演唱得如鱼得水。当一曲唱完,台下的人欢叫着"再来一首,再来一首……"

于是,在歌声中所有的舞姿更加摇曳、奔放了!当又一首歌唱完,台下有一个漂亮的女孩子端上几碗美酒,在众目睽睽下向他们三人敬酒。

三人喝完后,女孩捂着嘴笑,又单独向桑吉敬酒。

桑吉是今晚最幸福的人啦！

女孩面颊微红，细细的腰肢配上窄窄的筒裙，在灯光的映射下显得更加娇美。桑吉有些不知所措，在众人的"哟呵——"声中一饮而尽。

歌舞会继续进行。中场休息的桑吉站在人群旁，这时，有一老人悄悄对桑吉说："小伙子，恭喜你，那姑娘看上你了。"

桑吉瞬间傻掉了："怎么会？只是喝了一碗酒，只是喝了一碗酒……"

然后，桑吉感觉自己就要落荒而逃了。事实上，他最终还是趁着夜色逃了。

他想起了阿丽，想起了她的等待，虽然她不一定还在等待，但当初的话语早已印在了他的心间。他还想起了阿妈，不知道她什么时候回家，就像不知道自己未来会怎样。

一晚的欢乐终是要过去，而农场的劳作之苦仍在继续。

终于到了丰收的季节，为了节省开支，他们三人尽量少雇人采摘果实。

他们三人满怀希望，毕竟是丰收年。

他们三人惆怅满天，丰收年竟然市场疲软，整个市场价格低迷。

桑吉说："再等等吧！或许价格要回升。"

阿强说："那就再观望一下。"

时间飞走，价格变动不大。

他们需要更多的钱，所以还在强忍中等待。

实在是等待不下去了，长发歌手愤愤地说："要不，我们还是贱卖了吧，这香蕉、杧果经不起太久的搁放。"

的确如此，包括树上还没有摘完的，时间一长就会变成贱物了。再加上还要给农场主承包费等费用，眼下的局势不容乐观。

三人一合计，准备贱卖。

好在放养的家畜让他们挣了一部分钱，总的算下来稍有盈余。

农场主说明年市场会好些，三人打算再承包一年。

几周后，边境有战事了。

这要命的局势让三人痛苦地一咬牙，决定离开，直接奔"北上广"。

……

后来，他们去了许多地方，其间有繁华，有落寞，有悲伤，有离去，有前行……

夜场歌手，酒吧驻场，餐厅演唱，街头卖艺……这些人不久留的地方都有他们的踪迹。

7

我是在青石街遇见桑吉的。

我遇见他的时候，他正在街角独自演奏、吟唱。

他们三人，两人不在，阿强回了四川，他说他坚持不了梦想了，还不如回四川讨个媳妇过平平淡淡的日子，而长发歌手因车祸去世。埋葬他的那一天，桑吉泪如雨下，他捧起一把黄沙，撒向空中，权作铭记。

桑吉说："等到发行专辑的时候回来看他，为他演奏、吟唱……"

我说："你想唱什么？"

桑吉说："就唱我为他写的歌。"

我潜然："你唱吧，我想听你唱。"

桑吉拿起根卡，轻声开唱他为长发歌手写下的《长发歌手》。

长发歌手,他长发飘飘,长发飘飘。

飘飘的长发,一直飘到肩……

我想和他一路同行,他却同行到半路。

呜呜……呜呜,同行到半路,半路……

呜呜……呜呜,同行到半路,半路……

虽然岁月已远去,但它不会流逝,流逝……

长发的歌手,不管路途有没有走完,我会永远记住你的模样。

长发的歌手,歌手的长发。

长发的歌手,你的梦想,是我的梦想……

你的梦想,是我们的模样。

桑吉说他流浪过许多城市,他找不到歌者的故乡。曾经的队友要么中途放弃,要么中途离世。而他,一直在行走的道路上,不管有多少坎坷与风云,只要梦想还在,就不会停歇。

是的,唱歌的有唱歌的梦想,写作的有写作的梦想,我们是凡人也好,不是凡人也罢,人生的故事或喜或悲,那些流浪歌手的故事不只是桑吉的故事,桑吉的故事只是藏于命运的绝境中,不小心被我发现了而已。

所有的故事都会有一个结局,桑吉的故事依然有,但我不希望看到人们所说的命中注定。毕竟,桑吉还年轻,青石街是他短暂的停歇之地。

我这个流浪的过客在不惑之年遇上他,就是一段缘。

在和他喝了一杯酒后,我将微信号留给了他,然后我在心里默默祈祷,期待有一天他能联系我,让我知道他还活着。

8

我是在青石街遇见桑吉的,遇见他的时候,我也正在流浪。

桑吉的流浪是为了音乐,我的流浪是为了写作。

所以,两个流浪的人走在了一起。

所以,才有了这个关于"流浪歌手"的故事。

我们都会伤感地想起那个老人的问话,但谁也给不了答案。毕竟,如何用金钱去衡量一种坚定的追求?如何用金钱去体会一首歌中隐藏的悲欢离合、喜怒哀乐……

我在青石街遇见桑吉。

我又在青石街与桑吉分离。

我在青石街遇见桑吉,还有那位发问的老人。

为梦想而吃苦的你们,故事是否和桑吉一样呢?

挑山少年萨尔比

这里是我的第二故乡，我曾来过，带走一身的果敢，也留下挑山工的脚印。从来没有走过那么艰难的路，也从来没有像现在那样去留意一路的风景。

1

我的叔叔在江西当过兵。

我的人生因萨尔比而发生改变。

叔叔和萨尔比看起来没有什么关联，或者说我与萨尔比也没有什么关联。只是，信佛的母亲一句"以善结缘"，让我们的人生际遇有了莫可名状的交集。

多年以后，我才明白，那是生命成长里最稀缺的"珍贵"。

有那么几年，我正处于人生彷徨期，除了像夜猫子那样闲荡，还要心安理得地花费家里不少钱财。这般堕落的我，父亲是管不了的，而母亲的"苦口婆心"更是不起作用。父亲知道我最听叔叔的话，就给叔叔寄去一封信。

一个月后，父亲收到了回信，他把信摊开给我看，上面就一句话：像男子汉一样来找叔叔，像男子汉一样回去。

十几年后的我开始想起那些路过、走进过我世界中的人，也想起那些细碎的动人场景，打开抽屉发现那张照片时，兀地又想起"以善结缘"。

我曾在书里写过这样一句话：这世上都是有缘的，只不过有的人经历了善缘，而有的人经历了孽缘。

我也记得母亲曾说过"如果想要更多的缘，就得出去走走"。

那就是整个世界都是有缘的了！岁月已改，我对"缘"的理解未必就是深刻的，但我相信远离故乡的人在那些不是故乡的故乡遇见没有血缘关系的人，而后相互有了不可分割的命运体，这就是缘。

可惜，那时候我不知道什么是缘。因为我从不去想这个字，去江西只是想让叔叔给我一个答案。很快，我就背上父亲当兵时用过的帆布包上了火车。

坐在车上，看着窗外飞速流动的风景，我内心一片迷茫。

到了江西，叔叔接我。

那时，叔叔在后勤部门工作，也就连长级别。他对我这个远到的侄儿和信上那句话一样，看似坚硬，实则柔软——没有一开口就是责骂。

第二天一大早，叔叔叫醒我，说要带我去一个特殊的家庭。现在想起来，那时的经历就如湖南卫视的一档栏目——"变形计"呢。

我继续凝视着照片上的少年。

他出生在新疆，后来，一家人为了讨生活，流转到江西。我喜欢叫他萨尔比,一个洒脱的、新疆味道浓烈的名字。

善于忍耐的少年——萨尔比挑着东西走很远的路程也不停歇。看他弯腰、蹒跚的身影我特别心疼他,就喊他"弟弟"。这时,他会停下脚步,喊我一声"哥哥"。后来,我就经常喊他"弟弟",只有这样,他中途停歇的次数才会多一些。

我想,这就是缘吧!我和他没有血缘关系,他却那么"无声"地走进了我的世界,就像我那么"无声"地走进他的家里。

呵!弟弟啊!不是亲弟弟的弟弟啊!

虽是少年,萨尔比的酒量、体能都超过我。我强烈地表示不服,却又超不过他,只能干着急。

萨尔比家境很不好,他排行老三,上面有一个姐姐和哥哥。他们一家的名字好生奇怪,就像阿拉伯人的名字一样:姐姐叫罕古丽,哥哥叫牙库甫。他们一家都是做挑山工的,我记得读小学的时候,学过一篇课文叫《挑山工》,没有想到去了叔叔当兵的地方竟见到了生活里的挑山工。

姐姐罕古丽十三岁那年得了一种怪病,吃了很多药都不见好。家人不想放弃,懂事的大哥选择了辍学,跟着父亲做了挑山工。有一年的夏天,天降大雨,哥哥走在挑山的途中,因躲避不及被塌方的石块砸中,后抢救不及时,死在了路上。

那天晚上是难眠的,比姐姐罕古丽的怪病不治还要让人难眠。他们一家人坐在院子里,没有言语,也听不到哭声,比深山老林还要静默。

人一死,很容易就会被忘记。你我都是普通人,少有人提及,从事挑山工这个行当,靠的就是力气,力气一完,就被淘汰。

不知道是什么原因，大哥死后再也没有人提起过他，只有在清明的时候到坟头点上一炷香，而后，放一挂鞭炮就结束了。

听萨尔比说，挑山工们都不愿意提及当年的塌方事件。又听萨尔比说，当年哥哥原本是可以躲避开那块石头的，如果不是背负了太重的货物。

我坐在石凳上，听着萨尔比只言片语、断断续续地讲述他们家的历史，心里很不是滋味，更不解叔叔为什么要把我安置在这个破碎的家庭里。

山野贫瘠，不会让孩童享受到太多的童年闲乐。哥哥死去的第三年，姐姐罕古丽的病突然好了。姐姐带着萨尔比上山采集野菜、草药等。挑山工活计繁重，容易落下腰病、腿病什么的，为了省钱，用大自然的草药代替医院的药品是最好的选择。

有一天，姐姐对母亲说："让弟弟去上学吧！要是当年哥哥一直上学，就……"

母亲沉默半晌，眉头紧了又舒，舒了又紧，最后同意了。

萨尔比说："姐姐就像当年的哥哥一样承担起自己力所能及的重担。"那会儿，他就发誓要彻底改变这个家庭的贫困命运。

学校离萨尔比家较远，徒步都要走上几个时辰。姐姐背着他，一走就是好几年。后来，萨尔比长大了，就自己去。

上学的路上总会有危险，山体滑坡，雨水狂冲。家人虽担心，却也没用。

好在，萨尔比一次次成功躲过危险，长成一个体形健壮的少年，而我到他们家的时候就是他此般少年时。

我曾经去过一些寺院，听里面的和尚讲人生大道理。一个和尚说每个人的境遇不同，缘就不同。有的人缘在富贵人家，有的人缘在贫苦人家。十三岁的萨尔比为了能继续读书，也为了减轻家里的负担，他说服了家人，去当挑山工。

2

暑假来了，萨尔比跟着父亲去镇上挑货物。

由于他体形健壮，较为轻松地就能挑动五六十斤的货物。最开始的时候是没有多少生意的，他太过直接地问对方需要挑工不，导致对方多少有一些反感，这就跟在火车站遇见热情的、紧跟不舍的挑工一样，旅客们大都躲闪不及。

萨尔比有些着急了，说卖力气也没有人要，这世界太奇怪了。我在一旁安慰他，说："不要急，或许是你的方式不对。"

"那……你有什么好的办法没有？"面对我这个城里来的少年，他一脸无措又期待。或许他从来没有想过卖苦力也是要讲究策略的。

我故作老成，盯着他看了好半晌才开口："很简单啊！我们就说是勤工俭学，家里又困难，需要挣钱，利用他们的同情心……"说完，我嘴角上扬，露出得意扬扬的笑。

他吃惊地望着我，这让我突然觉得刚才的言语是多么的错误啊！他肯定是对我这个城里来的少年的"阴险狡诈"感到不可思议，甚至是蔑视的。

萨尔比对我的"品格"失望了！我怔怔地站在那里，眼望着他，没有再说一句话。突然，他眼珠子滴溜溜一转，一拍脑门："好办法，就这么说！"

果然，有生意上门了。我们利用年龄的优势，还有一副可怜兮兮的模样，博得旅人们的同情。几个看起来酷爱户外运动的男女暴露出新手的模样——出门在外，竟横七竖八地带了很多东西，才走到半山腰就累得气喘吁吁，再也走不动了。

就这样，萨尔比在我的帮助下，接了他挑山工生涯里的第一单生意。

我跟在萨尔比后面"帮衬"着，拿一些"小部件"。

我们一步一步往上爬，几个男女一路上叽叽喳喳地打闹着。其中，有个梳着长辫子的女人一边嚼着口香糖，一边挺着高高的胸脯，对萨尔比说："你能不能等到我们下山，行李还是由你来挑？"

萨尔比正要开口表示可以，我却以自己的圆滑、世故、小聪明插了话："姐姐，是这样的，我们还得早点下山做农活，就……除非……除非……"我的意思很明确，就是暗示她加工钱。

那女的用狡黠的神情看了我一眼，笑着说："哟，看不出来啊！看你细皮嫩肉的，还挺会做生意的。"

我正想说话反驳，萨尔比的脸唰地泛红，着急地解释道："你别误会……别误会，不用加钱，我们……我们……等就是了。"

"那你们把时间定好，我们准时到。"我还不死心，朝萨尔比使了个眼色。我的意思是，在他们下山之前的时间里我们还可以去接揽其他的生意。

萨尔比仿佛不明其意似的，根本就不理会我。"真是榆木脑袋！"我暗暗说道，憋屈的感觉像毒辣的太阳一样刺痛着我。

几个时辰后，那几个男女玩够了，终于想着下山了。

萨尔比熟练地挑起他们的行李。一路上，我心里极不痛快，又不能表现得太明显，最气人的是他还哼着歌儿，吹着口哨，简直是气死人了。

"叔叔怎么会把我弄到他们家？"我在心里开始胡乱抱怨起来，沿途风景再美，也抵消不了我心中的负面情绪。

好不容易下了山，他们向我们道别。临行前，那个梳着长辫子的女人对我说："你看，萨尔比多好，下回我们来这里还找他。"

我顿时哑口无言。我怎么还成坏人了？

等他们走后，我对萨尔比说："我跟你使眼色，你怎么不理会啊？"

萨尔比一边擦着汗，一边若无其事地说："我不明白你的意思啊！"

我无语了，但还是努力地去解释道："你们家不是缺钱吗？我们本来可以多接几单生意的，你也太老实了。"

萨尔比说："我们老师说过，老实是优良品质。"

这次，我彻底无语了："真是一个不开窍的少年。"我朝他啐了一口。

虽然我们闹得有些不愉快，但生意还是要继续去招揽的。半个时辰后，萨尔比又接了一单生意。

这次是一对老夫妻，看起来都有五十多岁了。他们随身携带的东西不多，不过，按照他们的年纪想要轻松上山，倒是有很大压力。听男老伴说，这次去山上是为当年死在江西的战友扫墓。

这时，我鬼灵精地说："那地方少有人去，总感觉阴森森的，我们……我们……"

女老伴听我们这么一说，道："我们可以多加钱，我这老头子就想了却一桩心愿。"

男老伴也表示同意多加钱。

我心里正得意，萨尔比开口说道："老爷爷、老奶奶，我们……"

我知道这榆木脑袋又要显示优良作风了，就赶紧接过话："老爷爷、老奶奶，他的意思是说我们对山路很熟，放心吧。"

萨尔比瞪了我一眼，我赶紧催促他出发。

一路上，男老伴为我们讲述他与战友的情义，还有就是如何浴血奋战。我没有什么心思去听这些，只是偶尔"嗯"地回应一下。萨尔比却听得津津有味，对方也越讲越激动。原来，他是参加过解放江西战争的解放军战士，隶属二野第四兵团。在一次战斗中，战友为了掩护他而英勇牺牲了。

那墓地的确有些偏僻，加之少有人去，现在已是荒草丛生，如果不是老人记忆深刻，估计都找不到了。

我看到萨尔比面色肃穆地站在那里，一言不发。这时，天空中有鸟儿飞过，微风吹来，草木发声，如深壑里阴风回音，我不觉打了一个寒战。

老人拿出纸钱、香烛、贡果之类的东西，在火苗与烟雾熏绕之中，他突然老泪纵横地跪在了墓前，嘴里喃喃地说着我们听不懂的话。

我侧目看着萨尔比，他还是一脸肃穆地站在那里。

此时，天色已晚，头顶不时还有昏鸦掠过，我感觉更害怕了，脑海里浮现出一些可怕的场景。萨尔比一点儿都不害怕，更让我惊异的是，他居然也在坟墓前跪下了，且面色凝重。

我看他跪下了，觉得自己怎么也得跪下，哪怕是一种形式也好。

后来，我问萨尔比："当时你就真的不害怕吗？"

他平静地说道："不害怕，有什么好害怕的，我是在跟老爷爷一起缅怀先烈。"这一席话，听得我惭愧不已。我仿佛在那一刻突然明白，他们一家为什么不愿意接受我叔叔的资助了，虽然萨尔比这句话听起来和这没有什么关联。

我们到达山下时，天上已挂满月亮和星星了。老人对萨尔比万分感谢，多给了不少钱，萨尔比表示不用，再三推辞。我觉得萨尔比一家很需要钱，就不顾他的一再瞪眼，收下了。

那天晚上，回到家里，萨尔比一直不愿意跟我说话。

这是我住进他们家第一次感觉到了不愉快，而这不愉快让我有了想出走的念头。

过了两天，我悄悄背起帆布包，准备离开。没想到叔叔来了，行动只能取消。他这次带来了一些粮食和水果，萨尔比一家说不要，在山上就能采摘到野菜、水果等。

于是，叔叔转而说道："这不是给你们的，是给我侄儿的。"叔叔这是变着法儿资助萨尔比一家。

"……"

我趁他们说话的间隙，悄悄地把帆布包放了回去。

叔叔问我在萨尔比家习惯不，我有些面露尴色，刚想说一句话，萨尔比突然开口道："他习惯，很习惯的，这个暑假我们可充实了。"

"那就好，那就好，我这侄儿从小娇生惯养，没有吃过苦。他若有什么做得不对的，你们多谅解、包容……"

"叔叔……我……"我当时很想说不在这里待了，可叔叔根本不给我说话的机会，插过话说："别忘了我在信上怎么跟你说的。"

看到叔叔严肃的表情，我也不敢再说什么了。

望着叔叔远去的背影，我欲言又止，心里七上八下的。

吃饭的时候，萨尔比一个劲儿地说我挺会做生意的，又给我夹菜。

姐姐罕古丽也说："你们两个呀，看起来真像是亲兄弟。我看啦，这个暑假你们一定收获不小。"

两老微笑又慈祥地看着我。不知道为什么，那一刻我突然心里好受多了……

我为什么心里生气呀？出发点都是为他们家好，可萨尔比总是不明白我心意。现在听到他们这样说，没有把我当外人，一种莫名的感动占据了我的心灵。

也许，在他们心里有他们固守的价值观，而这价值观是我一时半刻理解不了的。但，不管怎么说，我心里隐约对这个家庭有点敬佩的感觉了。

晚饭后，萨尔比的父亲坐在院子里抽着烟，我和萨尔比、罕古丽在院子里乘凉。晚风吹拂着我们，为这贫家院落里的风景增添了一丝温柔的惬意。

我走到萨尔比父亲身边，看见了他挡不住的苍老面颊，一种莫名的触动轻轻地敲打我的心灵深处。这或许也是我以前不曾在意的结果，我年少无知，不识愁滋味，对时间的流逝、对人之苍老漠不关心。现在，我身处在眼前的情境里，思绪变得怅然了。

我问他从事挑山工多少年头了，他吸了一口烟，缓缓吐出后才说："年头可久了，说出来啊，比你的岁数还大。"

我期待他还能再多说些什么，可他没有继续说下去，只是一个劲儿地抽着烟，直到那烟雾越来越迷蒙，越来越看不清彼此。

萨尔比的父亲五十八了，现在的他寻到做生意的机会已经大不如前了，但他还是要出去寻活，等待的时间太长，随身所带的干粮就尽了。

后来，他就从一天三顿口粮上做文章，从两顿到一顿，再从一顿到饿着肚子。

以这样的饥饿状态去揽生意是不被待见的，因为苍老、疲惫的外观会让人觉得他更是无用之人。比较尴尬和揪心的是，这些事情一直不能同家人讲。

但我们都分明知道即便是不讲，有一天家人也会知道，岁月从不会去掩盖一个人的苍老和秘密。那一晚，我想对萨尔比的父亲说些什么，哪怕是安慰的话也好，但我没有，我不知道如何去说。

萨尔比的父亲直了直身子。"别看我老了，可还是有生意的。"他又笑了笑，"这里面有生意经。"原来，他会到那些风景秀丽、地界偏远的地方去等待生意，那里有一些不同寻常的游客，比如，有沿途收集各种植物、昆虫标本的；有见到虫子吓得想逃之夭夭又迈不开腿的；有见到什么野草、叶子问能不能吃的；有被空中飞来的什么蛾子沾了、蜇了一下就大声尖叫，以为中了剧毒担心会不会丢命的……

这里面藏有能招揽到生意的秘密。它就像一个特殊的市场空间，萨尔比的父亲在这样的空间里行走，或成为向导，或成为挑山工。他有时也好生奇怪，这些城里的人怎么行为如此怪异，总是大惊小怪的呢？

城里来的游客中的确有自找罪受的。他们缺乏很多东西，比如安全感，比如爱，比如地气……所以，也会有一些游客不通情理，在支付费用上精打细算、斤斤计较。他们舍得大吃大喝，就是舍不得在支付挑山工的费用上大方一点。

这种状况也蔓延到萨尔比身上。

有一次我们到了皇姑幔地界。这里山势雄伟，古林茂密，藤蔓交错,怪石林立,云雾蒸腾,是传说中舜帝与娥皇、女英二妃生活起居的地方,因时常雾云弥漫,形成帐幔而得名。

高达2134米的海拔,让皇姑幔成为很多游客的向往之地。

萨尔比呼呼地喘着气,就像一头拉犁的小牛往前拱动着,游客们一路有说有笑,不断给萨尔比的身上加码。他们看见一些奇怪的石头要捡,说这是难得的艺术品;看见一些腐烂掉的木头也要捡,说这一定是异常珍贵的药材……这一路下来,重量会增加许多。

萨尔比累得呼哧呼哧,汗流浃背。

他们却开始指点江山,都觉得自己是徐霞客。

他们说萨尔比挑货物的姿势有问题,没有掌握好重心,应该这样,应该那样。

他们都是旅行爱好者,行走祖国的大好河山,是为了领略风土人情,洗涤灵魂,净化被尘世污染的心灵。

他们眉开眼笑,空着手走着,又相互摆着"POSE"拍着,而这时候,萨尔比还要耗费体力等待着。

我为萨尔比鸣不平,他却表现出淡然的神情,说:"这没有什么,毕竟人家是花了钱的,我就应该竭诚为他们服务。"

我又对萨尔比说:"他们当中有很多是穷游族、月光族、啃老族……"

萨尔比眼中顿时流露出惊异的色彩,表示不可思议:"他们真的如你口中说的是'寄生虫'吗?他们真的游手好闲吗?"

我点点头,却又流露出一丝羞愧的神情,我不也游手好闲过吗?

否则,怎会到这里来?

3

我开始有点感谢叔叔了,但最应该感谢的是萨尔比。

萨尔比说,在我没有来到他家之前,他刚知道一些事情——

邻村的少年阿明也是挑山工。有一次他挑的不是沉重的货物,而是背了一个胖胖的女游客。那个女游客真的是太重了,就像泰山压顶那样。阿明背着她上山,一步一步地走了好几个小时的路程,中途实在是太累了,就说能不能多休息一些时间。对方有些不悦,以为阿明是要坐地起价,就说:"我给你加钱,但你不要漫天要价,否则我就要投诉你。"

阿明没有想过要加价,他确实是背不动了。女游客张口就说加钱,从皮包里拿出几百元人民币,说只要加快速度,这些钱都归他。

我问:"那……阿明接受了吗?"

"接受了……接受了!"萨尔比的神情有些黯然,眼帘有些低垂,然后继续说,"不接受也没有办法啊,阿明的母亲患有风湿病,常年都在吃药。"

听到这里,我能轻易地穿过时光的阻隔,明白阿明的无奈与坚强。

不幸的家庭,终归是要继续下去的,虽然困难重重,虽然很有可能最后也是以悲剧结束。

萨尔比看着我红红的眼眶,长叹了一声,继续说道:"我还知道阿旺家,阿旺有一个妹妹,长得很可爱,能歌善舞的,有一天得了肺病,本来……本来她可以不死的……"

"为什么?"我的心一下子紧绷。

"错过了最佳抢救时期。"

"……"

山里交通不便，村医院设备、技术都很落后，到市医院需要走很远的路程。如果阿旺那天不去接那个游客，如果那个游客中途不磕磕绊绊，这样不满意，那样不满意，阿旺就可以早点回家了……

阿旺妹妹下葬那天，阴雨连绵，阿旺哭肿了眼睛，天空飘落的细雨淋湿了棺材。雨越下越大，那滴答声越来越响，似哭泣，似大喊。那泪水也化作雨水，像要透过棺材的罅隙流进冰冷的身体里，让残留的余温去温暖从此更加冰冷的阴阳相隔的世界。

下了棺，掩上泥土，最后立碑。

磕了头，不要雨伞，让雨水冲刷走这心中莫大的悲痛。

人，终归是要去的，只不过阿旺的妹妹比很多人早去了而已。

萨尔比喃喃地说："阿旺的妹妹本不应该死的……本不应该死的，你知道吗？"

我紧紧地咬着嘴唇，分明感觉到一丝撕心的疼痛在猛戳我，猛戳我先前荒唐、堕落的岁月。

是的，本不应该死的，可就是死了。这世上哪来那么多的不应该？这世上必须有遗憾，这样才会让人痛定思痛，才会让人觉得生命是不能承受之重的。

是的，本不应该死的，可为什么活不了？你那么地要强，那些风霜刀剑却残忍地吞噬你……不经意地伤害，不经意地命中注定，有时会不经意地毁掉一个风雨飘摇的家庭。我恳求萨尔比不要再继续说故事了。

这哪是什么故事，分明是万千生活里最底层的那一面啊！

呜呜！

呜呜!

4

在萨尔比家已经有些日子了。

一天,我对他说:"萨尔比,要不我做你哥哥吧!"

一旁正摘着菜的罕古丽说:"你俩早就是兄弟啦,我之前可说过的哟!"

我说:"那你就是我姐姐,最漂亮的姐姐。"罕古丽长得真美,如出水芙蓉的美,她就端坐在那里。

我听见她清脆、动听的声音:"那是当然啦!以后我可要管着你了,不听话就要挨打……"

"啊!我不要……"我故意大惊失色,一脸惊恐状,"不要……不要被打啊!"

"我是替你叔叔管你的!"她将头扭向我,正色说道。

萨尔比听了哈哈大笑起来:"哥哥,你这下麻烦了,我姐姐管人可有一套的。有一次我考试考差了,哎哟,我那屁股哟,都开花了……"

我摸着脑袋:"这……这……"说不出话来。

我们三人哈哈大笑起来,声音在院落里散开,流向四方。

那一刻,好幸福!

……

我在南方温暖的落地窗前写着上面的一字、一句,微风吹进窗台,所有的思绪指向"善缘"。我抚拭眼角,湿润的感觉让我想起你的容颜,那一刻我们没有了距离。我只想轻声低语——

姐姐！你长得是那样的落落大方，好看又动人。

姐姐！那碎花裙子穿在你身上，惹得蝴蝶围绕。

姐姐！现在的你可好？

我愿意做一个永远犯着错的弟弟，任你将我鞭笞！

5

罕古丽到了嫁人的年龄，上门提亲的人拎着礼物来了。

提亲的人家住在邻村，户主的大儿子叫阿水，是个健壮的小伙子，二十出头，眼眸子贼亮，无论什么时候都将微笑挂在脸上。

阿水和罕古丽的相遇是在山坡上打猪草的时候。

当时，罕古丽将猪草打得满满的，夕阳的余晖照在她身上，越发楚楚动人。阿水扛着锄头走在蜿蜒的小路上，恣情地哼着山歌《杜鹃花儿开》："……斑鸠里格叫咧起，叽里咕噜，咕噜叽里，叫得那个桃花开，哟哈咳，叫得那个桃花笑，哟哈咳，桃子那个花儿开，实在里格真漂亮，哇呀子哟……"

罕古丽听得入耳，脚下打了滑，一大背篓的猪草翻倒在坡上。

阿水的眼睛贼亮，瞬间发现了山坡上的情况，赶紧将喉咙一收，一路飞奔过去。

阿水不会说话，开口就直截了当地问："这猪草也不多呀，怎么还摔着了？"

在此情此景里，这绝对是一句让人很生气的话。

罕古丽先是"哼"了一声，然后嗔怒道："都怪你，唱什么山歌，害得我……"

憨憨的阿水脸上还挂着微笑，正想说话时，罕古丽更加生气了："你这人怎么如此让人讨厌啊！"

阿水怔怔地立在那里，有些无言以对，双手不知道该往哪里放，好半天才从嘴里吐出几个字："要……要不……我……我帮你背……背猪草？"

"这还差不多。"罕古丽抿嘴一笑，"算你是个好人！"

"我唱歌也惹到你了，以后还是不唱了。"阿水嘀嘀咕咕地说道。

"其实，你唱歌挺好听的。"罕古丽看了他一眼，"早听说邻村有个会唱山歌的年轻人，没想到是你。"

"我也就是瞎唱，干活的时候唱着歌，不累。"阿水乐呵呵地说道。

"那……你现在就唱。"

"还唱啊！刚才你不是说……"

"刚才是刚才，现在是现在。"

"好吧！"阿水应了一声，也不用清嗓子，张口就唱了起来，"……斑鸠里格叫咧起，叽里咕噜，咕噜叽里，叫得那个桃花开，哟哈咳，叫得那个桃花笑，哟哈咳，桃子那个花儿开，实在里格真漂亮，哇呀子哟……"

"嗯……好听……好听……"罕古丽满面春风地夸赞着。

我时常在想，这绝对是一种最淳朴、最有缘的相遇。朦胧的爱情就在不经意间发了芽。

两人迎着微风，缓缓地走下山坡，走在小道上，那金黄的色彩如画在他们身上，宛如一幅"乡村晚归图"，煞是好看。

6

我告诉自己说:"我是在写着不一样的文字,但终是做不到最好的描述。"

我曾痴痴地以为我应该成为里面的主角,慢慢发现自己不是。

回想当初坐在山坡的草地上,听着罕古丽讲述她和阿水的相遇场景,这是怎样的一种感觉啊!

我无法描述!

后来,他们彼此的好感都在增强,罕古丽没有将这事告诉家里人,她担心自己若是嫁了出去,家里就少一个劳动力了。

可,女人的情怀,尤其是在爱情方面,一旦有了心属之人,总是会在不经意间走神的。

家里的人都很忙,没有人注意到这一点。

这事,竟然被我发觉了。我简直欣喜若狂!

我觉得,自己应该做点什么。

7

一个午后,罕古丽像往常那样去山坡打猪草,顺便也挖一些草药。

我也背上一个背篓,轻手轻脚走到罕古丽身旁说:"姐,我也想和你一起去打猪草,顺便让你教我认识一些草药。"

"平时你不都是和萨尔比出去的吗?怎么今天……"罕古丽有些奇怪地看着我。

我摸着后脑勺:"姐,萨尔比挑山工的活儿太累了,我有些吃不消了,我还是想跟着你打猪草……"

"好吧!"罕古丽弯腰拿起镰刀、小锄头,"我怎么觉得你今天有些怪怪的……是不是和萨尔比闹别扭了?"

"没有……就算有,那都是以前的事了。"我笑嘻嘻地说道。

很快,我们出了门。

一路上,我都在想着如何有一个恰到好处的开场白,我相信自己的判断力是没有问题的,她一定是心里有喜欢的人了。

到了一个小山坳的地方,路边长满了各种野草,罕古丽弯腰扯了其中的几株:"弟弟,你看,这种草叫猪耳草,它——"

听到这名字,我备感稀奇,没等罕古丽把话说完,就插嘴:"这猪耳草怎么长得不像猪耳朵啊!还有……它是不是可以当作最好的猪草呢?"

罕古丽"扑哧"一声就笑了出来:"你这说法挺逗笑的,这是一种草药,是很好的草药呢,能利尿、清热、明目、祛痰、消水肿……当然,它也是很好的猪草。"

"原来是这样啊!不过,仔细一看还是像猪耳朵的。"我一边说,一边弯腰去扯,"看来今天跟着姐出来对喽,能学到不少知识。"

"这也算不上什么知识,农村的人都知道。你是城里人,没见过这些,不知道也不奇怪。"

听到这话的时候,我忽然感觉到机会来了。我佯装出不满的样子,脱口就说:"那也不一定,我知道的,姐,你不一定知道。"

"是吗?那你说说看,你都知道什么草药?"罕古丽一边割着猪草,一边说。

"姐,你最近是不是有什么心事啊?"

"我能有什么心事?"罕古丽没有抬头看我,仍然割着猪草。

我觉到这个时候是可以承接罕古丽上面的话了。于是,我表现出一副无所不知的样子,将手叉在腰间,"哼"了一声,说:"姐,你是不是有喜欢的人了?别以为我不知道——"我故意将后面三个字的声调拉得老长,以引起她的重视。

果然,这话一出,我立刻感觉在这小山坳里不仅风儿停止了,连罕古丽也凝固了。我看见她兀地停止了割猪草,那把镰刀也停落在草丛中,静静地躺在那里。

罕古丽侧身望着我,没说话。

我不懂事地再次追问。

她终是经不住我的追问,开口说道:"你是怎么知道的?"

"我……我是猜出来的。再说,我看见你干活的时候走神了。"

"唉!"她叹了一口气,"还是你们城里人聪明。"

"其实……你不用担心什么,我也知道你担心什么。"

她惊讶地望着我,而我在那种惊讶里还看到了一些期待。

就这样,我开始了冗长的叙述,她静静地听着。

从她这样的神情来看,是真的喜欢上了阿水,否则不会表现出这样的宁静;从她这样的神情来看,也是真的有太多的牵绊。否则,我怎会看出她不想表露出的顾虑。

我当然不会去揭穿,我知道自己能说服她。

所以,我简洁有力地告诉她要想解决此事,还需要阿水的努力。不过,她的担心或许又是多余的。因为,我怎么都觉她父母一定会通情达理的,甚至她父母只是过于忙碌,而忽视了女儿的情感世界罢了。

爱情面前,人人平等。哪怕是穷人,也拥有爱情的权利。不知道为什么，当时的我竟然想到这样一句"凶狠"的话。

好生奇怪，又好生温暖！

我们继续打猪草，遇到好的草药就用小锄头去挖。我们一路劳作，一路前行，慢慢地走到了山坡上。

此时，风景一片美好。

在乡村的山坡上看风景，别有享受。

在乡村的山坡上，我们忽然听到歌声，那是阿水的歌声。

我第一次见到阿水，显然，他很吃惊。罕古丽说："阿水，这是我弟弟。"

他更吃惊了，说："你什么时候多了一个弟弟了？"

"是城里来的弟弟，暂时在我们家。"罕古丽解释道。

我看见阿水依旧吃惊，就说："不是亲弟弟，我呢，暂住他们家是为了找回自己，我……我是一个不大听话的孩子，不过，现在好多了……"说完，我略带尴尬地笑了笑。

阿水似懂非懂地点了点头。

我不拐弯抹角，直接将罕古丽的担心说了出来。

阿水也直言这些担心都是不必要的，他会和罕古丽一起努力，让她的家和他的家越来越好。

我像大人似的，转过身对罕古丽说道："姐，现在你应该放心了吧。"

"嗯！"罕古丽点了点头。

"我明天就去你们家提亲。"阿水兴奋地说道。

"明天不是你上门提亲，而是要让你们村最厉害的媒婆先去。再说，我姐怎么可能那么轻易地就嫁给你了，对吧，姐？"说完，我转头对罕古丽说道。

罕古丽羞红了脸，没有作声。

阿水猛拍脑瓜门："哦……哦，我知道了，是这样的……是这样的……"

我拉着罕古丽的手说："姐，咱们继续打猪草去。"

"那我呢？"阿水说道。

"你……你赶紧回去找媒婆吧！"我拉着罕古丽的手，边上山坡边说道。

"……"

我和罕古丽分明听到阿水最坚定的回答。

"真是下午最美的光景！"我心情愉悦地赞美道。

……

我到现在都能清晰地记起当时的场景：天空吹着微风，青草左右摆动，我仿佛觉得那山坡上羊儿、牛儿的叫声也和我一样的舒畅。迎着风，我大声地呼喊："叔叔，谢谢你，谢谢你让我来到了这里，来到了这个最美的家。"

罕古丽的旁边放着背篓，还有镰刀、锄头，她就贴近我身旁，而我扭头望着她。

我看见她用手轻撩了一下被风吹散的头发，那绚丽的阳光正照耀在她身上，只需两个字形容就可以了——好美！

我觉得自己已经完全融入了这个家庭，不管这个家庭是如何的苦难，我都相信它会变得越来越好。

没过多长时间，我们就打满了一大背篓的猪草，还有一捆草药。

"弟弟，这么重背得起不？"

"姐,我背得起呢,要不你再挪点给我吧!"

"还是你挪点给我,姐力气多的是。"

"姐,你说你为什么就看上了阿水呢?"

"你怎么这么烦人啊!姐不告诉你。"

"姐……"

"你再问,我就不理你了,哼!"

"……"

我们一路拌着嘴,走在蜿蜒的小道上,脚步轻快,如生风似的。

阿水果然托媒人上门提亲了。我也在场,萨尔比他们一家都在。

一家人坐在堂屋里聊着,谈着。阿水没有让我失望,那媒婆果然是三寸不烂之舌,我心里好生佩服。

一切都进展得很顺利,但罕古丽的母亲提出要八千元的彩礼钱:"这笔钱不是我们要,而是作为罕古丽的……"

媒婆说:"这个没有问题。"在出发前,阿水就对媒婆说了,无论什么条件都答应。

我在心里猛称赞阿水"好样的"。

送走了媒婆,一家人坐在院子里。

罕古丽说:"爸,妈,对不起,我事先没有将这事告诉你们。"

"傻孩子,说对不起的应该是我们,男大当婚,女大当嫁,都怪我们平时太忙,唉……"

一旁的我见状,赶紧说道:"这是喜事啊!咱们家有喜事了,真好!"

萨尔比也附声道:"是啊,真好!真好!"

"我拿烟去啰——"我蹦跳着去里屋,拿了烟袋。

"这孩子什么时候变得这么懂事了？"我听见罕古丽的父亲说道。

"我一直很懂事啊！"我在里屋大声回应着，生怕再听到一些不是。

"你这孩子，就夸不得你！"我听见罕古丽的母亲笑呵呵地说道。

"那我呢？我也很听话啊！"萨尔比在一旁噘着嘴道。

"都听话，都听话……"罕古丽的父亲抽着我点好的烟，深深地"吧嗒"了两口，"咱们家，有你们这帮孩子，就是福。"

"爸，妈，我们都会好好孝敬你们的。"罕古丽站在父母面前说道。

"……"

傍晚的时候，叔叔来了。

叔叔拿着家里面写给他的信，说："你爸妈在信里问我你在这边怎么样，我可是直言，说你表现不错，也希望你不要让他们失望。"

听叔叔这么一说，我忽然想家了，但看叔叔那刚毅的神情，我又没好意思表露出来。

罕古丽的父母也说："这孩子在我们这里挺好的，你就放心吧！"

叔叔起身，拍了拍我的肩膀："今年我有假期，到时我和你一起回老家，你在这里只能待半个月了。"

"啊！"此刻的我，突然有了一种对时间的莫名恐惧。"还有半个月，也就是十五天。多希望时间能慢一点儿啊！"我在心里暗暗地说道。

我也分明看到萨尔比一家人的不舍神情。其实人生就是这样，你不晓得在哪一天就会有了分别的怅然。

望着叔叔远去的背影，我心里浮起一种说不出的感觉。若干年后我

171

才知道,那是一种叫"忽然之间就长大"的东西。

8

不知道我还能参加罕古丽的婚礼不,也不知道自己还能和萨尔比一起去皇姑幔做挑山工不,更不知道十五天后,我会选择什么样的离开方式,或者说我会有什么样的感伤。

但我确信,自己对这个"家"有了难以割舍的情怀。

萨尔比这几天忙着赶作业,他仿佛看出了我的心思,到第三天的时候,他竟然将作业全部完成了。我们商量着去皇姑幔做挑山工的活,暑假期间的游客会是平常的好多倍,这也意味着我们的生意会好很多。对我而言,也可以多为他们家做一点事。

我们商量好第二天一大早就出发,头天中午就把干粮之类的准备好了。下午的时候,阿水及家人来了,他们说着办婚宴的事。

我感觉我们极有可能去不了皇姑幔了,办婚宴需要提前准备很多事。果然,我和萨尔比都要帮着忙婚宴的事。

虽然心里有一些遗憾,但能在离开这里前,看到罕古丽嫁出去,我也是很开心的。

婚宴那天,叔叔也来了。

大家觥筹交错,其乐融融,祝福满满。

叔叔在席间对我说:"我们后天就要离开江西,回老家去了。"

"叔叔,就不能再延迟几天吗?"我央求道。

"不是叔叔不延长,是叔叔的假期就在这个节点上,叔叔都五年没有回去了。"

"……那好吧!"我心情沉重地喝了一口汤。

在婚宴上,我是"无心无主",好在他们欢乐的气氛轻而易举地掩藏了我内心的惴惴不安,那种陡然而至的害怕感觉竟然将分离的忧伤诠释得淋漓尽致。

叔叔没有多言,或许他心里十分清楚我的感受,或许他压根儿就不清楚。但我宁愿相信他清楚。

我想,我应该明白那句话"像男子汉一样来找叔叔,像男子汉一样回去"的意思了。如果我不够坚强,又怎能面对人生中的复杂情绪、艰难险阻?但,或许这又不是叔叔的本意,我的意思是说,叔叔没有想到我会收获到更多的东西。

而这东西到底是什么?到底有多少?不割舍,对苦难家庭的坚韧、执着,还有萨尔比、罕古丽……是肯定的。

因为,有了他们,我变得不再无所事事,知道了生活的苦难,明晰了未来的梦想!

9

萨尔比他们一家在不停地"自我牺牲"中,日子一点一点地好起来了。

大哥为妹妹做出了牺牲,妹妹为弟弟做出了牺牲,弟弟……

是的,萨尔比弟弟也会做出牺牲。但萨尔比说,他做出的牺牲是最少的,大哥丢了性命,姐姐患怪病多年,病好了以后,又要像男人一样承担起超负荷的责任,而自己只有在假期里才做出一点牺牲,挑山工的工作其实一点都不辛苦。

萨尔比在撒谎，挑山工的工作怎么可能不辛苦呢？

我原本想当天晚上就告诉他们我要离开了，但话到嘴边又咽了下去。"还是让叔叔告诉他们吧！"想着这句话的时候，我慢慢地睡着了。

叔叔果然是军人，他将人生中的分离看得云淡风轻。

我果然是此间少年，无法做到像叔叔那样云淡风轻。

我不像一个男子汉，我哭了，我一一地抱着他们。

我喊着"爸爸"，我喊着"妈妈"，虽然他们不是我的亲生父母。

我喊着"姐姐"，我喊着"弟弟"，虽然我和他们没有血缘关系。

罕古丽抱着我，眼圈有些微红："弟弟，有时间就回来哈，姐会想你的，给你做好吃的。"

萨尔比笑嘻嘻地轻捶了一下我的胸口："哥，下个暑假还来陪我做挑山工哈，我们看谁走得快。"

二老虽没有老泪纵横，但我看到他们满是皱纹的脸，心中酸楚不已。他们给了我两样东西：一样是亲手绣的鞋垫，一样是手工制作的核桃木手链。

我接到手中，听着他们说："孩子，回去要听话，做一个顶天立地的男子汉。"

就这样，我跟着叔叔离开了这里，回到了老家。

出发前，我给了萨尔比电话号码。在火车上的时候，我问了叔叔一个问题："叔叔，你觉得现在的我像一个男子汉吗？"

叔叔微微一笑："像不像并不重要，重要的是叔叔现在的心情真的很好，回去对你爸妈也有一个交代了。"

"……"

10

回到老家,我不再游手好闲,我开始自力更生。

我做过很多工作,我不怕吃苦。城市的繁华中有我的身影,黄昏落暮里,有我的落寞与孤独,那长长的、疲倦的影子里面有一种叫"男子汉"的笔直与坚挺……

后来,我从事了媒体、教育工作;再后来,我执着于写作,我告诉自己,一定要写尽人世间的悲欢与离合、坚韧与刚强……这些凡人的故事比那些"金碧辉煌"的故事更为动人。

我曾在很长时间里等待着萨尔比给我打电话,可他一次也没有,而我也因生活的打拼所累忘了这事。

或许,这在许多人眼里看来是不真实的,那么地不忍分离,那么多的感动……怎么可能说忘就忘呢?

可是,真的就忘了!

生活有的时候会将一个人改变,直到有一天心不再漂泊、浮躁……我们会想起曾经的过往,那些人,那些事;那些事,那些情……

11

我本不愿意去讲述一个类似于"鸡汤文"的励志故事。

我也不想将这段励志的经历当作一个故事来讲,如果一定要说成故事,它在这里只是一个表象,我更愿把我这段经历看作一段善缘。

我不认识他,他也不认识我。我认识了他,他容下了我,这就是缘。

我不在这个家,我也在这个家。这也是缘。

……

有因有果，上天会在某一刻让我们明了那个果。

有一天，我在南方城市的大厦里采访一位职场精英，遇见了萨尔比。这人间的缘就是这样，你想不到会在人生的哪个节点上遇到一个人，尤其是故人。

我见到他的第一句话就是"为什么不给我打电话"。第二句话是"爸，妈，姐，还有阿水他们还好吗？"

第一问，萨尔比说："当时村里少有电话，想着以后若有缘会再见的……"

第二问，萨尔比说："他们都好，他们都好！"

无限感慨！

话语太多，却不知道从何说起。

12

我和萨尔比坐在咖啡厅里。

望着眼前这个年轻人，我的弟弟，他已经是一家跨国公司的高管。

我们讲述了很多的事情，但我更想知道，我离开萨尔比家后他的事情。

种因得果，善缘善得。

萨尔比——一个少年挑山工，几乎每年暑假、寒假都要在江西的地界上翻山越岭。这样的苦日子，从小学到高中。

他的成绩越来越好，直到后来顺利考上了大学。这一切的背后离不开罕古丽、阿水的支持。他们省吃俭用，他们的日子过得苦巴巴的，却又充满希望。

考上大学后,萨尔比没有再要家里的一分钱。他勤工俭学,他和我一样在繁华的城市里忙碌,在夜晚的昏灯里,像范仲淹那样努力地提升自己,他拿遍了学校里所有的奖学金……

简单的描述让我这个仿佛具有穿越本领的都市人清晰地看到他们一家的日常光景,也深切地品尝到他们的异常艰辛。

诚实地讲,苦难的生活会压垮很多人,尤其是那些意志不坚定的人。追风赶月的萨尔比一家绝对除外。通过那段弥足珍贵的时光,我也学会了在泥泞中摸爬滚打,勇敢地面对风霜刀剑。

我伸出右手,手腕上还戴着那条核桃木手链。我不是想证明什么,只想通过这一手链连接我与萨尔比一家的善缘。

十几年了,上天又让这善缘结在一起,今朝的相遇写满了我们的因果。

"哥,暑假和我一起回江西不?"萨尔比抓住我的手说。

"回,一定回!"

13

我与江西有缘。

十几年前,我因游手好闲、无所事事,因叔叔信上的一句话来到了萨尔比家。

十几年后,我和萨尔比一起踏上回江西的路。

只在萨尔比家住上一段日子,我感受到了生命中最漫长又最简短的时间。漫长是因为我觉得他们家苦难深重。短暂是因为在他们家我快速获得了成长,懂得了让人伤痛的分离。

如今,我要再次回到那里。因为,我的心里住着他们每一个人。

下了车,距离到家还有一段路程,我提议步行。

我和萨尔比背着行囊,在沿途美得惊心动魄的景色中款款前行。

这里是我的第二故乡,我曾来过,带走一身的果敢,也留下挑山工的脚印。从来没有走过那么艰难的路,也从来没有像现在那样去留意一路的风景。

夏日的江西热浪如风暴。我们越走越热,终是发现自己追不上萨尔比的脚步。仅一个时辰的样子,我已经累得汗如雨下。

萨尔比停下脚步,用挑山工的口吻对我说:"老哥,我来替你背背吧!"

我忽然笑了起来:"能讲价不?"

"老哥,这可是力气活,能不讲价不?"

"好吧,不讲价,那是多少?"

"你能给多少?"

"就给能让爸妈安度晚年的价吧。"

"那到底是多少?"

"……"

我们一路这么说着,走着,脚下的路越来越短,直到看见那个我曾经离开的家,看到炊烟袅袅地升起……

凡人情缘

窗外的世界霓虹在交会,缤纷整条街,我安静了解没你的感觉……

1

我这辈子比较幸运的是——去过不少地方,尤其是那些偏远的地方。

我一生充满了情结,知道了许多缠缠绕绕、生生死死、冥冥灭灭。

我属于家道中落的少年,学业未完就选择了逃离。

我从未想过如今的我会提起笔,写下那些早已遗忘的世间苦痛,我以为深埋就可以当作不知晓,不发生。

……

第一次看到一个中年男人一边折千纸鹤,一边哭泣,一边忏悔。

第一次听到方大同缓慢地轻唱:"窗外的世界霓虹在交会,缤纷整条街，我安静了解没你的感觉……"

瞬间泪如雨下。

我现在在温暖的南国城市，坐在落地窗前对自己说："无论如何，我都要带泪写下这个故事。无论如何，我都要在婆娑境里看一遭这世间的苦痛，还有荒凉。"

我是性情中人，轻易地就让阿暖、阿沁在我漂泊的生命中留下了痕迹。

我是时间的记录者，在它旋涡般的转动中轮回，轮回到纳芭小镇。

……

那晨光，是我到纳芭的第一件礼物。

那目光，是我见到阿沁时的第一份凝望。

纳芭小镇的表哥是阿沁曾经看护过的病人，他将我介绍到这里，而我前半生的一小段历史也顺理成章地与她有了交集。

阿沁是纳芭小镇医院的一名护士，大好的年龄不在繁华都市，却将这家医院当成了她的家。

"伟大的凡人！美丽的姑娘！"我必须要为她点赞。

阿沁性格温柔，她戴着小白帽、身穿白大褂在病床间穿梭、忙碌……

一天一天，一年一年，少有间断！

每当她将双手插在口袋里、走着碎步"蹦蹦哒哒"的时候，整个世界就有了梦幻般的色彩。我曾幻想过自己是一名出色的画家，坐在长廊的凳子上，看着窗外的斜阳照进来，照在她的身上，我寥寥几笔的勾勒就成了最美的作品。

活泼、开朗、不装、不作、纯天然是我在这幅画上倾注的表达。我由此想到了多年后的自己。那时,我正带着一大群学生在云南夏令营进行活动。我拿着照相机四下寻找美,几经兜转,路过一家染坊门前,院落里的纺织姑娘深深地吸引了我。

"她长得好像阿沁。"我低语。

"可……她不是阿沁。"我低吟。

我呆呆地朝她挥手、示意、拍照,记录下她的模样。

如今,我还保留着她的照片。

如今,我已没有了阿沁的照片。

你们说,可叹不?

……

纳芭小镇,镇上最大的医院。

我时常听见阿沁银铃般的笑声,没有哪一个病人会怕她,也没有哪一个病人不喜欢她。

人都易老,要想看人老的境遇,去医院看看是最好的选择。我敢保证你我都不想再去第二次。

"老了,人就不中用了……人老了,还要躺在医院的病床上",这是多么无可奈何的宿命啊!

阿沁照顾过好多的老人,他们——

有的不能动弹;

有的疼得"哎哟"连天;

有的像小孩子一样哭闹不配合治疗;

有的像看破这世间的苦痛、凄凉,不愿苟活……

每每这时候,阿沁都会用她的方式让老人乖乖听话。

反正那时的我是学不会的,阿沁比我有耐心,比我更懂老人的孤独、无助……

阿沁跟他们打成一片,不嫌弃他们,给他们讲故事……

如果用时间点来表现阿沁在医院里的忙碌,那铁定是一张长长的忙碌的时间图。

如果用声音来表现阿沁在医院里的忙碌,我们会听见她抑扬顿挫的招呼。

她时而以快速的小碎步来到老太太的床前,拉开抽屉,取出几版药,抠出几粒丸,这个是两粒,那个是三粒……这一连串动作娴熟、麻利,一杯温开水到嘴边:"……嘴张开,您该吃药了哦……"

她时而转到老爷爷窗前,嘱咐:"……别掀被子,着凉了可不好,等太阳出来了,我推你晒太阳去……"

有怕打针的,有忽然就流泪哭泣的……这些都能被阿沁妥善地解决好。

有大骂儿女不孝,不来医院看望的……这些都在阿沁的安慰中得到缓解。

……

我是新手,阿沁一般不让我插手照顾老人的活。我暗自庆幸,庆幸阿沁让我照顾年轻的病人。有一天,我听见病人们在议论,说这个年轻人不行,还是阿沁好。

我心里很不是滋味,没过多少时间,我那脆弱的心就被负面情绪塞满。

这里的薪水微薄,留不下什么人,能留下的人都是具有"工匠精神"的员工。

阿沁是工匠一样的护士,我是这里的过客。我十分清楚来到这偏远的纳芭小镇完全是生活带给我的意外。而我在很长的一段时间里都执拗于这样的意外，想着无数个如果，如果不是家道中落，我又怎么会沦落到这里？

……

阿沁是乡下出生的姑娘，阿沁还是医院里最勤劳的护士。

医院里永远不缺病人，永远有干不完的活。

院长是一位白发苍苍的老人，他不止一次地关心阿沁姑娘，说该吃饭了就去吃饭，该休息了就去休息。

阿沁的回答永远不变："谢谢领导关心，我现在还不饿，等……就去吃饭了，等……就去休息。"

可是，我真的很少看到阿沁休息啊！

她总是说："在乡下做活做惯了，想闲下来是不可能的。"

我半开玩笑地说："阿沁姐，你这怕是要当劳模的节奏……"

她并没有要当劳模的想法，她只是有一颗爱心。她说想到人老了的孤独，就觉得心里特难受；她还说想到弗罗伦斯·南丁格尔……

这些想法或意识不知道有多少人会觉得愚蠢。

……

阿沁刚读完中专就被分配到这所镇医院。我到这里的时候，她已经在这里工作了三年。

阿沁好年轻，就像娇艳欲滴的花朵。她年轻的光阴就这么无怨无悔地倾注在这"阳气不够，阴气充盈"的医院里，同样年轻的我却隔三岔五地想着要逃离，简直是莫大的讽刺啊！

上班、加班、无聊、犯困……这些词语都是我给她们大多数人的标签。医院里好些护士加班到一两点就开始犯困，东倒西歪。我以前总听到老人说"年轻人睡性大"。

这话还是有道理的。阿沁是例外,她兢兢业业,在每间病房里巡视,察看哪个病人有没有不适,有没有掀被子,有没有……她就像一名资深的老农守卫在田间地头,也像一名看护鱼塘的老农巡视着周遭的一切。

老农有田间地头、鱼塘带给他们希望。

阿沁又是为了什么呢?她背着双手,在各病房兜兜转转。她累了,腰痛了,自有法儿,捶捶、揉揉就过去了。她侧耳聆听,呼吸声、鼾声此起彼伏,或轻或重,嗯,真好,都睡得很香,很香……

这样的夜晚有很多。

这样的夜晚有平安,也有心惊肉跳……

医生救死扶伤,护士照顾有加,他们都是患者续命的"好药丸"。虽然阿沁为他们做了一切能做的,可毕竟人不同命,命有悲喜……我们都是凡人,那些生生死死犹如阴阳交错的场景,怎能轻易就挥之而去。

这些在医院里再平常不过了。在这里,我见过太多的来来去去,分分离离……

所以,那段时间我喜欢上了喝酒,像古龙那样喝酒。

我曾写过这样的话:酒是话媒人,酒是结交朋友的利器。

某个夜晚,我在路边摊吃烧烤,一人喝着闷酒,下意识地数了数桌下的空酒罐,已有一打。这时,邻桌来了一个年轻人:他吸着半截香烟,染着一头的黄毛,身穿花色背心,脚踏一双男士夹脚拖鞋。

这样的打扮让人很快识别出其身份,"街娃、二五仔……",这些都是纳芭小镇的人送给他的标签。

我是纳芭小镇的异乡人,我没有想过自己有一天会与"成天瞎游荡，脏话挂嘴边，三句话不对头就打架"的不良青年有了瓜葛。我是多么的堕落，竟然和"二五仔"一起比着喝酒。

别问喜欢喝酒的陌生人为什么会在同一张桌子上划拳猜令，也别问我和他为什么在几罐啤酒后就能成为兄弟。

生命中你会遇到哪些人、什么样的人似乎早就注定。他们有的路过你的世界；有的住进你的心里；有的伤了你的心；有的舍不得分离却又不得不分开……

我的苦闷加上他的苦闷，让这个夜晚有了别样的颜色。

我叫他阿暖兄弟，他也叫我××兄弟。于是，三个人的故事，我、阿暖、阿沁走到了一起。故事里的重要人物阿暖、阿沁有了梨花带雨，而我只是见证者。

这一切都要从那场流血事件说起。

很多时候，打架斗殴是不需要什么理由的，一句不经意的话，带着几分酒意就能演变成"六月街斗"。阿暖是属于那种敢打敢拼型的主儿，从身上的刀疤来看，他战绩辉煌。人有失足，马有失蹄，阿暖在"六月街斗"事件中受了重伤。

特殊的病人需要特殊的救治，伤重的阿暖危在旦夕。

夜晚十点，纳芭镇医院忙碌异常：静脉通路快速补液、给氧、心电监护、采集血标本、配血……

阿暖从死神那里走过一遭，又从死神那里逃过一劫。后期的养护很重要，这一切交给阿沁来负责完全没有问题。

在阿沁的精心呵护下，阿暖的元气得到了恢复，而他们之间的故事就由此开始。

2

我曾在写这个故事之前问自己：这会是最美的开端吗？

明知道这是一个悲剧的故事，却要这样去问自己，我是怎么了哟！

阿沁是在南丁格尔精神的荫护下成长起来的天使。

阿沁如山间的一朵小兰花，干干净净。

护士长十分疼爱她，把她当亲女儿看待，那些护士姐姐也疼爱她。

有阿沁在的时候，她们觉得世界好丰满；阿沁不在的时候，她们怅然若失。

多好的姑娘啊，应该有美好的人生；多俏的姑娘啊，应该有最爱她的男人！她们都为阿沁的终身大事操心。这可能是上了点年纪的女人爱做的事，但更多是出于一种爱吧！

阿沁一点也不着急，每次谈论到这种事的时候，她总是"咯咯"地一笑了之，或者说一句"婚姻这事啊，是可遇不可求的……"

时间一长，她们一心想做媒的想法就淡了。

初秋的一天，表哥来找我，说干活的工地上急需人手。我又多次在他面前流露出不想再待在镇医院的想法。

就这样，我离开了医院，去了工地，在表哥手下打杂。

虽不在医院，但并不代表就离开了纳芭小镇。工地离镇医院不远，黄昏的时候，我还可以路过医院，还能看见阿沁忙碌的身影。

繁重的工地活让我暂时忘记了心中的隐痛。在纳芭小镇的日子一天天地重复，波澜不惊。

谁会打破这样的不惊呢？

我只是一个小镇过客，如果不是阿暖的人生换了新模样，我不会写下他的这段历史。我最多是以缅怀在纳芭小镇日子的形式记录下我逃离的青春。

所以，这篇文章的主角注定不是我。

2003年夏天，我在纳芭小镇的炭烧店里和阿暖喝着烧酒，他为我讲述了这个故事中男女主角的点点滴滴。

2017年冬天，我拾起旧时光，提笔写下了下面所有的话。

时隔十四年，我竟然可以清晰地记得。

3

阿暖不如他的名字那样温暖，他是个没有爹娘的孩子。

阿暖一开始不是"二五仔"，只是后来在一段时间里误入歧途，成了"二五仔"。

在度过不怎么欢乐的童年后，阿暖早已习惯了如何独立地去生存。他跟着收破烂的队伍，在吆喝声中收集瓶瓶罐罐，他卖过老鼠药、苍蝇贴……

每天收入微薄，却不得不起早贪黑。后来，他想着将小本生意扩大，索性拿出所有积蓄租了一间小屋，就在纳芭小镇的东街。这是小镇比较繁华的地带，也是一个小小的江湖，里面的"二五仔"成群，过着游手好闲、打架斗殴、东躲西藏的生活。

在这之前，阿暖摆地摊，桥头上、小街角、路道中……都有过他的足迹。几尺粗布从背篓里取出，平展铺陈开来，再摆上老鼠药、苍蝇贴、挖耳勺、指甲钳、透明胶……他卖命地吆喝着："×××一元一个，×××三元两个……"

同行们、闲逛者、街上的卖主与买主们，还有小孩的吵闹声与哭闹声，这些声音组合在一起，构成了小镇街道的繁荣与喧闹，也淹没了阿暖的吆喝声。

陪伴阿暖的除了这赖以生存的"地摊"行当，还有村东头韩老太爷送给他的一根笛子。阿暖是属于那种无师自通的孩子，不快乐的时候，他会吹上几曲，笛声悠扬，悠扬出人世间的冷暖。

后来，有人建议他去街头卖艺，吹一些时下流行的"口水歌"。阿暖不是没有去试过，可他偏偏吹不出欢乐的味道。这样的生意门道就此失败。

我曾问过阿暖读过书没有。他说，读过，小学四年、初中两年。韩老太爷死后，他就弃学了。

阿暖在纳芭小镇的东街租了一间小屋，经营各种小物件。生意并没有比摆地摊时好多少。这样的经营境况是极度考验一个人的，主要是坚守问题，一坐就是十几小时。春夏秋的时候生意稍微好点，冬天就只能用极为惨淡来形容了。

小店的招牌很有意思，阿暖给它取名为"捞仔杂货"。这样的名字寓意着一个遥远的江湖，因为阿暖一直将自己当作纳芭小镇的异乡人，他说自己没有归属感。有时我在想，或许这就是我和他能谈得来的原因之一吧。我也是这里的异乡人啊！

人与人的境遇有可能相同，即便不相同，也能相似。当这样的相同或相似碰撞起来，就会三五成群地聚在一起。当然，三五成群也是需要一段历史的，而历史就是有一天黄昏，天空飘着几片乌云，在凉风侵袭下，那乌云行踪诡异。这时，几个"二五仔"肩扛着几麻袋物品直奔"捞仔杂货"而来。

这是一桩没有事先约定的交易。因为买主并不知情，卖主只是想借助"捞仔杂货"的铺子销赃。

一开始，阿暖是拒绝的。然后，对方就开价，从"二五开"谈到"三七开"。阿暖虽然窘迫，但向来是自力更生，独闯江湖，与这帮"二五仔"没有瓜葛。经过一阵好说歹说，"二五仔"们一咬牙，说"四六开"吧，再不同意，就是不懂事了。用他们的话来说叫"行走江湖，得看面儿，得懂事儿……"

阿暖不得不答应了，他不是不知道这个问题的后果。于是，他向对方大胆地开了一个条件：就这一次，下不为例。

对方答应了。

这是他们从工地上弄来的铁件、铜件……属于畅销商品。若不是阿暖缺少资金，他是会多进这样的货的。

现在，几个"二五仔"凭借他们的偷盗能力弄来了几麻袋，无疑是一桩获利颇丰的买卖。

虽说这样的买卖在"二五仔"眼里是"天经地义"的，但阿暖的心里更是惊喜交加。惊是害怕，喜是能得到四成的利润，且自己没有付出什么成本。

其实，阿暖对这事是有悔恨的，但这都是后来的事了。

其实，阿暖是身不由己，混江湖的人都这么说。

不想混江湖的最后都混了江湖，混了江湖的想抽身太难。对阿暖来说，这是一种说不出的残酷，而那帮"二五仔"在"捞仔杂货"有了销赃的甜头，便想着第二次、第三次……

阿暖说他尝受了人间太多的苦，如果跟着"二五仔"们纵横江湖会让贫困的生活境况好许多，那便有了误入歧途的一种"冠冕堂皇"。

可现实的残酷在于，这些"二五仔"很多时候也是举步维艰、朝不保夕……

终究是进入了另一条道，阿暖在一夜之间像变了一个人似的。他开始学会了"二五仔"们的手段和嗜好，不务正业、坑蒙拐骗、抽烟、喝酒、打架……

沉沦的日子让阿暖浑浑噩噩，看不到一丁点希望。很多人都说阿暖这辈子完了，如果韩老太爷还活着，阿暖不会这个样子。

"捞仔杂货"从以前的天天开门，到后来的时常锁门，见证了阿暖的江湖人生。直到有一天，他开始有些厌倦，想退出。

这谈何容易？任何选择都会有代价的，何况还是属于错误的选择。

一些看不透的心，一些莫名的争斗，一些午夜时分的与狼共舞，在纳芭小镇的天空下上演。阿暖说，"六月街斗"事件是一次洗礼！他想着自己是活不下来了，这样也好，反正活着也是罪孽。

但上天是仁慈的。阿暖没有死，他活过来了。

活着就是奇迹，活着又是一种痛悟。

躺在病床上的阿暖做了好多的梦，说了很多的胡话，说得最多的是要见妈妈，自己不是坏人……这些话，抢救他的医生听见了，照顾他的护士也听见了。

医生听见了摇头叹息！

护士阿沁听见了眉头轻锁，心里小小的世界有了波澜！

没有人知道阿暖从哪里来，因为他自己也不知道。我想知道阿暖从哪里来，就拉他喝酒。可是，好多杯酒下肚，他还是没说。所以，这就是一个谜，谜一样的江湖，谜一样的"二五仔"。

4

阿暖,我是记住你了!

阿暖,有一个人比我更记得你。

你们会相信眼神的力量吗?你们会相信一个眼神就让男与女之间有了缘分吗?

我曾经不相信,但现在我信了。

小小的一个眼神,短短的一瞬间,就是如此的匪夷所思!阿沁喜欢上了阿暖。

医院里的那些女人那么用心地为她做媒,换来的是失败;有钱的人家托媒人三番五次上门提亲,换来的更是失败。

呜呼!爱情这东西好有理,也好没理!

呜呼!阿暖,你这个"二五仔",你是多么的让人羡慕啊!

我无意去刻画一段与众不同的爱恋,可江湖这么大,让我知晓了。

"阿沁,我好想你……"阿暖折着千纸鹤,折着折着,就流泪了;折着折着,思念如潮涌。

5

阿沁是90后,阿暖也是90后。他们年龄相差不大,很中意彼此的模样。

阿沁是天使,阿暖是"二五仔"。他们的故事像电影,又不只是电影。电影里有命中注定的结局,阿沁和阿暖的结局没有命中注定,有的是他们对美好生活的向往。

阿暖能从死神手里活过来，阿沁倾注了太多的心血。

从医院里出来，阿暖决定洗心革面。

现在，让时间往后飞一会儿，飞到他们眼神交汇的那一刻。

如果窗外的璀璨星光是这段情缘的见证，那皎洁的月光就是柔情倾洒的表达。如果躺在重病房的阿暖曾找不到人生的方向，阿沁必将给他从未有过的指引。

湛蓝的护士帽下那明澈的双眸，小鹿一样的轻盈……

重伤下意识的清醒，那翕动的嘴唇，有故事的目光，注定这是一个让人心动的时刻。

我曾觉得这是无法让人相信的人世情缘，但它却真实地在生活中发生了。

第一眼对视后，就会有第二眼。

那……以前他们曾经见过吗？

如果没有，为什么会有如此似曾相识的感觉？

如果有，那是在什么时候？

很多人说，春天是发情的季节。这话听起来膈应，但我更相信是在整个冬季的寒冷过后，彼此有了温暖的需要。

阿沁和阿暖在纳芭小镇的冬天午后遇见过，就在当初少人问津的石桥上的地摊前，阿沁轻盈地走在石桥上，欣赏桥上、桥下的风景。她如神仙姐姐般地出现在世人面前，引来路人流连忘返。她秀发飘啊飘，裙摆摇啊摇……随后，她停步，侧目，袅袅婷婷地立在阿暖面前。

"他怎么会摆地摊呢？像他这样的年龄？"在阿沁的印象里，纳芭小镇的确有不少像阿暖这样没有外出求生存，就在本地不务正业的青年，"他会是一个例外？"

是的，不仅是一个例外，在这例外里还有诸多波折。阿暖也不务正业，跟着那帮"二五仔"鬼混呢！抽烟、打架、喝酒……干了不少让人憎恨的事呢！

如今，阿暖躺在医院的病房里。

如今，阿暖、阿沁目光再次交汇。

后来，阿沁向我描述那样的奇妙感觉，她万分确切地对我说："绝对不是你们以为的那种一见钟情，只是内心善良、柔弱的那一块忽然被什么揪了一下而已。"

"阿暖，你何德何能，我该说你是幸运，还是厉害呢？"我陷入沉思，"阿暖、阿沁之间算是爱情吗？如果不是，为什么他们不离不弃，就算最后分开了，在他们心里依然有着彼此。"

阿暖也对我说过，他对阿沁也有那样的感觉。那一刻，他被融化了，脑海里开始努力地去寻找佛说的那一种擦肩或那一种回眸。可是，找不到，或不清晰，但，这都不重要，重要的是那种莫名的、淡淡的回归感已扎根在心底。

对很多人来说，这是多么奇妙的感觉啊！可应该感到悲伤还是喜悦呢？如果结局不是我们以为的那样吧？

我用了较长的篇幅去描述阿暖与阿沁之间缘来缘去的感觉，都是真的，不是我在瞎编乱造，故弄玄虚。

其实，这样隔着一层的相识感觉有很多人也遇到过。走在大街上，你看到最美的风景，风景也看你，然后在那短暂时刻，心里有了莫名的相识感，继而怦然心动一回。又或者，走在乡间小路上，和浣衣女擦肩而过，那一转身的回眸，让人心生荡漾。然而，因为我们不敢去惜缘，那情缘就随风而逝了。

对阿暖和阿沁而言，和上面不同的是他们惜缘了。因为有了第二次的相见，虽然场面让人侧目，当时鲜血染红了阿暖的整个衣服，破坏了惜缘下的美感。

所以，当我决定写下这段奇异的情缘故事时，甚至渴望阿暖一直就是一个摆地摊的，从来不会成为纳芭小镇的"二五仔"，那场"六月流血"事件也从来没有发生过，那该有多好啊！如果一切能重来，是否能掐断他们之间的情缘？如果一切重来过，是否能改写这情缘后的未卜吉凶？

唉！这太让人揪心了！

以至于我觉得要写下这个故事简直就是一种无可修饰的残忍。

6

阿沁比阿暖要大三岁。

如果他们出生在一个家庭，他们就是姐弟。

如果是没有如果的，他们偏偏是恋人，姐弟恋的那种。

在阿沁的精心呵护下，阿暖能下病床走动了。又过了一段时间，阿暖可以出院了。医院的角落里有他们相处的场景，有旁人羡煞的目光，还有大女人们的言语："这小子是修了多少世的福哟……多少世的福哟！"

一天黄昏，阿暖对阿沁说："你看，我身体恢复得差不多了，要不我们去石桥上吧。"

"去那里做什么？"阿沁翘着眉头说。

"石桥下有一条小河，去了你就知道了。"阿暖暖暖地说，"我知道你今晚不加班的。"他又补充了一句。

"还是个有心人。"阿沁在心里暗暗说道,"他居然连我加不加班都知道。"

我喜欢黄昏,但没有想到阿暖比我更喜欢。阿暖说,黄昏是阳光最美的时候,他在石桥下的小河边吹笛子,捉几条小鱼,烤了吃,就能忘记心中的烦恼和痛苦。

这是阿暖的另一番模样,属于更加真实的他。

阿沁喜欢吃鱼,喜欢一边听着音乐,一边吃着烤鱼。他们没有像都市里恋爱男女在高档场所里喝着咖啡,说着情话。他们只是静静地坐在一起,小小的未来就是能在一起,通过勤劳的双手改变贫困的现状。

夏日的晚风吹拂着他们,河里现抓的鱼,阿沁吃得很开心。

踩着细软的河沙,留下一串串深浅不一的脚印,那个黄昏,他们没有过多言语,却觉得幸福无比。

"恋爱的感觉就是如此吧!"翻开阿沁的笔记,第三页的第一行写着这样一句。

"阿沁,我好想你!"阿暖看着笔记本上那一行娟秀的字,回想起时光的味道,"你说最喜欢我吹笛子的模样,我现在……我现在不吹了,改折千纸鹤了,我觉得……我觉得千纸鹤更能代表我的思念……"

叙述可能是紊乱的,但思念是不能割断的。

你怎么也不会想到好好的一对恋人刚要过上好日子,其中一方竟然出了意外!

是的,这只是意外,结果却不可挽回。

阿沁的呼吸变得微弱了,意识也在慢慢模糊。

不用阿暖去叙述,我都能清晰地想象到阿沁躺在病床上的模样。

"为什么像你这样的护士也要生病啊？"阿暖握住她的手问了一个奇怪的问题。

"没有什么为什么，我只是一个普通人，是人都会生病，大病还是小病，有治没治，有的时候由不得自己……"阿沁平静地说道，那已经失去灵性的眼珠轻微地转动了一下。看着，看着，就让人心生怜悯。

"那……换医院，换一家更好的医院，好……吗？"阿暖不甘心地说道，他不相信命运，只相信奇迹。

"……"

我不敢写下这回应的内容，更不敢写下阿沁在面对病魔时的镇定和坚强。

那时候，确切地说是阿沁没有身患重症的时候，阿暖、阿沁已确定恋爱关系。她空暇的时候会像"姐姐"那样照顾"弟弟"。

阿暖是自力更生的，这么多年他都活过来了。但阿暖对吃的，除了烤鱼，真的不在行啊！而这不在行的背后折射出的是他不会整理，就像他曾误入歧途，不会整理自己的人生一样。

那段时间，医院里的工作着实繁忙，流感多发的季节里，病人比往常多了很多倍。阿沁常把一顿饭分成三份，吃完一份，带上两份到医院，中午吃，晚餐吃。若加班，可能就要饿肚子了……

她就是这样的忙碌，谁叫她是最好的护士呢？她更多的时间放在病人身上，但这丝毫不影响她对阿暖的爱，因为她爱他，他也爱她。

所以，爱是最好的理解药丸。

所以，爱让阿沁比普通人要累上好多倍。

吃剩菜、剩饭的时候是经常的。阿沁住在离纳芭小镇医院很近的居民楼，廉价的房屋注定了环境不大好，但比这更不好的是阿暖住的地方。纳芭小镇的房屋属于七零八落那种，他就住在山脚下的小破房里。屋顶的彩钢瓦上堆着一些零散的石块，霉斑也爬满了墙。整个屋子的摆设十分简单，一张小小的单人床，一张坑坑洼洼的小书桌，至于厨房，已经小得不能再小。

阿沁第一次到这里的时候是想给他做顿饭，那会儿他忙着处理货物，顾不上吃饭。

虚掩的木门就这么轻轻地推开了。

阿沁是踩着霞光进来的，她一手拎着一个塑料袋，里面有鱼，有香菜，有葱……还有从邻居阿婶那里要来的酸菜。

阿沁爱吃鱼，但她不会做鱼，这些与"酸菜鱼"搭配的配料还是自己凭借平时吃这道菜时的记忆而知道的。

她开始剖鱼，看起来动作还像那么一回事，毕竟是农家出生的姑娘，切菜、淘米……每一个动作都代表着相同的心情，它们与厨房里跳跃的音符相互映衬着，宛如一个二人小家庭里的日常时光。

"她做的酸菜鱼真的不好吃，我却将它吃了个精光。"阿暖对我一字一句地说道。

我看着他，没有说话，只是轻轻地点头。

就算酸菜鱼做得再差劲，也一定是人间美味。我想不出用什么语言去否定阿暖的说法，我相信，有情人做的饭菜就是最美味的饭菜。

他们之间常常桃李相报，阿暖也为阿沁煮饭做菜。

有段时间，阿沁特别忙，经常加夜班。两人见面的时间都是趁着月色，踏着星光在街道上并肩漫步。他一开始不敢牵她的手，但距离靠得很近。有时她停下，踱步、转个小圆圈，晚风吹拂着她，那时候的她真的很美。后来，他大胆地牵着她的手，两人轻步缓行……其实，到她住所并不远,但那段路途他们会走上好长一段时间。

到了住所,阿暖说:"你早点休息吧,不用定闹钟,我做好饭会叫醒你的,保管你不迟到。"

阿沁"嗯"了一声,她实在太累了,倒在床上就睡着了。他轻轻地为她盖上被子,又轻轻地带上房门,他睡在客厅里。

两间屋,一男一女。

两间屋,心心相印。

阿暖起得较早,他不会发出很大的声音,他要阿沁多睡一会儿。屋子不算太宽敞,但足够他窸窸窣窣地捣弄厨房里的一切。

都是有心人,哪怕是尽量压低了厨房里捣弄的声音,阿沁还是听到了。她躺在被窝里聆听这声响,不时地一笑:原来,这家伙做饭菜有一手;原来,会做一手好饭菜不是女人的专利;原来,这捣弄的声音是如此的悦耳。她终于忍不住起身,想静悄悄地看着他捣弄的身影。

那是怎样的一个身影啊!竟让自己入神了。她光着脚丫轻轻地走近,无声地站在他身后,她看呀看,入神地看呀看,年轻的、宽厚的、值得依靠的身影……

时光在一秒一秒地前行,让她可以看得仔细、通透……阿暖回过头,看了她一眼,又继续捣弄着饭菜,那扑鼻的香味弥散开来,溢满整个厨房。当锅盖被掀开,菜叶稀饭色香俱全;当蒸盖打开,馒头白胖胖,当……

很丰盛的早餐,浓浓的、愉悦的情感。

阿暖扭过头说:"早晨的地上太凉,你先去穿上鞋,一会儿就可以吃早餐啦!"

……

意识越来越不清晰了，阿沁还在努力地抗争着，她不想忘记那些最重要的话语。她其实也在重病初期想了许多，一些话还是要说出口的。她轻吸了一口气，缓缓地说道："阿暖，我比你大，在这世间的日子比你先拥有，我的意思是说……我会比你先老，你比我年轻，你应该有更大的抱负，我只是一个普通的女人，这辈子是走不出纳芭小镇的。"

"我不允许你这样说，你的抱负比我大，比我大，你常说南丁格尔……你常说我们会有美好的未来，你不能说话不算话啊！"

阿沁看了阿暖半晌："我在努力，不是在努力着吗……"

7

我曾问阿暖和阿沁，你们之间吵过架吗？

很多人认为恋人之间吵架并不是一件坏事，他们说如果不吵架了，就离分手不远了。可阿暖和阿沁之间从没有吵过架，还不是要面临分别？

这是何道理啊！世事真的无常啊！

再无常也要向前走，不到最后绝不放手，就算到最后也不想放手。

阿沁对阿暖说："去读书吧，学一技之长。"

"学什么呢？"

"就学……"阿暖喜欢设计，有一次，阿沁随手翻了翻阿暖摆放在书桌上的书，上面大多都是关于室内设计的。

"还是……不要学了，我……"阿暖低着头说。

阿沁冰雪聪明，她怎么会不知道这话背后的深意？但再窘迫也要读书，这些年她自己积攒了一些钱，她想让阿暖走得更远，走出纳芭小镇。

不是不想读书，不是不想走远。所以，无论阿暖寻找什么不读书的理由，都抵不过阿沁的一句话——如果你真的爱我，就好好地去读书。

阿暖去了一所职业技术院校。

他发誓要读出个名堂，他发誓要让阿沁过上好日子。

信念是最好的动力。在一穷二白的年纪里，阿暖遇上了最好的穷姑娘，最好的穷姑娘爱上了曾经最不争气的穷小子，而曾经最不争气的穷小子现在变得比谁都争气，也最刻苦。

虽然再次进了学校读书，阿暖坚持要勤工俭学。

他利用业余时间去摆地摊。还在石桥上，还是那身打扮，唯一不同的是现在的运气比以往都好。

老天或许是在可怜这对苦命的恋人。

阿暖还想做得更多，他开始尝试给有钱人家的孩子补课。

一段时间下来，阿暖手里宽裕了不少。

看来，好日子到来了。

看来，虽然很辛苦，但一切都值得。

空闲的时候，阿暖会去医院等阿沁下班，很长时间才能见到她一次，有很多话要对她说。阿沁依旧是忙碌的，等到她下班时，他就陪她走过那条街，一起散步，一起回到住所。

有时，阿沁心情不好，阿暖就什么话都不说，他拽拽她的衣袖，在路边的石凳上坐坐。他知道她内心深处有哀悯，每次有病人没有被抢救过来，她的眉头都是微锁的，眼圈是红红的。她说她看透了生死，却逃不过心中悲情的缠绕。

越是逃不过，越是要来。生死由命，婆娑境里，谁人不是一路泥泞?

所以,我要躲,要逃离,哪怕明知逃不过。

我在表哥所在的工地打拼,阿沁在纳芭小镇的医院里继续她的"南丁格尔"事业,阿暖在职业院校、在石桥上坚强而活。

我们三人的命运就像三根不同的丝线,却系在纳芭小镇之中。我作为故事记叙者,记录下这人世间的苦乐。

那条他们走过的街道,从春天到冬天,熟悉的风景,熟悉的行人,如今到了半夜会更加冷清,以前是阿暖陪着阿沁慢走,现在是阿暖一个人独行。

我不想让故事就这样结尾,我想再写一些他们的日常生活。

忙碌、辛苦的生活让阿暖瘦得很快,他必须保证学业有成,他也的确做到了。第一学期下来,他的成绩名列前茅。他高兴地拿着成绩单在阿沁眼前一晃,说:"你看,就连副科都是第一。"

阿沁美美地抓过来,美美地看着,她抿着嘴唇,轻轻地点头……

阿暖将手插在裤兜里,笑眯眯的,说:"我们去河边吧,我去捉鱼,做最好吃的烤鱼给你吃。"

"好啊!"她抓住他的手,像蝴蝶一样飞舞。

"阿沁,你好美!"

……

"阿沁,你得多吃点。阿沁,你就吃点吧……"阿暖蹲在病床前,苦口婆心地说着。

阿沁艰难地睁开双眼,干涸的嘴唇微弱地翕动着。

最美味的烤鱼,以前她可以吃得美滋滋地;最美味的烤鱼,现在她即使想吃,也很难进食了。

"我想听你吹笛子,就那曲……"阿沁说的是央金兰泽的《遇上你是我的缘》。

……
蓝天下的相思是这弯弯的路
我的梦都装在行囊中
一切等待不再是等待
我的一生就选择了你
……
亲爱的,亲爱的,亲爱的
我爱你
就像山里的雪莲花
就像山里的雪莲花

笛声悠扬,吹笛人吹着吹着就潸然泪下,而听笛声的人病容里却有微笑。
……

8

末夏的一天,纳芭小镇的医院里。

这一天是6月24日,阿沁的生日。

阿暖打来电话,那会儿他已经毕业了,在外地实习。他为她唱生日歌,她闭眼聆听电话里传来的祝福。

再下一年的夏天,阿暖向阿沁求婚,一切顺理成章,这对苦命的恋人即将走进婚姻的殿堂。他们快乐地计划着婚后的生活。他们想着多年的勤劳终于苦尽甘来,夏日的小屋里,两人幸福地抱在一起。

而命运这东西,有时候比黑白无常更无常。噩耗降临是在夏季,距离阿暖和阿沁的婚礼还剩三十多天。

阿沁最初的征兆并不明显,就是晕眩。同事们都以为这是给累的,但医院的检查结果出来,却让大家眉头紧锁。负责检查的医生面色有些凝重,建议立刻通知家人,做好相应准备。

其实,能准备什么呢?阿沁就是护士,能准备的就是让家人签字,然后,做最大努力的治疗。

在乡下家里,阿沁还有一个母亲。阿暖之前见过她一次,那是和阿沁一起回乡下探望的时候。

母亲得到噩耗,差点晕厥过去。阿暖安慰说,没事的,一切都会好起来的。事实上,他自己心里也没有底。

倒是阿沁表现得很乐观,见到母亲和阿暖时还一脸微笑,说:"就是小病,看把你们一个个紧张的。我也是学医的,我比你们清楚,放心吧……"

她要翻身下床走走,以证明自己没有大问题。

整个病房里,大家面面相觑,阿沁努力表现得轻松如常,她抓住阿暖的手,说:"在病床上待久了有些乏,你陪我出去走走吧!"

阿暖没有缓过神,被叫了好几声也没有反应过来。

两人走出病房,从走廊穿过去就到了后花园,那是一条环形的蜿蜒的道路。走到一株月季花的旁边,阿沁停下脚步,她端详着他,又小声地笑话他:"我没事的,只是太累了,休养几天就会没事的。你看看你,都这么大个人了,怎么还像小孩子那样哭鼻子?放心吧,一切都会好起来的。"

阿暖强忍着积攒在眼眶里的泪水,忽然抱住了她,抱得很紧,越抱越紧……

"别哭,别哭……我希望下次再看到你的时候,是在石桥上,我……在那里等你……"

微风吹来,树叶、花瓣摇摆,阿沁站在那里,风将她的发丝吹得有些凌乱:"给我照张相吧!"

阿暖拿出手机,镜头里的阿沁在微笑,可阿暖觉得看她越来越模糊。

她还在笑着,睫毛弯弯,眼睛眨眨。"阿暖,阿暖……对不起了,这辈子恐怕做不成你的新娘了。"她心里默念着,就如同一首不会再见的离别诗,却没有了泪两行。

她知道自己必须坚强,绝对不能在阿暖面前哭。

……

他们认识的时间不算很长,却是如此的相爱。

阿沁躺在病床上,身形消瘦。

"无论如何也要把你的病治好,我不想和你分开,你也别想和我分开。"阿暖一直重复着这样一句话。

阿沁听了,只是略略点头。

"还能治得好吗?"阿暖私下里问主治医生。

"不知道,我们会尽力的。"可是,随着时间的推移,阿沁的身体状况越来越不乐观,整天高烧难退,汗水直流。

阿沁发现自己的意识越来越模糊了,她甚至觉得眼前都是昏暗的。

她摸索着,抓住阿暖的手,吃力地说着:"我不想睡,一定要叫醒我,我想多看看你,多看看你……"她的声音愈加微弱。

但,阿沁还是睡着了。

也不知道过了多久,再一次醒来的时候,她摩挲着他的脸,湿湿的,她想开口,却说不出话来。也许是精力消耗得差不多了,浑身无力,欲说不能。阿暖抓紧她的双手,贴近她:"不要说话,好好静养,好好静养……"

其实,其实……阿沁开口想说的是:你怎么又哭了?

我见过不少生死离别,哭是人类在那时最无力的表达。

所以,我很害怕见到这样的场面。

可以不哭吗?做不到,很多人都做不到,你我都做不到。

阿暖说:"多希望自己哭过后,上天就垂怜,阿沁就好了。"

我说:"我也希望,我也希望……"

说着,说着,我也哭了。

9

一直不想写明她到底得的是什么病,我是不敢去面对那三个字。

"放弃治疗吧!"主治医生说,"这种情况,我也不想再说一些委婉的话了……"

阿暖说绝不放弃,哪怕结果是无望的。为此,他想尽了一切办法,也换了更好的医院,找到了更好的医生。但他们的说法都是一样的。

诊断结果是没有错的,而婚期越来越近了。多希望阿沁的病情能好转啊!可恨的……它就是恶化了:不能下床,不能进食。

他们还没有走过人世间太多的路，如今就要说分离。

分离之前，他背着她，一步一步地走在石桥上面，霞光映射在他们的身上，从远处望去，他们的身影越来越小，直到消失在我的视线里。

分离之前，他背着她走在蜿蜒的青石板上，穿过狭小的雨巷，走过那条熟悉的小街。

阿暖说："这辈子还有轮回吗？如果有，要如何才能轮回到你的身边？"

阿沁闭上双眼，那双臂尽力地抱得更紧，直到没有了力气。

……

10

我所说的分离，其实就是死亡。

我曾想过，如果不写这个故事我会怎样？试过了，不写就割舍不下，不写就怕凡人的这点情缘化作云烟。

我很清醒地知道，文字这种符号可以存活得很久很久，有一天你们有幸读到，不需要矫情，不需要怜悯。因为阿暖、阿沁最终都是坚强的人，虽然过程很痛苦，但他们都以坚强的姿态面对世人。

阿暖说他已慢慢习惯没有了阿沁的日子，想她的时候，会折着千纸鹤，会唱着《千纸鹤》："窗外的世界霓虹在交会，缤纷整条街，我安静了解没你的感觉……"

我轻叹，没有你的感觉，会是什么样的感觉？

没有经历过的人不会知道，经历了的人永远不想去知道。因为，这样的感觉一旦触碰，就会瞬间崩塌，泪如雨下。

阿暖、阿沁，我知道你们在命运的绝境中生死相依，不离不弃。这让我想到了那些经不起命运变故而劳燕分飞的夫妻，你们和他们相比，一个在天上，一个在地下。

若有轮回，希望你们在来世能平平安安，圆圆满满。

师姐没有走

有些莫名的情感会纠缠我们一生。那个再也没有露面的跑路男人,那个再也没有回过卢昉镇的我。

1

师姐说:"这世上的命中注定就是你无意中做了一个选择,然后一辈子也不改了。"

我看着师姐的身影消失在街道的尽头,不禁潸然泪下。

佛说,万法皆空,循环不空,这循环就是因果。有因有果,生生不息。想到这里,我忽然明白师姐的选择了。

这个故事埋藏在我心里许多年了,如果不是要创作这部书,我不会再对任何人提起。

现在,我讲一个关于因果的故事,或许,又与因果无关。

毕竟,我在卢昉镇待的时间不长。

……

我叫她师姐，又叫她小莲。

师姐辈分大，小莲还年轻。

那年我二十一岁，就像"武陵人"一样误入卢昉镇。

这个镇子没有春夏秋冬，只有多雨和干旱。它们泾渭分明，就像坚守与逃离。

雨季来临时，寒气静悄悄地升腾，穿着衬衣加外套，领口、袖口风一钻就凉，几个喷嚏不经意地袭来，让人猝不及防。

我像一只迷路的羔羊，走在小镇行人寥寥的街上，那湿漉漉的碎石路泛着白光。四下张望，街道两边的店面大都已关闭。继续向前走，看见湿漉漉的小狗颠颠地跑过，我一阵欣喜，狗前行的方向就有灯火人家。

木头的柱子，石块砌成的墙，这就是卢昉镇。我抬头望见一块被风雨侵蚀的牌匾，上面写了这几个字。

"这是有多少年头了？"我细声叨念。

……

雨季里，老木头有种清冷的霉香，就像老屋深处的味道。石砌的墙，若是抚摸，会有冰凉、孤寂的感觉。我回想起在卢昉镇的日子，师姐的身上也有这样的味道。

我当时像惊慌失措的孩子，在看到师姐"吱呀"开门后，突然就有了久违的依靠。这样的感觉很多人不懂，除非有我这样的流浪经历。

与其说是流浪，不如说是逃离。年轻时不谙世事，总想逃离现实。

所以，我不是名副其实的"武陵人"，我只是他的躯壳，只配拥有他的名字。

2

这是卢昉镇的百年绞脸老店。

按照师姐的说法,女子这一生只开脸一次,表示已婚。开了脸,脸上也光滑、白净多了。

按照小莲的说法,她这一辈子都不会离开卢昉镇了,她会随着这即将消失的传统技艺一直到终老。

我静静地望着她,多希望她能跟我一起走啊!哪怕浪迹天涯。

她远去的身影,细雨蒙蒙中,像一朵行将绽放的莲花。

"人一辈子,能开放几次哟!"我低着头,说出惆怅的话。

如果不是闯入这卢昉镇,我从来不知道这世上还有绞脸这门技艺。师姐说,开脸的时候要用一根细麻线,中间用一只手拉着,两端分别系在另一只手的拇指和食指上。当你面对一张张容颜各异的脸时,你会不自觉地用心拨弄手中的线。她们前来,然后,笑着离开,这样的感觉真好。

……

齐家老店临街角的位置,在店子前方就是卢昉镇的牌匾。

老师傅坐在藤椅上,门口摆放着两个木墩,在门口的右面有一面木架子镶嵌的玻璃镜子。青石板的路面冰凉,雨季的天气里少有清爽的模样,时常都是水汪汪的。隔两三个时辰,就会看到有盐商缓缓经过。这时候,大胡子的马锅头,披肩的麻衣,他们揣着酒壶,马鞍上摇摇晃晃的铃铛儿,清脆得整个卢昉镇都听得见。

这是位于川滇的小镇,我在齐家老店门口站立,看到稀落的人影从街头淡到街尾,再没入田野那头的远方。

身影消失了,女人们说笑的声音又响起。

银铃般的、嬉笑般的声音在烟雨中缭绕……

她们美美地来到齐家老店门口。

师姐——我更愿意叫她小莲,她热情地招呼着她们,齐老爷子眯起眼,嘴角有一丝笑意,似睡非睡的表情让我捉摸不定。

小莲灵巧,绞脸的活儿游刃有余。

我看见她一会儿弓着腰,一会儿转到顾客侧面,一会儿挺直细腰,碎花裙子在移动中如莲花在舞蹈……只一盏茶的工夫,绞脸就完成了。

我入神了!

我入迷了!

入神眼前的光景,入迷那神秘又会消失的记忆。

没有用线,我学着小莲的样子左晃、右晃,却不得要领,只表于形。小莲"扑哧"地笑着。我侧着脸,不言语,盯着她……她摇摇头,不理我,继续在下一个顾客脸上拨弄着。

不算久,齐老爷子醒了。见我这般模样,示意我坐在木墩上。

我坐下,听到有个顾客说:"小莲,这小伙子是谁呀?怎么没有见过呀?"

"我家的远房亲戚!"小莲随口说道。

我一惊,她怎么会这样说呢?但不这样说,又该怎样说?说我是夜晚误入齐家?

"长得俊俏,俊俏的……"女顾客笑嘻嘻地说道。

笑了笑,我没有作声。女顾客也不再说什么了,闭着眼,享受着绞脸的感觉。其实,我很想知道这样的感觉是什么,又不知道如何去问。对于见过城里女人美容的我,这实在是过于神奇。

时光在不知不觉中过去,小莲手中的活也忙完了。

齐老爷子眯着眼睛问我："年轻人，这里可住得惯？"

我说："住得惯，住得惯，谢谢你们的收留。"

他又问："稀罕绞脸这玩意儿不？"

我说："稀罕，稀罕，特别稀罕。"

他看着我："打算住多久呢？"

我说："不知道，也许三五天，也许更长。我也想跟小莲学绞脸，她做我师姐，可以不？"

他摆摆手，停了一下才说："……师姐不师姐的不重要，重要的是不能让这门手艺断了才好。卢昉镇已有几百年历史了，这门手艺到现在已经没有多少人愿意学了，唉！"

……

3

我是莫名其妙地决定学习绞脸的。

那时的我还年轻，对世间的苦痛没有承受之力。我想到的只有逃离，从一个地方到另一个地方。我是"武陵人"，又不是。我在这里找不到陶渊明所描绘的桃花源，我只是误打误撞进入了卢昉镇。但现在，只过了半天，我的想法发生了变化。

这里是我的桃花源，与之前逃离时的狼狈相比，我平和了许多。

我的家庭苦难，我的学业未完，我的家道中落，有几多奈何？半背包的行囊，花格子衬衫，淡蓝色牛仔裤，沾了灰尘的旅游鞋，我的碎平头下是一张憔悴的脸。

心安放的地方就是家。到现在，我依旧能清晰记得师姐见我时的模样。她乌黑的秀发,扎的两根马尾辫,一根搭在胸前,一根搭在脑后。那细长的柳眉,还有眼里的妩媚,让我的心不再慌乱。

我可怜兮兮地说:"我可以在这里借宿吗?我……我没有家了。"

她点点头。

我跟着她踏进了屋子,小心翼翼地又说:"你……就没有什么要问我的吗?"

灯光映射中的她微微一笑:"没有,哪一天要说的时候,你自会说的。卢昉镇的人都很好客,尽管……它都快被世人遗忘了。"

我"嗯"了一声。

肚子很饿,她做了碗面给我吃。她冲我笑,我也冲她笑笑。

我再三道谢,感激莫名。

我吃着面条,目光移到墙上,上面挂着一些画,其中一幅画上是一个挽着发髻的女人,她手中拨弄着几根细线。

我好奇地问:"这画中的女人是谁呢?"

"我妈妈!"她轻声说道,"不过,三年前就去世了。"说完,她美目微闭,昏暗的灯光下,略显哀伤。

"对不起!我……我不知道……我不该问的。"

"没关系,不知者不罪。"她说完笑了笑,很淡然的那种。

"你妈妈手中拨弄的线是做什么的呢?"

"绞脸用的。"

"绞脸,那是什么?"

"就是用细线美容。"她简单地回答。

"好有意思的。"我喝了一口面汤说道。

她抿了一下嘴唇,没有说话。

这时，一个老人从里屋走了出来，给我的第一印象就是精神矍铄，气质不逊青年。她喊他"爹爹"。哦，是父女关系。我忙起身问好，说明叨扰之意。他乐呵呵地说："无妨，出门在外不易，你就在这里住下吧。"

我再次道谢，也知道了他姓齐。

齐老爷子说："年轻人，看你眉清目秀，就是心中俗事太多，卢昉镇是个好地方，适合养心。"

我点头。

一来二去就熟了，心中的孤独感开始减少。

齐老爷子说，他年轻的时候爱画画，尤其是人物像。墙上的画中女人就是他画的，那是他最爱的妻子。他们相濡以沫，恩爱有加，后因妻子患重病不治，从此阴阳两隔。

齐老爷子又说，如果住在这里无聊，可以学点手艺。

他心善，看我落魄，变相地接济我。我年少，无知，除了好奇，对学绞脸这门手艺没有多大兴趣。但我……后来……是如何莫名其妙就决定学习绞脸的呢？

我不知道，或许只是一种内心深处诞生的怜悯罢了！

不管怎样，我开始学习绞脸这门手艺了。听齐老爷子说，卢昉镇已有几百年历史了，这门手艺到现在早就没什么人愿意学了。

……

我打算将身上唯一值钱的玉佩拿去典卖，齐老爷子和小莲不让。

齐老爷子说："不用了，不用了，拜师在心中，不在于形式。再说，你这么年轻，理应志在四方，是要做大事的人。你在这里终不能一辈子的。能学就好，能学就好！"

小莲说："爹爹说得对，你只是偶然踏进卢昉镇，踏进我们家门，有这缘就够了。"

我只能点点头。若真的拜了师,是要安安心心、扎扎实实地学徒三年,却未必就能出师。这是门古老的手艺,养家糊口勉强,想要买房买车却难,是不适合年轻人学的。

可小莲为什么要学呢?

我好想知道。

……

我以为我会在卢昉镇驻足三五天就走,却没想到待下来的时间要长一些。

自从住下,就不用再担惊受怕了,也不用饱一顿饿一顿了,有菌子吃,有凉皮吃,还有蕨菜、盐煎肉……

这些美食,都是师姐做的,我吃了一碗又一碗,怎么也吃不够。

师姐"咯咯"地笑我是个吃货。

我打趣地说,是师姐做的饭菜太好吃了,最重要的是师姐长得好美,好美……

她一脸娇羞地拦住我后面要说的话,片刻后,又说:"看不出来,你这么不正经。"

我痴痴地望着她,半晌道:"好吧,我错了,师姐,对不起,我不该说这样的话,我诚挚地向你道歉。"说完,我欲起身向她鞠一躬。

她忽然"扑哧"地笑出了声,昏暗的灯光下,妩媚万千。

饭桌是一长台,长台就是饭桌。齐老爷子中午犯困,没有和我们一起吃饭。我和师姐一人一边斜倚在长台上夹菜。乌木做的筷子,素食多,荤菜少,一碗青菜汤,这样的搭配符合卢昉镇这样的地方。

我吃得快,没有吃相。

师姐不一样，她眼观鼻，鼻观心，文文静静、恬淡如水地捧着碗，细嚼慢咽。

我对她说："师姐，我要走的那天，一定要为你画一幅画。"

她嘤咛一声。

师姐个子中等，一身素衣轻裹，袖口不大，与她纤纤的手完美搭配，清澈的双眸，我特喜欢看她为顾客绞脸时的神情。可能是因这样的朦胧情愫，我莫名地喜欢上它。而原本复杂的绞脸手艺，我却很快就学了个七七八八，惹得她连连夸我聪明。

美滋滋的！

美滋滋的！

一切的时光都是最美的。一周的时间就这么过去了。

4

有一天，我从齐老爷子口中得知一个惊天的消息：小莲不是他的亲生女儿。

啊！师姐不是齐老爷子的亲生女儿，那她来自何处？

午饭后，我说我来收拾碗碟。师姐轻轻地推开我的手，说："你歇着，我来就好。"

在后院的自压水井旁，她弓着腰，一上一下地压着水井，不一会儿，井水就从水管里流了出来，她用木盆接着，然后蹲下身洗碗，动作轻且缓，仿佛一点声音也听不到。

我也蹲在一旁，问起了她的身世。

她有些吃惊，随后又恢复平静。

师姐不是卢昉镇人，她是外乡人。年龄比我大七岁，进入齐家有十三个年头了。那一年，齐老爷子收留了她。

那就是说，和我一样了？可师姐说，我和你不一样，我是贫苦人家，父母离异，我成为没有人要的孩子，是齐家好心收留了我。说到这里，她的睫毛眨了一下。

我又问她，是不是卢昉镇的人都喜欢收留外乡人？如果遇到通缉犯怎么办？

她抬头看了我一眼，嘟囔着：阿弥陀佛，阿弥陀佛……

我一下子闭上了嘴，再也不敢说什么了。

……

虽然师姐看起来文静、甜美，但有时候也有些奇怪。

卢昉镇多雨，但气温不是很低。一天，很早她就起床了，她穿得比往常要厚，没有素衣相裹了。她穿着毛织衣，看起来厚厚的那种。她肩挎着背篓，样子看起来有些憔悴。

她要去山上采摘野菜。

短短的路程能走出一脸的倦容来，好像挎的不是背篓，而是一尊鼎。不知道为什么，我看师姐总走神，她的手艺比我高，坐在门前的木墩上我会翩翩遐想，想她是一个什么样的女人，想她会不会也有心事。我私底下问齐老爷子，为什么师姐有时候走路的步伐沉重？是不是有心事？齐老爷子说，有……还是不要去打扰她了，有些事情不能轻易地触碰。

我好生奇怪。

我止不住要去关怀。

师姐正走在山坡上，我一路小跑地去追。

卢昉镇雨季的午后，她肩挎着背篓，手里拿着小锄头，天空飘着毛毛细雨,根本用不着打伞。我喊着:"师姐!师姐!"

她回头,惊鸿。

我微喘着气,说要和她一起挖野菜。其实,这不是本意,本意是想问她一些事。比如,为什么不离开卢昉镇?比如,有没有心上人?比如……

这些问题,终是没有机会开口。她一路只顾着向我介绍各种野菜。

下山坡的时候,我说:"师姐,我来替你背吧!"

她"嗯"了一声,我又开口:"师姐,我想……"

她阻止了我:"……师弟,你想问的我都知道。有一天,不用你问,我都会告诉你的。"

我抿了一下嘴唇,微雨中,和她深一脚浅一脚地走着。

我朝她微笑,她也微笑,仿佛所有的烦恼都消失。我们都是异乡人吗?我很想问,却不敢问。

5

像我这样的小城青年,心境多浮躁。

小镇总是寂寥的。

我听不了齐老爷子哼的小调,还有那台老收音机"刺刺啦啦"的声音。憋不住话的我,时不时就有一搭没一搭地找师姐说话。

发呆这事如果表现得好,就是深沉、深邃、惹人怜。师姐是一个绝佳的听众,不管我说什么,她都认真地聆听。最起码看起来是这个样子。我凑近了仔细一看,哦,确实很认真呢,可惜,眼神都是散的,她这时在认认真真地出神、发呆。如果师姐一贯如此,我也习以为常,甚至忽略掉，她走她的神，我说我的话，一切安好。

偏偏我心里有了情结，偏偏在这一刻有顾客前来。

我仔细地端详着师姐的一举一动，那细线在她的手中翻飞，顾客的脸越来越细腻，越来越漂亮，而师姐的神情也越发舒展、怡悦……我知道那一刻她有多么的专注，更知道她对绞脸这门古老手艺的热爱。

一盏茶的工夫，抑或更长，时光在专注和美好中前行，我可以说短暂，也可以说漫长。齐老爷子依旧躺在那里小憩，他似乎早已不问世事了，师姐的心事谁来关心呢？

在离开卢昉镇的前一晚，和师姐坐在后院的秋千上。

我问她："为什么不选择离开呢？绞脸这门手艺你已经得到真传了，不影响你走向外面的，师姐啊！"

她幽幽地说："不走了，就在卢昉镇待一辈子，这里有我太多的记忆。有的记忆一旦到了外面，就变了，散了，消失了……"

我一脸惊愕。

埋藏在烟尘里的故事在秋千的缓缓荡行中铺陈而开。回想那时，自己真的有些残忍。我为什么要去揭开师姐的隐痛呢？

其实，师姐不是不言之人，她曾经也像我这样说个不停。在她芳华的年纪里，遭遇了一场刻骨铭心的爱，她又是苦等之人，就像大迦叶遇到佛陀前那一句"我若寻到，必来接你"，让她有了无尽的等待。

他是一个能让人一见钟情的男人，混在盐帮里。小镇的雨季又容易让人产生一些情愫，比如爱，孤独寂寞下激烈的爱。

写下这些文字后，我必须残忍地指出——师姐是受了爱的蛊。

我想着她的模样，她在我的画面里幽幽地回忆着，回忆与他的点点滴滴。

她依偎在他的怀里，似江南的流水，轻柔。他抚摸着她的秀发，良久，低下头亲吻她的额头。她闭上眼睛，等待他的下一步动作……

那一晚，他们有了无尽的缠绵。云雨后，没有入睡，也没有说话，就是对着看，他不停地抚摸她的脸颊，她睁大眼睛望着他，仿佛要望一辈子似的。而他，也在她的眼里看到了纤柔的花影。

"下一年的雨季我就来接你。"

"嗯！"她点点头。

他是跑路的，因犯了罪，混在盐帮里，盐帮待不下去了就来到卢昉镇。这样的他怎么可能在下一年的雨季回来？

可是，师姐信了，信得海誓山盟，义无反顾。

从此，她开始了漫长的等待。每一年，她都会为自己绞脸，她坐在镜子前，慢慢地、认真地绞着脸。

"你这样做，是觉得自己已嫁出去了吗？"我望着她，小心翼翼地问。

她点点头，还说自己都去定做银镯子了，也让银匠在上面刻好了他们的名字。

……

我以为这只是在影视里才会出现的情节，现实中根本不会有。

但这一次，我又遇到了。

6

怎么也没有想到，我和齐家的一场缘分会结束得那么早。

可能是卢昉镇多雨季，多寂寞，也可能是我不配成为"武陵人"。

窗外的细雨淅沥，昏黄的灯光下，三个人埋着头默默地吃饭。没有说话,也不需要说什么话。要说的,我会留到与师姐挥手告别的时候说。

我曾以为师姐不离开卢昉镇是因为坚守绞脸这门古老的手艺,知道真相后,惊愕之余,又有一种说不出的情绪在心底荡漾。

宿居在小镇的美人啊!你的容颜还能抵挡多久的岁月侵蚀?

而我,就要离开。

"这世上的命中注定就是你无意中做了一个选择,然后,一辈子也不改了。"我还能记得师姐说的这句话,就像她记得他说的"下一年的雨季,我就来接你"一样。

"师姐,你……真的不离开卢昉镇了吗?"我还心有不甘。

她摇摇头。

我又说:"师姐,我……我……可以抱你一下吗?"

她点点头。

我抱住了她,头靠在她的右肩膀上,眼睛有些发酸。

她也紧紧地抱住了我,我能听见她略微急促的呼吸声。

我们分别在小街的路口。天空飘着雨,凉风吹拂着我们。"师姐,我可以叫你一声'小莲'吗?"

她轻轻推开我,莞尔一笑,没有作答。

我轻声叫着。

她再次莞尔。

7

有些莫名的情感会纠缠我们一生。那个再也没有露面的跑路男人,那个再也没有回过卢昉镇的我。

我和他有什么区别呢？一个是无情，一个是有情吧！或者，我们都是无情的人。

毕竟，我们都选择了离开。

如果，我的情有用。如果，师姐她能接纳我，那会是怎样的结局？抱歉，师姐，我开始胡思乱想了。回到现实，我知道你是一个懂得去坚守的女人，或者说你本不是坚守，只是迷失心智。所以……所以才会痴痴地、呆呆地等待——除了绞脸的时候。

……

南方城市，我坐在电脑桌前，听着陈明真的一首歌：

到哪里找那么好的人，配得上我明明白白的青春……
到哪里找那么好的人，陪得起我千山万水的旅程……

听着听着，不觉有泪流的冲动，听着听着，就快速为这个故事写下了最后几句话：

师姐没有走！

师姐没有走！

师姐……没有走！

后记：这个故事写得特别的纠结，纠结到连我自己也不知道要表达什么。也许，这世间莫名的又得不到的情感才让人最留恋。也许，伤过的人，伤过的情，有一天想起，已物是人非。

没有消息的侯鸟

那个曾经让他不惜远走他乡去追寻的爱情，会被多少人嗤笑？

1

大约在十年前，朝天门的码头来了一个中年男人。

他手拎一只布袋，脚步生风。

他是来这里做搬运工的，伙计们都叫他侯鸟。

他为什么叫侯鸟，没人知道。

有人说他可能就不姓侯，也有人说他是不是犯了什么事，不得已才来到码头当苦力。

侯鸟不怎么爱说话，好不容易说上几句，听着也是云里雾里的，久而久之，也就没有什么人愿意和他交谈了。他也不生气，但到了领工钱的时候，就有那么几个刺头和他开玩笑，说领了工钱怎么花啊，要不要去找个婆娘耍一下……

这些人说完后，总能引起大伙一阵哄笑。

在码头，有一个卖小吃的寡妇，大伙都叫她金凤。也不知道从哪天开始，这个金凤看上了侯鸟，有事没事总会跟他搭讪几句，再到后来，就不把他当作外人看待了。

金凤就住在码头附近，守了寡的女人日子不好过，就连家里的灯泡坏了都无法自己换。其实，也不是不敢换，自从侯鸟去她家里换了一回，这事就被他包了。

码头上的好多伙计都记得这样的场景——

金凤扯着嗓子喊："侯啊！我这灯泡又坏了，快来帮我换一下呗——"说完，身子一扭，就像水波一样荡漾。而这一荡，让在场的伙计浑身酥麻，有的扯开嗓子学着同样的腔调："金凤啊，小侯现在没得空，要不我来帮你换啊——"

话音未落，迎来的一定是金凤的一顿臭骂，或者一盆洗碗水，闪躲不及的就倒霉了。

金凤向侯鸟表达过爱意，但侯鸟要么不说话，要么扭头就走。这时，金凤就双手叉腰，骂骂咧咧地说道："我看你就是假正经，闷到骚，总有一天老娘会把你弄到手，哼！"

这守了寡的女人真是厉害，这样的话都可以明目张胆地说出来。

过了一年，侯鸟好像开了窍，他喜欢上了这经历了风霜的寡妇。

酒喝得半醺的时候，他就嘟囔着说："我什么都不爱，就爱上了点年纪的女人，那些小姑娘我怎么也爱不起来，就爱那深红的、行将凋败的花，你就是那样的花。"

若是一般的女人听了这话，定会两眼一瞪，怒从心来。

可金凤一点都不生气："一朵行将凋败的花也是花，老娘惹人爱得很呢！"

有一天，侯鸟跟金凤提起他的过去。

十三岁的时候，父母因感情不和离婚了。十三岁的年龄充斥着无知的叛逆，侯鸟虽跟着父亲，父亲却没能好好管教他。渐渐地，他就学坏了，抽烟、赌博、打架……

二十三岁那年，侯鸟认识了一个外乡女人。在这之前，侯鸟觉得自己的人生已经废了，自从认识这个女人，他就陷入一种无法自拔的心境中。

命运偏偏捉弄人，这段年龄差距甚大的感情竟让他背井离乡。其理由却是"毫无道理"的。我有时在想，明知是无望的等待，为什么还要去等待？它的诱惑力真的就这么大吗？

侯鸟狠狠地吸了一口烟说："我这辈子算是完了，可我愿意。"

金凤听后吃惊不小，忽然紧紧地抱住他，呼吸沉重、急促："那……你就把我当作她，好吗？我不要看到你这么无望地去等待！"

侯鸟没有说话，只是把金凤抱得更紧。

2

金凤说的那个她叫阿玫，侯鸟与她只有一面之缘。

就是这一面之缘，他就深深地爱上了她。

好生不可思议！

侯鸟出生的地方叫古坊镇。

这个镇子存在的时间已经有好几百年，每年农历五六月，这里都酷热难当,蚊蝇滋生,疾病流行,百姓畏之。

古坊镇有一习俗,男女老少时常结群到郊外山野去采草药,用以驱疾治病。到了后来,这种习俗又演化为踏青、斗青。在这两样中,尤为孩童、青年男女喜欢的就属斗青了,青就是草的意思,斗青就是以草为游戏。

唐朝诗人崔颢在《王家少妇》中曾这样写道:"十五嫁王昌,盈盈入画堂。自矜年最少,复倚婿为郎。舞爱前溪绿,歌怜子夜长。闲来斗百草,度日不成妆。"

诗里面的王家少妇竟然如此喜欢斗百草,以至于娇憨的姿态显露无遗。北宋词人柳永在《木兰花慢》中也写道:"盈盈,斗草踏青。"

想象一下,在百花争妍、阳光明媚的季节里,柔媚的妇女们争芳斗胜、斗草取乐是何等的惬意!

在古坊镇郊外的山野盛产车前草,到端午节的时候,镇上就变得特别热闹,引得周遭及远方的人们纷纷前来古坊镇,久而久之,就演变成每年都会举行的斗青大赛。

斗青大赛能成为古坊镇一道靓丽的风景线,除了热闹之外,更重要的是能无形中促成很多青年男女成双成对。

侯鸟就是在端午节的那天遇见了阿玫。

当时,他那内心深处不知叫什么的东西倏地触动了一下,随后眼睛一亮,他才彻底看清楚眼前的这个女人。

她穿一件白底草莓花的背带裙,浅浅地露着如雪似酥的胸脯,裙摆只遮住膝,腰间同色腰带将腰儿束得纤纤一握,更衬得胸脯丰挺。

侯鸟被眼前人的模样陶醉了,惹得对方笑骂了他一句:"看什么看,没见过美女啊!"

"……"

情动的侯鸟顿觉心"扑通"跳得厉害,支支吾吾了半天才说出几个字:"能……能告诉我……你……你叫……什么名字吗?"

对方头一偏,露出乖巧状:"你……就叫我阿玫吧!"

"那……我们……还能再见面吗?"

"有缘就见吧!"

"哦,我……我觉得我们一定会有缘的。"

阿玫没有再说话,踩着碎步渐渐消失在人群里,留下侯鸟有些失落地站在那里。

从此,侯鸟像变了个人似的,满脑子都是她的容颜。

他期盼着下一个端午节早点到来。

好不容易等到第二年的五月初五。

那天,他早早来到了沙滩上,呼吸着早春的气息,踏着细软的沙子,心里充满了期待。可等到人们都散去,阿玫也没有出现。

他决定再等一年。阿玫依旧还是没有出现。

侯鸟陷入无尽的相思当中,四下打听阿玫的下落。几经转折,终于从一老人那里得知阿玫是重庆人,她只身来到古坊镇是为了寻祖的,寻祖无果,就回重庆了。

这样的信息显然是不够的,或者是半真半假的。

侯鸟还想知道更多,他将老人知道的一切挖了个底掉。

老人说,阿玫的丈夫四年前死于一场大病,来到古坊镇或多或少也有散心之意。

侯鸟说:"那……阿玫对我有什么印象吗?"

老人是何等聪明,他说:"小伙子,你要问的应该是她对你是否有意吧！这个……你自己去想吧，情这东西世人都难悟透啊！好自为之吧！"

3

有太多谜团纠结我的心，特别是关于阿玫的信息太少了。

那会儿，我因帮朋友的新电影选外景来到重庆，在街边茶馆喝盖碗茶时，和老板闲聊几句，而后话匣子打开，算是无意中获得了这样一个故事。

我还记得老板娘当时脸色微红地说："老不正经的，你又在那里说自己的风流史了，你害臊不？"

"老婆子，别瞎说，去把我放在屋角的那罐'女儿红'拿来，一辈子难得遇到写书的人，我的故事值得一写，我得好好说上一说。"

老板娘有些不乐意，但还是一边谩骂，一边去拿"女儿红"了。看得出，这对夫妻是真爱。我不由得心生感慨：世间情有好多种，侯鸟的又是属于哪一种哟！

那时的侯鸟像是着了魔一样，整个人都消瘦了许多，嗜赌的父亲根本就没有时间和心思管他。无尽的相思，或者说这只是单相思，有什么价值呢？明知无望，还要去追寻、去等待？

侯鸟打破了常人对情的执着，他决定去寻找阿玫。

由于没有路费，他干了一件极不光彩的事情，趁着朦胧月色，趁着镇东边王大婶回娘家之际，把她家的商铺子撬了，将抽屉里的钱全部拿光。本来一切都进行得顺利，结果在离开的时候被路过的货郎发现了。

推搡中，侯鸟仓皇而逃。货郎因上了年纪，不敌，摔倒在地。

事情在古坊镇传开了。

大家都说侯鸟是因为盗窃而离开古坊镇的，可有谁知道，他是为了一个只见过一面的女人犯错了。

不管内情如何，侯鸟是回不去古坊镇了。他只能前往重庆。

从来没有出过远门的侯鸟，第一次感受到了什么叫孤独和寂寞。他四下打听阿玫，可重庆那么大，那个叫阿玫的女子又在何处呢？

他彷徨无助。

有一天，他路过一条街，碰到一个乞丐。

实在找不到可倾诉的对象，侯鸟只好将心中的苦水倒给乞丐。

乞丐乐呵呵地对他说："你不妨去码头寻找，说不定可以找到啊！"

侯鸟听了，就脚步生风地去了朝天门码头。

他并没有找到阿玫，好生失望，后又绝望。

你下定决心想要找的人，有时候就是找不到。你没有想过要和谁在一起，有时候就会不自觉地走在一起。这世间情，多奇妙！这世间情，多惆怅！

侯鸟望着江水，心潮澎湃。他决定留在这里，一边做搬运工，一边寻找。

很多时间都在无望中过去，而侯鸟在无望中对金凤的"交代"又让他陷入另外一种情绪。他开始在想，如果一辈子都找不到阿玫，他又该何去何从？是不是活不下去了？如果因为一段自苦的单相思就将人生毁掉……他不敢想下去了，却又停不住不去想。

故事听到这里，我已倍感唏嘘。

侯鸟这人生怎么如此折腾呢？

表面看起来是一种美的存在，实际上是侯鸟自己为自己划定了一条不归路。那个叫阿玫的女人，或许从来就不知道在这世上还有一个对她如此痴情的人，她算是"凶手"吗？如果侯鸟这辈子都回不去了……

无望的等待是多么可怕啊！尤其是明知无望还要去坚守！

当金凤听完侯鸟对过往的"交代"，沉默了。

她觉得这世上竟然有如此痴情之人，不可思议，又不值当。但她又莫名地坚信侯鸟是一个值得托付的男人，甚至，由此想到自己当初的那个男人。十几年前，他因欠下一屁股的赌债，最后被逼自尽。她年纪轻轻就成了寡妇。她想过重新嫁人，可婆婆以死相挟。她在痛哭一场后，选择了隐忍，隐忍到婆婆死去的那天。

那一刻，她很高兴，觉得云开雾散了。可是，"雾散"了，出现的却是一片惘然，就像一觉醒来身边全是陌生的面孔。朝天门的码头那么开阔，能否容纳一个弱女子的身躯？

金凤是年轻的寡妇，如花似玉的寡妇。这样的她，即便不想招蜂引蝶，蜂蝶们也会趋之若鹜。为了保护自己，她不得不将自己装扮成泼辣的女人，让那些"登徒子"有所顾忌。

好多年过去了，好多年她都"忍住"寂寞了，直到侯鸟来到朝天门码头，直到他走进她的心里。

好多煎熬都熬过去了，直到内心的洪水决堤。

"你见过有鱼尾纹的旗袍女人吗？"茶馆老板——当年的侯鸟对我神秘地说。

我痴痴地望着他，没有言语，心里却泛起了涟漪，脑海中不自觉地浮现出他描述的画面。在觉得自己如缺氧的鱼时，他的一句话惊醒了我。

"其实，金凤是很优雅的女人，她穿着石榴红的旗袍，头发是盘着的，没有一丝头发垂下来。"说到这儿，他稍做停留，眼露光芒，额头的皱纹如水般散开，我仿佛觉得他此刻变得年轻了，这或许就是美好回忆的力量，"她……只穿给我看，我为她沉醉、着迷。所以……"

"所以……你就选择留下来了。"我的意思是说，侯鸟从此不在无望地等待了，"阿玫呢？她就真的没有消息吗？"

"没有消息，也有消息。"他望天长叹，那声音比无情的岁月还长。

有一天，侯鸟在朝天门码头看到一艘渡轮。如果他不曾在意那艘渡轮上的某个身影，平静的日子会如风平浪静中行驶的轮船一样安稳，更会像古坊镇大多数的老人那样，人生中再也难有波澜了。

但意外来得太快，连躲闪的机会都不给他。

侯鸟在码头的日子已经有七年了，他的生活就像拉锯条的工人从A点到B点，极有规律。那天，不知为什么，本该五点起床的侯鸟，四点就醒了，百无聊赖之下，他拿了点吃的，准备去码头走一走。

太阳还没有升起来，天空泛着鱼肚白，冷风吹拂着侯鸟宽阔的脸庞，他下意识地收缩了一下身体。这时，江上渡轮的汽笛声响起，他看着渡轮在慢慢地向自己靠近。

侯鸟停下脚步，他站在岸边，忽然看见渡轮上有一个人背对着他。这身影仿佛在哪里见过，他略感熟悉，但又拿捏不定。这时，那个身影转身了，她扶着围栏，向着侯鸟的方向眺望。

"会是她吗？"侯鸟脑海中闪现出几个字。他说的是阿玫——那个他日夜思念的人。

由于天色昏暗不明，他无法确定，只是感觉那身影像阿玫。

他莫名地、强烈地喜欢这样的感觉，他甚至觉得老天是不是开眼了，正在可怜他、同情他……

那个熟悉的身影近了，随着渡轮的不断靠近。

这时，码头的人逐渐多了起来。人们大多是来接亲友的。侯鸟想尽早确定那个身影是不是阿玫，可靠近渡轮的位置都被那些心急的人群抢占了。

他心里有些发慌。

不过，他很快整理好了情绪，只要眼睛不眨，死盯着那个身影就可以了。但他万万没有想到，那个身影转身进了船舱，等她再出来的时候，渡轮已靠岸停泊了。

侯鸟有种从未有过的失落感。

他几乎可以肯定那个身影就是阿玫，尽管他与阿玫并无深交。但，那个身影走出船舱和拥挤的乘客混在一起的时候，侯鸟又不能确定了。

事实上，那个身影有了一些微妙的变化，她脖子上多了一条围巾，头上戴了一顶贝雷帽，手里拿着小提包。

在熙熙攘攘的人群中，要找到一个人实在太难了。

不管有多难，侯鸟都不会放过。

他知道自己只有这么一次机会。他拼命地呼喊着"阿玫"这个名字——这多可笑啊！他都不知道她的全名，却那么深地爱着她。

侯鸟使尽全力呼喊着，喧闹的人群里，根本不会有人听到。

那个身影近了，侯鸟朝她拼命地挥手，身影微低着头，没有理会他。

"你可以想尽一切办法挤过去啊！这样……这样不就可以……"我忍不住插话道。这故事太纠结我的心了，我比他还要急。

"我也想过，只是……只是……唉……"他喝了一口茶，脸上都是叹息。

"只是什么？"我挪了一下身子，追问。

"只是发生了意外。"

在就要确定那个身影是不是阿玫的时候，码头上发生了行窃事件。本来拥挤不堪的人群，顷刻变得混乱起来。

也就在这关键的时刻，那个身影不见了。

侯鸟拼命寻找，晨色朦胧，熙熙攘攘的人群中如何能再找到那个身影？他失魂落魄地瘫坐在岸上，路过的行人把他当作卡夫卡小说里的"怪物"。

直到心绪稍微平静些，侯鸟才起身。

"再也没有机会见到她了！"侯鸟喃喃自语，无尽怅然。

"是不是很多人都觉得你不值？这辈子那么多的光阴就浪费在一个只见了一面的女人身上了？"我一脸深邃地问了他两个问题。

他没有说话，转身盯着不远处正在洗茶碗的老板娘。

一时间我仿佛明白了什么，又仿佛什么也没有明白。

4

天色近晚,故事结束了。

可我终是觉得,侯鸟没有讲完他的故事。

我不知道如何继续停留在这里,只能遗憾地离开。

就在我起身的时候,他突然对我说道:"年轻人,你我相见是缘,不如吃了晚饭再走吧!"

我心中一喜。我对发生在过往或当下的隐秘故事时常抱有一颗挚爱的心,希望有生之年都能记录下它们。

堂屋里,我们一起吃着老板娘做的水煮鱼。

一个巨大的不锈钢盆被端上了桌子,虽然卖相一般,但味道绝佳。侯鸟让老板娘把藏在家中的陈年老酒拿出来,说要和我喝上几盅。

盛情难却,我答应了。

侯鸟的家离他开的茶馆不远,我们就坐在他家靠窗户的位置。

打开的窗户,吹进的江风,觥筹交错中的诉说衷肠,在昏暗的灯光中显得别样的美。我没有身处异乡的孤独和寂寞,我有一颗因侯鸟的隐秘经历而挑起来的好奇心。在酒精的催化下,我红着脸对侯鸟说:"老哥哥,我就想再问一句,你真的再也没有见到阿玫吗?"

他没有立刻回答,端起酒杯,也没有立刻喝下去,用鼻子缓缓地闻上一闻,那样子比岁月的悠远还要悠远。

良久,他又放下了酒杯:"没有见过,但……我想……她应该不在人世了。"

"哦……"我凝望着他,"这做何解?"

他抿了一下嘴唇,一种失去了,再也无法找回的伤感就像候鸟飞不过沧海一样地呈现出来。随后，他起身到里屋，拿出一个盒子。

我看到那个盒子布满了灰尘，看得出很久未动过了，它就像一部尘封的历史静静地躺在那里，只等我这个陌生旅客闯入，恣情地搅动过往的种种。

盒子在不那么清脆的"咔嚓"声中打开，那些沾在盒子上面的灰尘，被窗外的风吹散开，朦胧中，我看到一张已经发黄的报纸。

他的双手有些颤抖，我的注意力由报纸慢慢转向他的脸庞。

此刻的侯鸟是那么的苍老！

我不知道他有多久没有流过泪了。

我也不知道一个至情之人此刻的内心是什么样的感受。

但我相信，在他的心中一定藏有一个永远也无法破解的秘密，而这个秘密的答案可能是我们常人无法理解的。

我害怕见到这样的泪光，我害怕世上所有的伤痛、所有的离别……我清晰地记得有人问过我，如果一个人在喝醉的状态下向你吐露真情，你会不会也喝醉？

我过去不知道答案，现在依旧不知道。

我静静地做一个静默的旁观者。唯有这样，我才能对这些过往的、隐秘的故事做到客观地描述。有一天，当我翻起这些"碎片化"的历史时，心中总是割舍不下，一丝如蔓藤缠绕的歉意在我的内心深处缠绕。

我的难以割舍正如那年侯鸟对阿玫的难以割舍。我也分明看到，那张泛黄的报纸上赫然印着一个标题：戈诗达号游轮上的落江女。

故事的秘密似乎就要在这几个字中揭晓了。

可侯鸟怎么就知道报纸上所写的落江女就是阿玫呢？

一个失意的女作家对生活毫无留恋，她是如何深爱着自己生病的丈夫？

谁也不知道。

那篇报道寥寥几笔带过，如蜻蜓点水般，如微风吹走一粒尘埃，它对大多数人而言必定不会引起心里的波澜。

但，这个消息对侯鸟来说，将是晴天霹雳。

他点一根香烟，喝一杯最烈的酒，让悲痛又复杂的心绪得到轻轻地舒缓。我甚至在想，如果他知道"抽刀断水水更流，举杯消愁愁更愁"，就不会这样去做了。

所以，当侯鸟的泪水浸湿了衣襟，他知道这个关于阿玫的消息就是多年无望等待的结果，自己是多么可笑。

所以，我不会去嘲笑一个用情至深的人。尽管，这在常人看来是多么可笑。

我也仿佛知道侯鸟为什么要说"有消息，也无消息了"。那是一种欲说还休、虚实结合下的自我安慰和无望。

所以，我又想问他一个问题：万一……那则报道上的阿玫……不是那个阿玫呢？毕竟，天下同名的何其多。

侯鸟将发黄的报纸放进盒子里，看到他盖上盒子的那一瞬间，我隐约觉得他的眼神中释放出诡异的色彩。

时间太短，我捕捉不到更多的信息了。

5

我不得不承认，是我打开了侯鸟尘封多年往事的"匣子"。在这个"匣子"里，我将时光回溯到侯鸟与金凤的情缘上。

有人问过我，这世上的情缘到底长什么样子？我说，这情缘就像两个人的清影，他们默默地走着，那对影子在月光下越来越长。

侯鸟和金凤有情缘，我相信，这情缘在岁月的磨砺中再也不会断裂。只是，过程是曲折的，甚至有些畸形。

侯鸟从码头回到金凤的家里，浑身上下都失去了光彩。与昨日还有等待的他相比，我终于明白了什么叫"场景依旧，伊人却消失在茫茫人海中"了。从此，他不再眺望远方的孤舟，不再聆听长长的鸣笛声。

他坐在那张伤痕累累的长椅上，一言不发。外面的天空早已发白，他却犹觉是黑夜。是天亮留给了黑夜，还是黑夜后没有了天明？

侯鸟心中没有答案，在他的心里只有黑暗。

金凤来到他身边，关切地问他："侯鸟，你这是怎么了？"

侯鸟什么也没有说，只是呆呆地望着她。

金凤知道他情深义重，可那是对别人。当时的她在想：要是眼前这个男人对自己也能如此情深义重，该有多好啊！

想到这里，她轻轻地闭上了双眸，一些泪滴悄然落下。

"你就把我当作她，好吗？"

侯鸟还是没有作声，只是突然抱住了她。

……

金凤是侯鸟眼前一道看不清的风景。

他忽而觉得她就是阿玫，忽而觉得她就是金凤。

热烈拥抱，热烈中有心碎。

热烈相吻，热烈中有泪滴。

金凤觉得自己是世界上最有勇气的女人。她却不知道这一吻后会发生什么。

或许，侯鸟就是一只候鸟，终有一天会飞走，而这一天也不会太久了，那个他念念不忘的女人失去踪影，就等于断绝了侯鸟待在朝天门码头的念头。

她深望着他，问一句："你会走吗？"

他的回答让她意外，让她惊喜："不走了，天下之大，我突然发现无处可去，还不如就在这里活到死。"

……

6

我问过眼前的老板娘——昔日的金凤，我说："你后悔过这么深地爱着侯鸟吗？"

"没有。"

"可是……如果你一直就是侯鸟心中的替代品，也不后悔吗？"我追问。

"我当时没有想过，只觉得能在他身边就满足了。可能……可能我比较幸运吧，在那个年代我们勇敢地活到了现在，你看——"她说着，扭头看着为客人沏茶的侯鸟，"这就是我们的生活，不惊、平淡，平淡、不惊。如果不是你来到这里，谁又会知道我们的故事呢？"

我顿时无限感慨，那会儿我突然觉得自己是不是犯了一种错误：探寻这样的故事会不会残忍？如果此刻的我能抹去这段故事的记忆会不会更好？

这样，侯鸟就可以一直做一只"没有消息的候鸟"了，没有人会去惊扰他藏在深处的情感。那个布满灰尘的盒子就会在时间的前行中随风而逝。

不翻动，就不会有回忆；

不翻动，就不会有久违的刺痛。

那个曾经让他不惜远走他乡去追寻的爱情，会被多少人嗤笑？

其实，这是我们关注的"值与不值"的问题。如果侯鸟说值，如果金凤也说值，我想，我是无力去反驳的。毕竟，他们就这样相濡以沫地生活了这么多年。

我坐在茶桌前，喝着有些苦涩的盖碗茶，看着他们一进一出的身影，猛然觉得他们才是世间最相配的一对。

阿玫在侯鸟的生命里只是一个过客，金凤才是他一生的停留。

7

那个盒子的命运呢？

如果不是我出现，它应该一直躺在某个角落，不会有人去翻动它。

现在，盒子被侯鸟放在江水里，随水流的方向漂流。

如果阿玫灵魂有知，会做何感想？

我不知道。

爱的感觉和被爱的感觉只有当事人才知道。所以，我更加知道所有的描述在这个当口都是无力的。不过，无论怎样，我都要写下这个故事，就算它不够精彩，也不是我们很多人喜爱的那种情感故事。

毕竟，这世间无望的等待，还有那"不理解的相守一生"深深地打动了我。

夜色渐浓，吹着江风，重庆这座城市独特的美让我陶醉。

你在慢悠悠中走到一个不曾久留的地方,依然会发觉一些尘封在过去的事。

你在一杯茶水之间,就会了解千年尘事。

你在一笑转身间,就有了莫名的触动。

……

想到明早就要离开,心中浮起浓浓的不舍。

呵!没有消息的侯鸟,这一次,你终归有了消息。

林雪的人生

林雪的人生是故事里的电影,电影里的故事。

1

年终岁末的时候,因采访需要我去了一趟深圳,顺便见了一下林雪姑娘。坐在咖啡店的时候,她对我说了一句十分硌硬的话。

她说自己只能看到来时的路,为了"桃花运"只能去冒险。

我被这句话吓到了,我的三观里容不下这样的"哲言"。可人又是充满好奇的,毕竟我对林雪的人生无可言说了。

我是记得她在异乡的故事的。

动笔要写她的时候,突然发现这让人很是揪心。到底是什么样的心理和遭遇,才让她有了这样标新立异的独白?

见到林雪的时候,她正推着一个褐色的行李箱,在机场附近漫无目的地行走着。她戴着一副眼镜,我跟她打招呼时,她好像被什么遮蔽了，一脸蒙圈似的表情。

我再次提醒她，她"嗯""啊"地应和着。

从她的一身行头来看，应该是出了一趟远门，并且极有可能遭受了某种非同寻常的挫折。譬如，情感上的。在她的衣服前面不就赫然印了一行英文吗？

Can't forget!

"不能忘记？"我心里咯噔一下。以前，我知道一些女孩子为了忘记情伤，总会在什么地方弄点印记什么的。

林雪也不例外。

老实说，认识林雪已经有很长时间了。

我当时在一家策划公司做事，她比我先到公司，算是我前辈。她多次提携我，与她的来往就多了，后来也成了无话不谈的朋友。过了不到一年，她突然辞职去了贵州。我问及理由，她就说了一句"为了桃花运"。

现在，故事需要回放。我觉得，林雪的人生是故事里的电影，电影里的故事。

眼镜是维维替她买的，连行李箱也是维维的。

林雪就这么简单地出门，只要过了闸，上了飞往海南的航班，在机舱里就会有一个好位子在等着她。只是，她不知道坐在她旁边的人会是谁。在轰鸣声中，飞机起飞了，林雪看到周遭的旅客相继合上了眼睛。

林雪可能又在犯错误，就像当初离开公司不到一个月就给我发短信：姐后悔了。

我说:"后悔什么?"

她回:"不应该拒绝邵明明。"

我略略地回忆了一下,她说的邵明明是一村长的儿子。

那时候,他们在一起,谈恋爱、打麻将、旅游、吃串串、K歌……日子过得挺潇洒。后来,不知道为什么分手了,林雪只字不提。有些人犯错误就是没个准,我的意思是说,林雪老会犯错误。她时常不知道怎么做才算是对的,这些年错了很多次,还是一如既往地乘坐飞机飞来飞去,有好几个空姐都熟悉她了。

林雪挺了挺腰板,这时空姐走过来礼貌地问她需要什么帮助不。她摇摇头,心里想着,反正合上眼过不了多久就到目的地了。

我问过她与邵明明的事。

她说高中毕业那会儿就想离开小镇,远离一帮不正经的朋友。促使她付之行动的是街头赵瞎子算的那一卦:远离生地,方可为;命犯桃花,要谨慎。林雪记住了这卦语的前半部分,偏偏"要谨慎"没记住。走的那天,邵明明还哭了,她说他没出息,男人就不应该哭。

林雪坐上"三蹦子",头也不回。邵明明的哭声被"三蹦子"发出的噪声轻而易举地淹没了。

邵明明有什么不好?至少是村长的儿子。在这小镇上,很多女孩觉得,只要嫁给他就能一眼望到头地看清楚自己的人生。

林雪知道自己错了,已是多年以后。她说还能记得当时坐在"三蹦子"上一路颠簸、一路尘土飞扬的场景,那时候,她心心念念的就是离开小镇,去远方,那里有美好未来在等她。

2

到了广州,林雪去了一家皮革厂做工。在男女混杂的厂房里,计件式的工作让她与很多工友一样不得不加班加点。老板是香港人,长得肥头大耳,手上戴着大钻戒,神气十足的派头,从不讨工人们的喜欢。林雪是个特例,她对老板没有怨言。她清楚自己就是一个小镇姑娘,因为拮据,她对月底发工资有着更大的渴望。

有一天,她正在工作中。

老板突然来到她跟前,让她放下手中活儿一起去见个重要的客户。这事说来也是有由头的,主要是林雪的声音和身材不错,与她在策划公司共事的时候,我还跟她半开玩笑地说,她应该去投资公司任职。譬如××贵重金属投资公司什么的,那甜辣的嗓音定能安抚电话那头惴惴不安的投资者,打消他们的种种顾虑和担心。

老板催促林雪赶紧出发。她忙不迭地拍拍身上的粉尘,起身走到放鞋的地方,麻利地打开鞋袋,拿出上个月花大半个月工资才买来的高跟鞋。在脚套进去的那一刻,老板的眼中掠过一丝惊异,他嘴角上扬,右下巴上的胡须在上扬过程中微微地颤动着。

林雪在两分钟内收拾好行头,她一个转身,风姿好美。

林雪"咯噔咯噔"地向前走,背影在斜斜的阳光下逐渐拉长。

林雪的命运就这样发生了改变,老板看上她了。林雪觉得自己没有理由不答应,特别是在脑海里闪出一个个加班的场景时,她仿佛更加清楚地看清了来时的路。

反正老板是孤身一人,早先共患难的夫人已离他而去。现在,林雪和老板的关系是男离婚,还未娶;女未婚,可以嫁。这多像一段桃花运啊！街头的赵瞎子算得真准！

可惜，林雪又犯错误了。这样的桃花运结局难料啊！只是，那时候的林雪不会觉得这是什么错。皮革厂的老板世故老成，关于他的信息，林雪了解得不算全面。简单地说，他不是工厂的最大决策者，在他的上面还有一个老家伙，那个人才是具有最终话语权的，只因为上了年纪，少有抛头露面罢了。

皮革厂的命脉掌握在那个老家伙手里，他只要一翻手掌，就可让工厂彻底改变。

人是想往高处走的。

有一天，老家伙来厂里视察，在男女混杂的厂房里一眼就看上了林雪，迟暮之年的他一下子像打了鸡血似的，人生的回光返照就这么笼罩在厂房里，那难闻的皮革气味就这么被蒸发掉了。

所以，一个人的际遇就这么在特定的环境里发生天翻地覆的变动。看起来，多么像一部电影啊！可这又是真实的。

从此，林雪不用再在车间里辛苦了。老家伙能给予她更大的权力，她也理所当然地成为厂里的销售经理。

至于前任——那个没有什么实权的老板算是前任吧，他并没有显现出失落的神情。他觉得女人还有很多，何况林雪是一个什么样的女人，他心里很清楚。没过多久，他离开了皮革厂，后来听说到了一家鞋厂做了经理，老家伙也重新物色了一个人做厂长。

林雪在工人们的羡慕中快活了好一阵子。

时间是获取一些真相的不二法门。譬如，老家伙没有想象中的大方；譬如，老家伙真实的年龄会让林雪翻白眼。

"雪儿啊——"老家伙经常这样称呼林雪，"你也别恨我，是你没有赶上我人生中的好光景。"他抽了一口烟，缓缓地吐出烟雾。

在烟雾缭绕间，他的一只手搭在林雪的肩上，林雪刚经历过一场蜻蜓点水式的浪漫。但今天，林雪要发作的不是这件事，而是她在抽屉里翻出了他的身份证。林雪在发现上面的出生年月后，心里凉了大半截。曾以为他不过是看起来老了许多罢了，现在还要在"许多"后面多加一个"许多"。

"1950年！你不是说你才五十岁吗？"林雪气得朝他吼道，"大骗子！"

老家伙的反应很淡定，他不慌不忙地又吸了一口烟："所以才说你没有赶上我人生中的好光景嘛！"说完，一只粗糙的手从林雪的肩膀滑落，落在林雪的大腿上，轻轻地抚摸着。

林雪气未消，高耸的胸脯此起彼伏。她觉得，老家伙骗她，年龄大这事真不是大事，关键是老头骗了她。如果林雪看重的只是桃花运，她又何必如此呢？她变得单纯了。

不过细想下来，林雪也想通了，骗她年龄就骗吧，没有什么大不了的，至少没有骗她的钱。这个老家伙最近在工人们的工资问题上做了不小的手脚，工人们的工资比以前减少了好几百。

这事就这么过去了。

3

林雪在一个周末闲来无事，又从壁柜里翻出一张老照片。这下，她开始了狂吼："你……你不是说自己一直单身，没有结过婚吗？"

"这有什么！只不过年轻的时候结过一次。"老家伙依然淡定。

"那你告诉我离了没有?"林雪气得浑身发抖,恨不得甩他一个响耳光。

"你性子别这么急啊!正在离,正在离——"老家伙坐在沙发上吸着烟,声调拉得有些长。

林雪觉得自己的心理正在崩溃中。

她可不愿意成为这个老家伙的二奶,本来和他在一起这事已经受到周遭人的诟病了。"总不能让他们看笑话吧!"林雪这样想道。

后来好几天老家伙都没有现身。当天吵架后,老家伙说要回一趟老家办一些事。林雪想跟他打电话,电话总打不通。林雪的心还梗在结婚照这件事上,她想着对方一定是做贼心虚,现在跑回老家办离婚这件事去了。毕竟,哪有男人不想娶年轻漂亮的女人啊!

这一次,林雪又错了。老家伙卷着资金溜了,原来皮革厂破产了。

"真是一个地地道道的老家伙,狡猾……狡猾的……"林雪狠骂道。

一周后,林雪收拾细软,带上一张存有二十来万元的银行卡离开了广州。她来到成都,又几经周折进入一家策划公司上班。

我就是在这家公司认识她的,她先到,我后到,多像电影里的场景啊,这就让我有机会知道了她的故事。

林雪在成都待了两年,后来去了深圳。这样,我所讲的故事前后就有了一个照应。

有一天,林雪突然接到一个陌生电话,让她火速赶往贵州。电话是老家伙打来的,他说现在在贵州,一切都安稳了。

"要不要去呢?"林雪有些犯难了。她又回想了一下来时的路,走走停停、兜兜转转,老家伙这些年对她还是可以的,在她身上没有少花钱。

林雪心一横，火速赶往了贵州。在一个偏远小镇上，她见到了老家伙。

老家伙看起来更苍老了，见到林雪的第一句话就是："亲爱的，没事了，一切都搞定了。"

林雪不知怎的，"哇"的一声哭了起来。老家伙抱着她一个劲地说着："没事了，没事了，我们好好过日子。"

当天晚上，两人在一间平房里住了下来。他们有了日久不见的激情。几天后，他们搬到了市区。

林雪再次犯了错误，她不应该答应与老家伙结婚。

老家伙倒是真把婚离了，但付出的代价挺大的，前妻狮子大开口。这样一来，两人办婚礼的排场就小了许多。林雪表现出一副大度的样子，说婚礼可以简办。两人组成新家庭后，钱就是共同的了。可是，老家伙再怎么说也应该有一笔不菲的钱财啊！林雪竟然忘记了这一层。她的朋友也不是没有提醒过她，也替她不值。

婚纱是从一家普通影楼租来的。林雪穿上这边角泛黑、腋下还有杏黄色汗渍的婚纱，加上胸部又大，背后的拉链不能拉得太紧，否则远远望去就像捆了个粽子似的。这样的比喻可能不大恰当，但林雪的伴娘当时就是这么说的。

林雪穿着这样的婚纱，挽着一个精瘦的老男人步入了宴席。站在台上，她朝在座的宾客举起手中的酒杯时，无名指上连一枚钻戒都没有。

宾客里有双方的亲戚和朋友。

林雪读书时代的同学来了好几个，当时要得好的同学韩梅，在林雪过来敬酒时附在她耳边说："我给你包了两万的红包，我只出了两千，剩下的都是邵明明给的。"说完,她站起身来对着两口子一番客套后,将杯中的酒一饮而尽。当时,林雪心里突然很不是滋味。

无论怎样,两人还是成为一家人了。

4

不久,林雪怀孕了,吃什么都吐。老家伙忙着做药材生意,无暇顾及,有时好几周也见不上一面。生孩子时还是韩梅等一帮同学在身边忙上忙下。孩子生下来,老家伙还在赶去医院的途中,错过了听到孩子的第一声啼哭。当老家伙赶到医院抱起孩子时,发现是一个女孩,迟疑一下就撂下了,脸上挂着一丝失望的神情。

林雪的错误在于不应该将孩子生下来,韩梅曾这样说过。林雪当时无力反驳,也许是看着乖巧的女儿,她心里放下了许多事情。说起来,老家伙也是一个风光过的生意人,只是现在落魄了。他说贵州这边天气不怎么好,不适合养身子,建议将市区的房子退了,搬到乡下去住。

韩梅有时间也去看看林雪,两人在闲聊中说到邵明明,还说邵明明找到了一个漂亮的女孩,有结婚的意思。

"你家那个每个月到底给你多少钱啊?"韩梅突然一问。

林雪怔住了,好半晌才说:"大概两千吧……两千……是的,两千。"

韩梅觉察到自己可能说错话了,赶紧将话题一转,说:"我们几个姐妹打算星期天去公园走走,打打麻将,再聚聚餐,你也一起去吧!"

林雪脸色有些黯然,说:"还是你们去吧,这两天孩子有些拉肚子,我得照看她。"

韩梅也不好再说什么了。

其实，林雪心里很不平静，特别是想到邵明明可能要结婚了。

日子就这么过着，孩子已经学会到处爬了，一口一口地叫着林雪"妈妈"。林雪享受着这样的幸福。她近来学会了抽烟，缓缓地吸一口，烟雾缭绕中的她看起来有些风尘味。她坐在沙发上，望着这并不宽敞的屋子缓缓地闭上了双眼，耳边仿佛回荡着当年离开小镇时"三蹦子"的轰鸣声，在这声音里又好像夹杂着邵明明的哭喊声。林雪睁开双眼使劲摇了摇头。她不敢再多想下去。

正在这当口，手机铃声响了起来。电话那头传来老家伙的声音。

林雪要去深圳了，老家伙说的，去深圳他姨妈家，那里条件好。林雪"哇"的一声哭了，这一次哭和上次在贵州哭不一样，上一次是久别重逢，这一次是讨价还价。林雪说现在过的是什么日子，想想都觉得心寒。经过一番讨价还价，老家伙同意每月的生活费加到四千五，并亲自过来接母女俩。

林雪感觉自己胜利了，脸上露出一丝得意的笑。在经济舱，老家伙显得疲惫不堪，他抓住林雪的手说："雪儿，你也别再跟我发脾气了，我知道这些年让你受了许多委屈，那还不是因为你没有赶上我的好光景嘛！你就放心吧，我这把年纪了还可以拼的。"

到了深圳，安顿了下来。一年后，林雪打算去一趟海南，所以故事回到了开头。

林雪飞海南只有一个目的，想要看看"桃花运"还在不在。原来，邵明明真的要结婚了，结婚的对象让林雪万万没有想到，竟是韩梅。她记得韩梅在之前还说邵明明在酒吧里喝酒大哭了一场，说忘不了她，还问她过得怎样。

当时林雪就问道:"那你怎么说的?"

"我就说你过得挺幸福的啊!"韩梅在电话那头有些迟疑地说道。

林雪仿佛如释重负,松了一口气:"唉!男人就是这样的,他要是知道我过得很好,就会多爱我一些。所以,我不想说我过得不好。"

韩梅吃惊不小,表示听不懂。

林雪说:"听不懂就听不懂吧!等你老了就懂了。"

韩梅倏地挂了电话,也许这就是一个征兆。是的,的确是一个征兆,韩梅和邵明明在一起了,因为她老是去安慰他,所以,两个人就走到了一起。

林雪已经下定决心要去海南了。就在临行的前一天晚上,她收到韩梅发给她的婚帖。不管邵明明心里还有没有她,还爱不爱她,她都要去一趟。

在深圳结识的姐妹维维帮她打点好一切。临行前,维维拉住她的手说:"林雪,你得为自己寻找出路了,你说跟着那老家伙做什么,他每个月给你的那点钱在深圳真的不够花,你不为自己打算,那孩子呢?总得打算吧!"

"现在孩子都几岁了,他终归是她爹,我也是他名正言顺娶过门的。"林雪支吾地说着。片刻后,她"哇"的一声哭了,这一次哭,不同于前两次,她可能真的感受到了危机。

上飞机前,林雪擦干了眼泪。下了飞机,她选了一家酒店住了下来。躺在床上,她思绪万千,想了许多次回头路。她甚至还想过要不要大闹婚礼现场,要不要现在就打个电话约邵明明出来。

林雪的手指在手机屏幕上点着,那"滴滴"声让她心跳加快。电话那头传来"喂"的一声后,她却迅速地挂了。不久,电话响起,她又挂了，之后，她把电话调成了静音。

"还是回去吧！我给不了两万的红包！"林雪清楚地记得卡里的钱还有多少，"也许'桃花运'早就没了，韩梅才是他的'桃花运'。"

林雪打算明天就回深圳，就当路过海南罢了。

5

我看到林雪的时候，她刚下飞机不久。

我觉得人生有的时候充满了巧遇，但我忘不了她戴着眼镜、漫无目的溜达的样子。在机场附近的咖啡厅坐了将近两小时，我感觉自己仿佛领略完了一个女人的一生。也许是我过于敏感，又或者因为我是一个写作者，总想用文字记录点什么。

写下这个故事，不敢给林雪看。我怕她说我写得不好，可我分明又知道这是一个借口。她说她只能看到来时的路，为了"桃花运"只能从一而终地去冒险。

她今后还会冒险吗？我不知道。

我感觉这话让人好心塞，既然要去冒险，为什么不接邵明明的电话？

人的一生不应该只看到来时路，还要对未来有一个相对明智的判断。其实，为了所谓的"桃花运"去冒险只是一个借口。真相是我们心有不甘，又不知道取舍，最终痛苦了自己。

不要离开我

此刻,他觉得自己就是一个瑟瑟发抖的雪人,冰天雪地也不能阻止自己融化。

1

下午一点半,宿醉的刘明醒了过来,愣头愣脑地坐在床上。

昨晚的酒精还未完全消退,刘明的脑袋晕乎乎的,身体沉浸在醉酒后的酸乏之中。此刻的他只觉得口干舌燥,于是,端起床头柜上的杯子,将杯子里放了很久的水一饮而尽。喝完水之后,他感觉身体舒服了一点,于是,下床,慢悠悠地走到窗前。

窗帘紧闭,没有一丝缝隙。刘明站在窗前,也不知道外面是怎样的天气和光景。他就像所有身处这种状态的人一样,要拉开窗帘,需要莫大的决心和勇气。在犹豫了片刻之后,刘明还是鼓起勇气,将手伸向了窗帘。

在窗帘被拉开之前，刘明将头扭向了一边，以免突然透进来的光线刺痛自己的眼睛。但随着窗帘被"啪"的一声拉开，刘明愣住了，窗外透进来的光线，不仅没有刺痛他的眼睛，反而让他十分舒服。

于是，刘明用衣袖拭去窗户上的水汽，此刻的天空正飘着鹅毛大雪，视线所及之处，全都银装素裹。刘明将严实的窗户推开一点缝隙，寒风马上裹挟着白雪飘了进来。被这突然进来的冷气一激，刘明整个人顿时清醒了不少，只见他伸出手去，接住了几片雪花。

雪花在刘明的手中迅速融化，变成薄薄的一摊水，转眼消失不见了。这时候，刘明终于明白一个事实：他交往七年的女朋友，霍芊，已经离他而去了。他看了看表，已经将近两点，也就是说，霍芊那趟一点半飞往加拿大的飞机，已经起飞了。

无论如何，自己都不会有挽留的机会了，刘明重新把窗户关严实，颓废地躺到床上，脑袋里一片空白。他在床上辗转反侧，有种说不出的难受。他试着闭上眼睛，或者蜷缩在被子里，也都无济于事。

在这种无所事事之下，他在被窝里打开手机，打开常用的直播APP，却不知道该看些什么，每点开一个直播间，不到十秒，就厌烦地关掉了。他又打开新闻门户网站，双手麻木地滑动屏幕，依然觉得难受。

这时候，刘明终于明白了，网上盛传的那个"蓝瘦！香菇！"的视频是怎样的一种状态了。当初，他还将人家视频里说的话谱了个民谣调调的曲子，唱出来传到了网上，现在自己却真正地难受想哭，想想真是讽刺。可就在这时，一条新闻的标题吸引了他的目光。

因为暴雪，天气恶劣，从上午起，多趟航班延误。

说不定延误的就有霍芊那趟航班！刘明欣喜若狂地点开那条新闻。

果然，从早上九点开始，因为暴雪，天气恶劣，所有航班都停飞了。机场方面表示，根据气象台传来的消息，恶劣天气将持续十二至十四小时，预计次日凌晨一点可全面恢复航班。

这让刘明心中熄灭的火苗再次熊熊燃烧起来，他打起精神，洗了个澡，然后将头发梳得油光可鉴，穿上一套格子西装，外面再披上一件羊绒大衣，就出门了。为了自己下半辈子的幸福，他要尽最大努力挽留霍芊，这一次，无论如何也不能怂，怂就得输一辈子了。

不过，刚刚走到楼下，刘明就有些后悔了，外面天寒地冻，他这身装扮，虽然风度值很高，但温度值实在太低，没走出几步就鼻涕直流，瑟瑟发抖。但是，跟自己这辈子的幸福相比，寒冷算什么！刘明一咬牙，继续朝前走去。

走了几步，刘明就钻进了一家二十四小时快餐店，一进门，暖和的感觉立马传遍刘明的全身。他要了杯热牛奶，找了个角落的位置坐下，因为出门时太过匆忙，没有严谨的计划，一到外面就蒙了。所以，他现在要好好地策划一番，提高将霍芊追回来的成功率。

首先，得买一束花，虽然花本质上只是植物的某个器官，但女人就是喜欢，这就跟拍马屁一个道理，大家都明白是客套话，互吹而已，但就是喜欢。另外，花的品种不能含糊，红玫瑰没有内涵，郁金香不够真诚，百合索然无味，牡丹已经烂大街了……综合考虑，应该是蓝色妖姬最合适。花的数量也是问题，一朵虽然叫一心一意，但未免太抠门了；九十九朵虽然排场大，但太过头了，有一种拿个笔记本贴在脸盘子上打电话的感觉。最后，刘明决定送十二朵，希望两人能够圆满复合。

决定好了买十二朵蓝色妖姬，刘明端起桌子上的热牛奶就出了快餐店。他顶着雪花，去了最近的一家花店。

经过几分钟的步行,刘明终于来到花店,却发现花店已经关门了。他在内心深处骂了三个字,然后抹掉头发上的雪花,奔往下一家花店。

因为刘明对自己所在区域的花店不熟,也不知道花店的具体位置,所以不能打车去找,只能靠走。就这样走了大概二十分钟,才看到前面有一家花店,里面的灯还亮着,他加快了脚步,走了过去。

等走近了才发现,花店的灯确实是亮着,只是玻璃门上挂着一个U形锁,上面挂着一块牌子,写着四个字:暂停营业。

但这次刘明没有骂那三个字,七年前,就是因为被这种U形锁锁住,他才打动了霍芊的心,两人建立了恋爱关系。

七年前,刘明和霍芊都在读大四。当时,霍芊是班上数一数二的美女,身边的追求者络绎不绝,包括刘明。当时刘明还是全校出名的吊车尾,学习成绩差到令人发指,但偏偏就对霍芊一见钟情。于是,刘明当机立断决定追求她。

暗自做好决定之后,刘明兴奋不已,迫不及待地将追求霍芊的伟大目标分享给了自己的室友。室友们愣了半响,确定刘明不是在说笑,而是认真的之后,他们也认真地笑了起来。

第二天,刘明要追求霍芊的消息传遍了学校的所有班级,就连学校的保安都对此事评头论足,嘲笑了一番。

但刘明不这么认为,他准备了很久,思量着怎么跟霍芊告白。他把所有表白的方式都考虑了一遍,最后觉得这些方式实在太土,必须要用一个让所有人眼前一亮的方式表白,才能配得上霍芊,也才有可能打动霍芊。

果然,刘明最后的方法确实是让所有人都眼前一亮,也真的打动了霍芊。

那天晚上，下了晚自习，霍芊准备去文具店买东西。刘明得到消息之后，趁老板不注意，躲在文具店的一堆文具里，准备等霍芊过来挑选文具的时候，突然钻出来，举着"霍芊，我喜欢你！"的牌子正式告白。

但是，那天文具店生意不好，老板提前关门了，刘明躲在文具堆里不敢出来，被锁在了文具店里。老板一走，刘明赶忙钻出来，只看见一把冷冰冰的锁挂在文具店的玻璃门上，而且他在里面，锁挂在玻璃门外面，连撬锁的机会都没有。

正在刘明焦头烂额之时，有学生发现了他，然后叫上其他人来围观。于是，人越围越多，来文具店买东西的霍芊正好也到了门外。

见霍芊来了，刘明赶紧顺手拿了个东西遮住了脸，但霍芊还是认出了他。霍芊问道："刘明，你在干吗？"

刘明一听霍芊叫出自己的名字，便将头埋得更低了，都快要缩回衣服里了——他不想在喜欢的人面前出丑，但是他忽略了一点，那就是他一直拿在手上遮脸的牌子，就是那个写着"霍芊，我喜欢你！"的牌子。就这样，刘明将自己的表白搞砸了。

莫名其妙的是，第二天，霍芊竟然挽着刘明的胳膊出现在了校园里，刘明误打误撞地表白成功了。

2

离开那家挂着U形锁的花店，刘明又找到了另外一家花店，这家花店门开着，老板也在，但店里的蓝色妖姬只有五朵，刘明没要。

接着刘明又跑了几家花店，但都没有买到。这时，他突然想到了自己的朋友马克。马克是刘明的好哥们儿,开了一家婚庆公司,应该能搞到十二朵蓝色妖姬。

于是,刘明赶紧拨通了马克的电话,平时他都叫马克小马,但这次不同,因为有求于人,他改了称呼:"喂,马克哥,最近还好吗?我拜托你一个事儿……"挂掉电话之后,刘明长长地出了一口气,马克那里果然有蓝色妖姬。

马克让刘明在原地等着,自己一会儿就把花送过来。果然,不出五分钟,马克就骑了辆雪地自行车将花送过来了。刘明从马克手里一把抢过花,都来不及道谢,就拦了辆出租车,赶去机场了。

对刘明来说,一分一秒都弥足珍贵,如果晚一点,挽回霍芊的概率就低一分。所以,他一坐进出租车,就一边扒拉衣服上的积雪,一边催促司机快点。司机点头答应着,却依然开得如同划水一般,这也是没办法的事情,这样的天气,开快了根本刹不住车,只能在路上慢悠悠地向前摇。

外面的雪依然很大,刘明坐在车里,车窗外的雪花仿佛有穿透力一般,透过刘明灼灼的目光,飘到他的脑海里,肆无忌惮地洋洋洒洒。

霍芊是南方姑娘,刘明和她在一起之后,她告诉刘明,自己喜欢雪。那个时候,他们的学校在亚热带,冬天最冷的时候也有十几度,但刘明信誓旦旦地保证,一定让霍芊看到雪。第二天,他在演艺公司租了四台雪花机,装在了要和霍芊见面的地方。

霍芊一到,刘明马上朝守着雪花机的室友做了个手势。随着机器的轰鸣,在亚热带的阳光之下,雪花机产出的雪花阵阵飘落。片刻之后,刘明和霍芊所在的地面上就铺上了一层白白的雪,旁边的树上、绿化带上,都盖上了一层。这种美轮美奂的场面,引起了其他人的尖叫,但这样的尖叫。刘明听不见,因为此刻的他,眼睛里只有霍芊,只有在雪中转圈的霍芊。

从那以后,学校里的所有人都对刘明刮目相看,尤其是女生,觉得刘明威武霸气够浪漫,简直就是一枚霸道总裁。但刘明并不知足,他觉得,一定要带霍芊看到真正的雪。所以,毕业之后,刘明就和霍芊双双选择到现在这座城市工作,因为,这个城市的雪来得早,走得晚,每年小半年的时间都有积雪。

霍芊知道,就是因为自己喜欢雪,刘明才和她一起来到这座城市的,所以很是感动,两人的感情也突飞猛进,一有时间就腻歪在一起。刘明也成了一个模范好男人,每天早上起床,先开车送霍芊到公司,然后再回自己公司上班;中午下班,就去霍芊公司楼下,等霍芊一起吃中饭;晚上也是,不论多忙,霍芊下班的时候,刘明一定会开车过去接她下班。家里所有家务活,刘明全包了,而且每个月的工资也悉数上交。

刘明和霍芊的爱情让周围的人羡慕不已,而他们自己也打算,等存够了首付,就按揭一套房子,然后结婚……

出租车司机狂躁的喇叭声将刘明的思绪拉了回来,前面出了车祸,过不去了,路上的车一辆挨着一辆,堵得水泄不通。刘明看了看表,已经五点四十了,到机场的总路程才走了不到三分之一,照这样堵下去,等自己赶到机场,霍芊已经在加拿大了。

想到这里,再看看司机不慌不忙的样子,刘明恨不得抢过方向盘来自己开,当然,也只是想想,因为堵成这样,谁开都一样,到机场也就这一条路。

突然,一辆走应急车道的车呼啸而过,正好刘明此时没关窗户,被溅起的雪花撒了一脸。他正要出口成"脏",突然灵机一动,想起《阿

Q正传》里阿Q捏小尼姑脸时说的那句话："和尚摸得，我摸不得？"其他人走得，我走不得？

在刘明的提议下，出租车走了应急车道，这一走果然不同凡响，一路畅通。走了一段应急车道之后，进入另一段路，这段路比较窄，两边又是民居，又堵了起来。刘明再次让出租车司机从马路边沿插队，但这一次的运气就没那么好了。

出租车插队的时候，刮擦了路边的雪人，正好将雪人的肚子剐瘪了一块，堆雪人的小孩哇哇大哭起来，司机只好将车靠边，然后下车去安慰小孩。但司机怎么说都没有用，小孩越哭越凶。最后，司机灵机一动，向小孩信誓旦旦地保证会将雪人的肚子修好，小孩这才停止了哭闹。

说干就干，司机立马动手，开始帮小孩修雪人肚子。刘明在车上等得不耐烦，摇下车窗，将脑袋伸出车外透气。

刘明的脑袋一伸出去，就看到了那个雪人的全貌，只见雪人的脑袋上，用一个棕榈扫把做了个莫西干发型。刘明气不打一处来，将蓝色妖姬放在后座上，然后红着眼睛，下车走到雪人跟前，发了疯似的，对着雪人又打又踹，小孩吓得哇哇大哭，出租车司机想拉都拉不住。

不出三分钟，雪人就让刘明全毁了。之后，刘明恢复了几分理智，大口地喘着气，看着被自己夷为平地的雪人，他有些羞愧，摸着小孩子的脑袋，说了声对不起，然后闷闷不乐地回到出租车上。

刘明本来是喜欢雪人的，因为霍芊喜欢雪。霍芊既然喜欢雪，自然就喜欢雪人了。所以，刘明爱屋及乌，也喜欢雪人。自从他和霍芊来到这座城市，每年下雪的时候，他都会瞒着霍芊，偷偷地去雪地里堆一个雪人。堆好之后，他就用围巾蒙住霍芊的眼睛，然后牵着她的手，一步一步地走到雪人面前,再猛一下扯开蒙住霍芊眼睛的围巾,给她一个惊喜。

霍芊睁开眼睛,看着眼前的雪人,不敢相信。刘明拥住霍芊,在她的额头上蜻蜓点水般地吻一下,然后搂着她在雪地里转圈。两个人一边转圈,一边欢呼,直到都转晕了,一起跌倒在雪地里。然后,同时哈着白气看着天空。

刘明慢慢伸出手,摸索着抓住霍芊的手。

霍芊突然说:"这辈子我们都住在这里吧,我们结婚吧!"

刘明摇了摇头:"等明年,我们存够了首付,就结婚。"

这时,霍芊就会略带忧伤地靠过去,趴在刘明的胸膛上听刘明的心跳。刘明并非不想结婚,他只是想着,结婚是一个人一生中最重要的事情,不能让霍芊受了委屈,所以,等有了房子再结婚也不迟。

但是,接下来的几年,这座城市的房价不断拔高,刘明和霍芊的积蓄距离首付反倒越来越远了。于是,每年下雪的时候,刘明都会给霍芊堆一个雪人,抱着霍芊在雪地里转圈,一边转圈一边大叫,然后,两个人同时哈着白气看着天空。

就这样年复一年,终于到了今年,刘明觉得不能再等了,他下定决心,让爸妈帮忙出点钱,凑够首付,然后和霍芊结婚。

今年下雪的时候,按照以往的惯例,刘明依然会给霍芊堆雪人。不过,因为刘明打算结婚,所以今年他打算堆一个不一样的雪人。正好,他在收拾霍芊东西的时候,发现了一个雪人公仔,一个留着莫西干发型的雪人公仔。

雪人公仔的模样十分陈旧,甚至有点残缺,刘明觉得,这个残缺的手办被霍芊留在身边这么多年,一定有特别的意义。

3

按照那个有着特别意义的公仔模样,刘明今年堆的雪人跟以往的不太一样,这一次的雪人,他用一个棕榈扫把做了个莫西干的发型,做好之后,还特意做了些许调整,让雪人跟公仔更加神似。

堆好莫西干雪人之后,刘明像往常一样,蒙住霍芊的眼睛,牵着她的手来到雪人跟前。他已经打算好了,一会儿霍芊看到莫西干雪人后一定会非常惊讶,然后自己趁热打铁,向霍芊求婚。

刘明让霍芊站到雪人跟前,然后解开蒙住霍芊眼睛的围巾,霍芊看到眼前的莫西干雪人,惊讶万分。突然,她脸色一变,有些不高兴地说道:"你怎么随便乱翻人家的东西?"说完,霍芊就走了,留下刘明愣在原地。

这一次,只剩刘明一个人躺在雪人旁边的空地上。怎么突然就这样了呢?明明今天高高兴兴,自己准备求婚的,怎么就这样了呢?刘明躺在地上,怎么也想不明白。天空雪花纷飞,一片片扑打在刘明的身上,一点点将他的身体淹没,此刻,他觉得自己就是一个瑟瑟发抖的雪人,冰天雪地也不能阻止自己融化。

天黑的时候,身子被雪淹没了大半的刘明才爬起来,摇摇晃晃地回到家里,一进门,他就闻到了饭菜的味道。

桌子上已经摆满了菜,霍芊正在厨房里忙活,片刻之后又端出一个菜来。刘明的内心很受触动,这是他们在一起以来,霍芊做的第一顿饭,虽然卖相不好,但也让刘明的心里温暖万分。然而,温暖,却是更容易让人回想起寒冬的凛冽。

两个人一直无话,默默地吃完了饭。饭后,刘明就出门跑去哥们家里住了，两个人开始了长达数日的冷战。谁也不做出退步，但也没有过激的行为，就这样拖着。直到第八天，刘明实在是坐不住了，才给霍芊打了个电话。

刘明："喂，霍芊，我回来吧！"

霍芊在电话里说道："嗯！回来的时候，记得带点盐，还有，米也没有了。"

挂掉电话的刘明匆忙买好东西回家了。霍芊正在厨房做饭，见刘明回来，手里的锅铲"哐当"一声掉在了地上，委屈的泪珠在眼眶里打转。刘明一阵心疼，紧紧地抱住了霍芊，喃喃道："是我不好，都是我不好！"

吃饭的时候，霍芊和刘明约法三章，不许刘明再翻自己的东西。刘明愣了一下，答应了。

其实，在刘明打电话主动结束冷战的时候，他已经体会到了偷看雪人公仔的可怕后果。那一刻，他就决定不再乱动霍芊的东西。但人又是矛盾的动物，被霍芊这么一"约法三章"，他的内心又开始好奇起来，霍芊到底有什么东西，是自己不能看的呢？

于是，接下来的几天，刘明都在琢磨着去翻霍芊的东西，但一直都没有机会。这天，霍芊约了闺密一起吃饭，刘明因为公司加班，不能陪她一起去。其实，刘明口中的加班只是一个借口，因为这样他就可以不用与霍芊一起出去，然后借机寻找自己内心的答案。

霍芊前脚一出门，刘明就回来了。霍芊有一个小木盒子，上次那个莫西干雪人公仔就是在木盒子里找到的，现在，那个木盒子正在刘明的手上。就像潘多拉的魔盒一样，刘明虽然心里百般不愿，但双手还是不受控制地打开了盒子。

盒子里除了上次那个莫西干雪人公仔，还有一本日记本，犹豫再三之后，刘明还是颤抖着翻开了日记本，然后恍然明白了很多东西。霍芊本来是不喜欢雪的，但她的前男友喜欢，于是，她就跟着喜欢了。后来，霍芊的前男友去了加拿大，两个人就分手了。而那个莫西干雪人公仔，其实是霍芊按照前男友的形象定制的，所以看到刘明堆的莫西干雪人，她才突然花容失色……

就在刘明对着日记本着魔的时候，霍芊已经悄悄地走了进来，原来闺密因为临时有事，放她鸽子了。看着翻着日记本的刘明，霍芊并没有立刻打断他，只是冷冷地看着。就在刘明抬头看到她的一瞬间，霍芊夺门而出；再等刘明回过神来追出去的时候，霍芊已经没有了踪影。

4

在接下来的日子里，刘明满世界地找霍芊。发朋友圈、找朋友帮忙，甚至到广场上去发寻人启事，他把能想到的寻人方式都试过了，但霍芊就像人间蒸发了一样，还是杳无音信。这段时间，刘明其实一直是在懊悔中度过的，是他自己一手将自己的幸福毁了。

在霍芊离开的第十二天，刘明依然没有停止寻找，虽然希望渺茫，他也快要绝望。就在此时，他接到了霍芊用陌生号码打过来的电话。电话里，霍芊告诉刘明，她对不起刘明，第二天下午一点半，她就要飞去加拿大，找那个莫西干雪人前男友去了。

说完，霍芊就挂掉了电话，刘明打回去的时候已经是空号了。当天晚上，刘明一个人去酒吧买醉，都喝得断片了，连自己怎么回去的都不知道，醒过来的时候，就已经是文章开头的那个样子了。

出租车发动的声音将刘明拉回现实，司机已经帮那个小孩把雪人堆好了。因为窗户关着，刘明只能透过窗户看到雪人的肚子，也不知道那个雪人的头上还有莫西干没有。不过，无所谓了吧，随着出租车的前行，那个雪人很快消失在刘明的视野里。刘明长出了一口气，将那一束蓝色妖姬护在怀里。

雪一直下，路况依然没有好转，不过好在老天眷顾，傍晚的时候，雪小了一些，天气好转了不少。但刘明反而更紧张了，如果天气好转，自己赶往机场的速度是快了，但那些延误的航班也就可以起飞了，自己就更赶不上了。

"大些吧！雪你再下大些吧！"刘明在心里念叨着。

好在雪并没有小太多，机场被延误的航班依然还没有起飞。晚上十二点半，刘明赶到了机场。得知航班依然没有起飞的消息，他欣喜若狂地掏出电话，抱着最后一丝希望拨打了之前霍芊的号码。

电话接通了！刘明的心就快要跳出来，在短短的一秒钟之内，他设想了无数句话做开场白，但当他听到霍芊的声音的时候，那些开场白就都化为泡影远走高飞了。

电话里传来霍芊平静的声音："喂？"

刘明连着深吸了三口气，才对着电话说道："霍芊，今天你飞机延误了，别走了，我以后不翻你东西了。"

霍芊的声音充满了疑问："什么今天？我是昨天下午一点半的飞机。"

"昨天下午一点半？"刘明一时间云里雾里，还想问，那边已经挂了电话。刘明一直念叨"昨天……昨天……昨天"，突然，他掏出手机看了一下日期，这一看不要紧，差点没被吓死，原来自己喝酒喝断片了，从前天晚上一直睡到今天中午，霍芊昨天就走了。

刘明一个踉跄，差点没站稳，他狼狈地蹲在地上，双手痛苦地抱着脑袋。突然，他的电话响了起来，是霍芊的号码。"她打电话来干什么呢？取笑自己？"刘明的拇指在空中停顿了半天，还是接通了电话。

霍芊："刘明，你在干什么？半夜了还不回家？你要姑奶奶来请你是不是？"

"回家？"刘明有些糊涂，"你在哪里？"

霍芊："我在家啊，不然你以为前天你喝醉了是谁把你扶回家的？你不回来就算了，我去加拿大了。"

刘明赶忙说道："我……我马上就回来，我马上就回家，你等我，等我！"

刘明赶紧挂了电话，激动地跳上出租车，回家了。

我的姐姐

我叫麦果姐姐，麦果叫我弟弟。

1

"打工是不可能打工的，这辈子也不可能打工的，做生意又不会做，只有偷才能维持生活这样子……进看守所的感觉像回家一样，一般大年三十晚上我都不回去，就平时家里出点事，我就回去看看这样子……在看守所里面的感觉，比家里面好多了，在家里面一个人很无聊，都没有朋友、女朋友玩，进了里面个个都是人才，说话又好听，超喜欢在里面。"

我把这个耐人寻味的视频看了一遍又一遍，看着视频里这个瘦削的小偷，内心百味杂陈。差一点，我就成了这位"老哥"的样子。当年在人生道路迷失之际，好在遇见了麦果，几经挣扎，我才终于在人生最黑暗的时候找到了出路。

然而，当我找到路的时候，却再也找不到麦果了。

2

第一次遇见麦果,我十二岁,麦果大我半岁。

那一次,我从乡下去城里过寒假。因为爸妈忙于生计,天不见亮就要起床去工地,晚上要十点左右才能回家。我当时还不会做饭,照顾不了自己,加上从小孤僻内向,没见过什么世面,出门容易走丢。所以,爸妈就厚着脸皮将我送到开杂货铺和澡堂子的堂叔家里,寄养一个礼拜。

当时,堂叔家的生意是很红火的,根本就没有时间管我,但因为杂货铺和澡堂子都开在厂区,铁门上了锁,而且门口有保安把守,所以大可不必担心我会走丢。我每天的生活其实也非常简单,就是从厂区的这头,闹腾到那头,居然一点也不无聊。

就在我如同猴子般乱窜的时候,我发现了麦果,她留着干脆利落的短发,正在水龙头边一言不发地洗衣服,精致的五官长在一张恬静的脸上——整体给人一种很安静的感觉。

我从未见过如此安静美丽的女孩子,内心产生了想认识她的冲动,不过冲动来冲动去,还是没冲出去,直到最后没了动静。我只是斜站在麦果的旁边,静静地看着。当她朝我这边看过来时,我立马将头扭向一边,假装在看风景。可哪有什么风景啊,整个厂区的路上非常干净,连个面包车、火三轮什么的都没有。

我就这样一直看着,直到堂姊叫我回去吃饭。

吃饭的时候,堂姊让我多吃点,还说:"你看看人家对门的麦果,也十二岁,你六月间的,人家正月间的,就比你大半岁,你连人家肩膀高都没有。"我觉得堂姊是在骗我,为了让我多吃饭撒谎。那个女孩子叫麦果我信，我不到她肩膀高我也承认，但我就不信她只比我大半岁。所以，那一顿我故意跟堂婶作对，只刨了几口饭就跑了。

吃过饭之后，蜀狗吠日的四川终于多云转晴，成都平原难得地徜徉在阳光之下。麦果搬了椅子到路边做作业。为了确认麦果的年纪，我故意在她身边来回走了很多次，终于在她的寒假作业上瞟到"五年级"三个大字，比我还矮一个年级。我终于相信了，她确实应该只比我大半岁，虽然我还不到她肩膀高。

这让我弱小的内心产生了大片的阴影。在接下来的几天，我连去公共厕所都绕远路（家里没有厕所），故意不从麦果家门口经过。但是，绕路的时候，我必须从一条拴着的巨大皱皮狗的面前走过（那时候还没有英国斗牛犬的叫法），每次我路过的时候，睡觉的皱皮狗总会醒过来以DOGE的表情瞪着我，一副想偷袭我的样子。这让我每次上厕所都胆战心惊，好在当时我还小，不懂长成男人的烦恼，不然被它吓几次，前列腺肯定要出问题。

也许是潜意识里面就喜欢麦果，也许是被狗所吓，总之，没过两天我就觉得，麦果其实挺好的，以后还是别绕路了，就从她家门口过吧。同时，我也开始琢磨，该怎么和麦果认识。我为此制订了很多个计划，比如，折个纸飞机，然后在飞机上写字扔过去。但是，折纸飞机我会，写字我也会，扔飞机我也会，把写了字的纸飞机扔到对门麦果的家里，我就完全不会了。

我觉得遇到了一个没有答案的难题：怎么认识麦果？幸运的是，在我酝酿出答案之前，麦果已经抢答了。那天，我正在堂叔的杂货铺里，拿着电视遥控器，纠结着要看动画片还是青春片，突然就听到有人跟堂婶说话："阿姨，你家侄子在不在？听你说他学习不错，我想找他请教几道题。"

我一听就知道是麦果,但内心依然不敢相信,于是假装出去转天线,一看,果然是麦果。我血压立马上升,已经记不得是怎么和麦果坐到一起去的了,只记得当时的自己跟着了魔一样,麦果寒假作业上那些五年级的题,我一个六年级的学霸突然全不会做了,最后还是麦果自己一个人做的。

我叫麦果姐姐,麦果叫我弟弟。

麦果做完作业就回家了,我对自己刚才糟糕的表现懊悔不已,生怕麦果再也不来找我了。但是,第二天,麦果又带着作业来了。这一次,我展现了一个学霸的风范,以迅雷不及掩耳之势帮麦果搞定了几页寒假作业。

离开的时候,麦果告诉我,她明天不用做功课,让我跟她出去玩。从懂事时起,我明白的第一件事就是自己是个路痴,每次去一个地方,总能以各种出人意料的方法避开正确方向(那时候没有电子地图)。所以,我每次和别人出去,总得确保别人不是路痴。但麦果是例外,我对她有一种发自内心的温暖和信任。于是,我答应了下来,约好第二天一同去动物园。

事实证明,幸运和不幸真的是只有一字之差的异性兄弟。第二天一大早,麦果就来找我了,我听见她喊我名字,光着脚丫子就从床上爬起来,一开门就吓了一大跳。门外不见麦果,倒是那条我十分害怕的皱皮狗朝我扑了过来,我如同被水淹没般不知所措,胡乱挣扎着。我想,自己可能要完蛋了,于是快速地回顾起了自己的十二年人生,闭着眼准备受死,但感受到的却是一条黏糊糊的舌头。

我缓慢地睁开了眼睛,皱皮狗也知趣地退了回去,乖乖地坐在了我的面前。这时，麦果从门外走了进来，一脸得逞的俏皮样子。原来，那条皱皮狗是麦果奶奶家的，平时是奶奶在养着，麦果偶尔也会带着它去散步。

那天，皱皮狗拖着麦果，麦果拖着我，在附近的公园逛了一大圈。逛完之后，我们去了铁路桥边的菜市场，我买了一条头上有黑斑的粉色金鱼，准备送给麦果。我将金鱼提在手里，一心琢磨着怎么开口，以至于装金鱼的塑料袋漏了都没有发现。最终，塑料袋里的水漏光了，在金鱼死之前，我和麦果将它放进了铁路桥下面的河里。

第二天，爸妈就来了堂叔家，将我接了回去，然后，我们一家三口坐上了回家的长途汽车，回老家过年。

在回家的车上，我有些失落，因为过完年，我就要留在乡下继续上学，要再见到麦果，就只能等明年暑假了。但是，我真的还能见到麦果吗？我想起了我读书的村小学里，那个普通话十分"飘准"的老师的口头禅："这是一道送分题……"

我想，我们不可能再见了；我想，我们还是不再见的好；我想……我在车上胡思乱想，是因为我想麦果了。

3

开学的时候，村小的班里转来了一个城里的女孩子，此人十分讲究，一有时间就在脸上、手上涂宝宝霜，不论男生、女生，都对她敬仰万分，成天围着她转。但我没有，我承认她很好看，长得很高——我还不到她的肩膀，穿着服装店里买的漂亮衣服（而我们的衣服大多是街上裁缝胡乱做的），但是，我还是觉得她和麦果差太多了。

她对此似乎也很不满,经常故意在我面前炫耀她那些从城里带回乡下的东西,炫耀次数最多的当属她那条巴掌大的狮子狗。但是,当她再次炫耀狮子狗的时候,我反击了。跟每次她炫耀的时候,我就说起麦果一样,我告诉她,我在城里有个叫麦果的姐姐,比她还要"港",有一条《猫和老鼠》里面的那种疤皮狗!

那段时间,我在看一些言情小说,懂了很多东西,也开始发现,麦果在我心里完全是有迹可循的,看到身边的任何事物,我总能发挥想象,全力以赴地想起麦果。哪怕是乡下打雷了,我也会想,麦果那里下雨没有,万一淋着了怎么办。但是,"怎么办"三个字后面是句号,不是问号,我并不想知道麦果怎么样了,我只是时刻提醒自己记住她,仅此而已。

但是,就像水面上的波澜一样,一切都会随着时间的流逝慢慢地平息和淡忘,直到再次被投入一个石块,再次激起波澜。一个周末,爸妈打电话到村里的广播室,告诉我,这几天没活儿干,他们要去另外一个城市,暑假让我去那个城市。也就是说,我暑假的时候,也见不到麦果了。

我郁郁不得欢,我极其想见麦果,强烈地想见她,前所未有地想见她。我记得村口有两棵并在一起长的苦楝树,苦楝果是可以卖钱的,我想捡苦楝果凑钱,然后坐车去见麦果。于是,我花了很长的时间捡苦楝果。但是,等捡苦楝果卖够了钱,我却动摇了,我不知道自己该不该去见麦果,或者说,我不敢去见她,我只是个乡下的野孩子,而她……我陷在见与不见的想法里无法自拔,也难以抉择。

期末很快来临,我也即将小学毕业。在当时的乡下,小学毕业是第一道分水岭,以村小学的教学水平,学校里的学生,镇上好的中学基本不会要，而无数挂着各种包分配就业牌子的职高却已经摩拳擦掌。但是，大家都不关心这个问题，每个人都露出兴奋的神情，对毕业翘首以盼，而有些留过三五次级的老油条已经开始早恋，敢明目张胆地和异性同学约会了。

这让我理所当然地想到了麦果。我要去找她，但必须有一个正当的理由，不然就和班上那些早恋的老油条没什么区别。于是，我左思右想，后来终于想到，如果学习努力，考上镇上的初中，到时候堂叔一定会打电话给我，跟我说"放假来耍"的客套话，然后我就不客套地答应下来，然后就可以去城里见麦果了。

我一改往日的懒散，开始认真读起书来，天刚蒙蒙亮就去学校早读，晚上做从县城买回来的教辅资料，当然，成绩也一日千里。但是，毕业考试的前一个星期，我收到一封没有署名的来信，当我兴冲冲地拆开，看到开头的"弟弟"两个字时，我就猜到是麦果写的了。

麦果在信里告诉我，她要搬家了，搬去另外一个城市，希望我好好努力，争取上个好初中，然后上个好大学。

看完信，我久久不能平静，如同一个泄了气的气球一般，瞬间失去了继续努力读书的动力，觉得既然都见不到麦果了，我还考去城里干吗？于是，我不再认真学习了，毕业考试也是草草应付，最后考得一团糟。因为考得太糟，堂叔打电话叫我去城里，要对我进行"说服教育"。

4

我还是去了城里，去了堂叔的杂货铺。

让我意外的是，麦果并没有搬走，她依然住在堂叔的对门，只是她家发生了很多事。麦果的爸妈离婚了。因为麦果是个女孩子，麦果爸在外面和其他女人生了个儿子，于是，麦果的爸爸妈妈就离婚了，而麦果和她妈相依为命。

我总觉得心里有很多话想跟麦果说，却不知道该从何说起，甚至到城里已经三天了，都没去找过她，也没跟她说过话。

一天傍晚，还是麦果主动来找我了，我们一起去了厂子大门口的烧烤摊。麦果说了很多话，还忍不住喝了很多啤酒，最后竟醉得一塌糊涂，回去的时候都是我扶着她。将麦果送回家之后，麦果迷迷糊糊地告诉我，她知道我喜欢她，她让我好好读书，然后等我；她还说，她懂事起就知道她爸喜欢儿子，所以一直留短发；她还问我喜欢儿子还是女儿。

我惊慌失措，涨红了脸，小声说："都喜欢。"

麦果气呼呼地说："哼，喜欢你自己生！"说完，她的嘴巴弯成了一弯月亮，睡过去了。

我回到堂叔家，久久不能入睡，麦果的话一直在我的脑海里盘旋。对于麦果身上发生的一切，我五味杂陈。白天还好，我会替麦果感到不幸和遗憾。一到晚上，在世界被黑暗笼罩之时，我内心里最卑鄙的东西便开始爬出来。其实，对于麦果身上发生的不幸，我的内心或多或少还是有些庆幸的，这缩小了我和她之间的差距。但是，这种卑鄙的想法刚露出苗头，就被晚上麦果对我说的甜言蜜语淹没了。

因为睡得太晚，第二天到中午我才起床，正好撞见麦果在洗衣服，场景跟我们第一次见面时一模一样，只是这一次麦果憔悴了一点，而我也长高了一些，已经到了她的耳朵边。她抬头看见我，脸一红，又埋头继续洗衣服，我没有说话，然后从她身边走过。

几天之后,我约麦果去看电影。那天,为了给头发定型,我跳过啫喱,直接将洗发露抹匀了梳在头发上,然后,在堂叔的杂货铺揣了几袋中山瓜子,用堂叔上班的自行车载着麦果就去了。

在去的路上,麦果紧紧地搂着我的腰。刚开始我还不好意思,生怕别人在背后指指点点,说我们是不良少年。但很快我就发现,大家对我们这两个两情相悦的小屁孩毫无兴趣,倒是我们骑着的那辆成色很新的自行车引得人频频注目。

我们找了个可以点播的小录像厅,然后在披着长头发很文艺的老板的推荐下,看了岩井俊二的《情书》。整个过程我都在给麦果剥瓜子,剥好放在她手里。偶尔我们会偷偷拉拉小手,然后手上就一直冒汗,至于电影,我和麦果几乎都没看懂,倒是录像厅的老板看得津津有味,我们甚至产生了一种花钱请老板看电影的错觉。

从放映厅出来,我们的自行车不见了。我将麦果送回去,然后悻悻回家,等待堂叔的责骂。出人意料的是,堂叔对于我骑走他自行车的事完全不知道,而是骑了一辆款式相同、成色差不多的自行车就上班去了,当时我很不明白,直到后来上大学,看到有人水壶丢了,就直接拿另外一个人的水壶回去。

从那时候起,虽然我和麦果还以姐弟相称,但已经是恋人了。

5

那个时候,我们独处的时间越来越多,我们两个还煞有其事地策划起了将来的生活——决定以后去都江堰生活。因为麦果喜欢水,而我喜欢山,都江堰水有都江堰,山有青城山。

为了这个目标，我决定更加努力读书，然后出来找个好工作，而麦果准备留长头发，等她长发及腰的时候，我就娶她。

在我和麦果的眼中，这一切仿佛都是已经安排好的，只须随着时间的推移，我们对号入座就可以了。

暑假结束，我回去上初中，麦果她妈弄了个卖早点的摊子，麦果每天跟着去练摊。平时，我们通过书信联系，互诉相思。那一年，我爸妈又回到了麦果所在的城市打工，我放假时又可以名正言顺地去城里了。

放假的时候，我去找麦果，麦果她妈看出了端倪，但没有说破，麦果对外都说我是她远房弟弟。我一有时间，就去麦果的摊子帮忙。生意清闲的时候，我就和麦果一起坐公交车坐通城。我带麦果回家去过几次，跟爸妈说这是我同学，爸妈倒也相信。

我和麦果的关系就这样一直持续着。我高中的时候，麦果的妈妈另嫁了一个男人，并和那个男人生了个儿子。生孩子的时候，麦果的妈妈难产，那个男人选择了保小，孩子的命是抢过来了，但麦果妈妈就那么没了。那个男人接手了麦果妈妈的早点摊，然后逼麦果去电子厂打工，每个月的工资上缴。

麦果打电话到我宿舍，哭着说要来找我。我虽然觉得和麦果在一起是迟早的事情，但我还没有那么早做好准备，而且家里对于我早恋也是极力反对的。我告诉麦果，让她再坚持一下，等我高中毕业，考上大学，我们就能光明正大地在一起了。麦果沉默了半晌，然后挂掉了电话。

一个月后，麦果再次打电话给我，告诉我她结婚了，嫁给了一个四十多岁的老瘸子，因为那个老瘸子瘸腿的时候领了赔偿，给的彩礼多，麦果的继父就逼着她出嫁，不然就摔死麦果妈妈生下来的那个弟弟。麦果妥协了。

一切来得太快，让人猝不及防，我花了很长的时间让自己冷静。我能想象，麦果在她妈妈离开之后，在家里受了继父多少的冷嘲热讽，最终被逼嫁给老瘸子。而这样悲剧的结果很大程度上是因为我，如果当初我同意麦果来找我，就不会发生这样的事情了，但一切都太迟了。

麦果结婚之后，我颓废地在学校生活了两个月，然后给麦果打了电话，强打着精神说了声对不起。麦果的语气非常冷静，说没什么，这不怪我。我随便说了几句，抢在自己崩溃之前挂掉了电话。

挂了电话，我大哭了一场，然后离开了学校。

爸妈对我很不满，但因为忙于生计，也没时间管我。我就像一只无头苍蝇一样四处乱窜，和一帮不良青年横行于各大游戏厅。终于有一天，那群不良青年约我一起，去偷人家未上锁的自行车。当时，我觉得这不算偷，顶多叫拿，就像当初我和麦果停在放映室外面的自行车被别人拿走一样，就像麦果被人从我身边拿走一样。何况，我被拿走的是上了锁的，拿别人没上锁的，理所当然。

那天，另外两个人放哨，安排我动手，正要动手时，我的棒棒机响了起来，是麦果打来的。嘘寒问暖之后，麦果问我在干吗，我如实相告。她劝我不要做，见我不听，就开始哭着求我，求我回学校去，不要做小混混。

听着麦果的哭声，我明白了一件事情：一开始我做出一副坏人的样子，就是想告诉麦果，自己对不起她，是个坏人，但后来却真的慢慢变坏了，做坏事开始不内疚了。我愣了半晌，最后还是放弃了偷自行车的想法，因为"行动失败"，我的棒棒机作为赔偿，给了那两个不良青年。

几天之后，麦果来我家找我，当时爸妈也在。麦果是以同学的身份来的。当着爸妈的面，麦果将计就计，告诉爸妈，说老师让我回学校去，但是电话联系不上，就让她来家里找了。爸妈听了后十分高兴，连夸麦果能干，那架势，恨不得将麦果夸成儿媳妇了，看得我有点伤感。

一星期之后，我获准回到学校，是麦果以姐姐的身份去学校认的错，说是她没管好我。回学校那天，麦果来帮我搬的东西，走的时候，她语无伦次地跟我说了好多话。我突然紧紧搂住她，告诉她，等我出去挣钱，把彩礼还给那个老瘸子，然后我们在一起。

麦果摇了摇头说，别傻了，弟弟。

后来我参加高考，上了大学，自那次以后，我和麦果就很久没有联系了。期间我去过堂叔家，对门麦果家的房子已经被她的继父变卖，住进了一对退休的老夫妻。经过打听，我隐约得知，麦果的丈夫，那个老瘸子出车祸死掉了，因为赔偿金丰厚，大把的人抢着给麦果做媒。

我急了，以远房表弟的身份，找老夫妻要了麦果的电话，约了麦果见面。见面的时候，我告诉麦果，不要嫁给其他人，等我毕业了，我就娶她；麦果摇了摇头说："我已经订婚了，这次找了个喜欢的人，对我也很好。"

我愣住了，觉得这应该也是最好的结局了吧。然后，我默默地走开了。但回去之后，对麦果的思念再次倒灌回来，我一次又一次地打麦果的电话，发了疯一样地哀求，但都被麦果严肃地拒绝了。最后，麦果严正地告诉我，她现在很好，让我不要再去干扰她的生活。

我终于绝望了，睁着眼睛在床上躺了一天一夜，然后提前回了学校。毕业之后，我找了工作。再次见到麦果时，她正在逗一个小男孩玩耍，我轻轻地走了过去。

麦果看见了我，愣了一下，然后朝小男孩张开怀抱："来，到妈妈这里来！"

小男孩高兴地扑到麦果怀里，我一愣，感觉心里悬挂多年的东西终于崩碎、风化了。

麦果对小男孩说："来，叫叔叔！不，叫舅舅！"

小男孩笑嘻嘻地看着我，没有说话。

时间又过去了几年，不算太久，也不算太长，我刚结婚不久，去以前的城市出差，正好和麦果见了一面。

我告诉麦果，我结婚了。

麦果笑着点了点头："那我就放心了！"

我问麦果："你家孩子还好吧？"

麦果用眼睛撩了我一下，然后笑着点了点头，缓缓地说道："嗯，我很爱他……"

"我"的故事到此结束了，很多人心中，其实都有一个没有在一起的"姐姐"，但这就是真实的生活，不是吗？

后　记

这些故事都是我听来的或者经历的，把它们一个个地写出来其实是需要一些勇气的。但千万不要对号入座。故事本身就是故事，唯一不同的是，看这些故事产生的不同心情。

记录下这些过往的故事，权当一种回味。有一天，这些故事里的"真实"让你有所触动，写作本书就有了更多意义。

希望这本书不是终结！

熊显华

2020年4月30日

图书在版编目（CIP）数据

我遇见了所有的不平凡，却没有遇见平凡的你 / 熊显华著. — 哈尔滨：哈尔滨出版社，2021.7
ISBN 978-7-5484-6081-7

Ⅰ.①我… Ⅱ.①熊… Ⅲ.①随笔－作品集－中国－当代 Ⅳ.①I267.1

中国版本图书馆CIP数据核字（2021）第098385号

书　　名：我遇见了所有的不平凡，却没有遇见平凡的你
WO YUJIAN LE SUOYOU DE BU PINGFAN, QUE MEIYOU YUJIAN PINGFAN DE NI

作　　者：熊显华　著
责任编辑：赵宏佳　孙　迪
责任审校：李　战
封面设计：刘　霄

出版发行：哈尔滨出版社（Harbin Publishing House）
社　　址：哈尔滨市香坊区泰山路82-9号　　邮编：150090
经　　销：全国新华书店
印　　刷：天津行知印刷有限公司
网　　址：www.hrbcbs.com　　www.mifengniao.com
E-mail：hrbcbs@yeah.net
编辑版权热线：（0451）87900271　87900272
销售热线：（0451）87900202　87900203

开　　本：880mm×1230mm　　1/32　　印张：9.25　　字数：230千字
版　　次：2021年7月第1版
印　　次：2021年7月第1次印刷
书　　号：ISBN 978-7-5484-6081-7
定　　价：58.00元

凡购本社图书发现印装错误，请与本社印制部联系调换。
服务热线：（0451）87900278